클레브 공작부인

이 도서의 국립중앙도서관 출판시도서목록(CIP)은 e-CIP 홈페이지(http://www.nl.go.kr/ecip)와
국가자료공동목록시스템(http://www.nl.go.kr/kolisnet)에서 이용하실 수 있습니다.
(CIP제어번호: CIP2011005290)

세계문학전집
089

Madame de Lafayette : La Princesse de Clèves

클레브 공작부인

라파예트 부인 장편소설

류재화 옮김

문학동네

1부

성대함과 정중함이 앙리 2세 치세 말년*만큼 프랑스에 눈부시게 나타난 적은 없었다. 왕은 우아하고 친절하고 다정했다. 디안 드 푸아티에, 그러니까 발랑티누아 공작부인을 향한 왕의 열정은 이십 년 전에 시작되었지만, 그때보다 덜 열렬하지도 덜 눈부시지도 않았다.

  왕은 또 어떤 운동이라도 기막히게 잘했고 운동을 주요 일과 중 하나로 삼았다. 궁에서는 사냥, 테니스, 발레, 마상 시합 혹은 그와 비슷한 시합이 매일같이 열렸다. 발랑티누아 공작부인을 상징하는 색깔과 머리글자가 도처에 나부꼈는데, 성장(盛粧)한 공작부인이 혼기에 이

---

* 이 소설의 시대적 배경으로, 더 정확하게는 세르캉 회의가 시작된 1558년 10월부터 에스파냐 왕과 결혼한 엘리자베트 공주가 에스파냐로 떠나는 1559년 11월까지 대략 일 년간이다.

른 손녀 마르크 양을 대동하고 경기장에 몸소 납시었기 때문이다.

왕비가 출석했기에 공작부인의 출석도 가능했다. 왕비*는 젊지는 않았으나 아름다웠다. 왕비는 권력과 사치와 쾌락을 좋아했다. 결혼할 당시 왕은 아직 오를레앙 공이었는데 위로 왕세자인 형이 있었으나 그가 투르농에서 죽자 대신 왕위에 올랐다. 이 형은 서열로 보나 자질로 보나 아버지인 선왕 프랑수아 1세를 잇기에 가장 적합한 인물이었다.

왕비의 야심 많은 성격 때문에라도 왕은 온화한 통치술을 찾게 되었다. 왕비는 발랑티누아 공작부인에 대한 왕의 집착을 용케도 참아냈고 어떤 질투심도 내비치지 않았다. 하지만 너무 깊이 숨기고 있어 그 속을 알 수 없을 뿐 왕비는 다만 왕에게 다가서기 위한 정치적 포석으로 발랑티누아 공작부인을 가까이했다. 왕은 여자들과의 관계를 좋아했고, 심지어 사랑하지 않는 여자들과도 그랬다. 국왕은 회합이 있을 때면 왕비의 처소를 떠날 줄 몰랐는데, 궁 최고의 선남선녀들이 그 자리에 모이기 때문이었다.

궁에 이토록 기막힌 절세가인들이, 영웅호걸들이 다 모인 적은 일찍이 없었다. 마치 자연이 최고의 왕과 왕비가 자리한 그곳에 아름다운 것들을 더 갖다 놓고 스스로 기뻐하는 듯했다. 엘리자베트 드 프랑스 공주, 에스파냐의 왕비가 되면서 놀랄 만한 총기와 누구와도 비교할 수 없는 치명적 아름다움을 발산했다. 스코틀랜드 여왕 메리 스튜

---

* 카트린 드 메디시스(1519~1589). 피렌체의 메디치가 출신으로 장남 프랑수아 2세, 차남 샤를 9세, 앙리 3세, 마르그리트(여왕 마고) 등 열 명의 자녀를 낳았다. 샤를 9세의 섭정으로 신·구교 간 갈등에 맞서 왕권 유지에 기여했다.

어트, 프랑스 왕세자와 결혼한 후 왕세자비라 불렸는데 외모로나 지성으로나 완벽한 인물이었다. 프랑스 궁정에서 자라면서 모든 예의범절을 익혔으며 세상의 아름다운 문예와 교양을 자유로이 접한 터라 어린 나이인데도 그것을 좋아하고 어느 누구보다 잘 알았다. 시어머니인 왕비와 국왕의 누이동생 역시 시와 연극과 음악을 좋아했다. 시와 문학에 대한 선왕 프랑수아 1세의 취향이 여전히 프랑스를 지배하던 시절이었다. 그리고 운동을 좋아하는 국왕. 궁에는 왕이 좋아하는 모든 오락이 있었다. 그러나 무엇보다도 이 궁을 아름답고 위대하게 만든 것은 탁월한 재능을 가진 수많은 공작과 영주 들이었다. 이제 내가 호명할 사람들은 각자 자기 방면에서 세기적으로 뛰어난 장식품이자 자랑거리였던 자들이다.

나바르 왕*은 그 높은 신분과 사람 자체에서 풍겨나오는 기품으로 모든 사람의 존경을 샀다. 전쟁에도 탁월했다. 기즈 공작에 대한 경쟁심에 대장 자리를 버리고 그의 밑에서 일개 병사로, 그것도 가장 위험천만하다는 전장에 나가 싸운 적도 여러 번 있었다. 기즈 공작이 대단한 건 사실이었다. 뛰어난 재능으로 혁혁한 전공을 세웠기에 그를 시샘하지 않는 대장들이 없었다. 그의 진가는 다른 자질들을 통해서도 입증되었다. 그는 폭넓고 깊은 지성과 고상하고 품격 있는 영혼의 소유자였다. 전쟁에서와 마찬가지로 업무에서도 뛰어났다. 그의 동생인 로렌 추기경은 야심만만한 성격에 명민한 두뇌와 놀라운 언변을 타고

---

* 앙투안 드 부르봉(1518~1562). 방돔 공작으로 나바르 공국의 여왕과 혼인해 나바르의 왕이 되었다. 프랑스 왕위 계승권을 지닌 부르봉가의 수장으로 그의 아들이 훗날 앙리 4세로 즉위한다.

난 데다 학식이 깊어 이런 자신의 재능을 이용해 공격받기 시작하던 구교를 수호하는 데 앞장서면서 유력 인사로 떠오르고 있었다. 기즈 기사는 대수원장(大修院長)으로 불리면서부터 만인의 사랑을 받았고, 능력 있고 영리하며 기지가 넘쳤으니, 전 유럽의 유명인사였다. 콩데 공*은 자연의 혜택을 덜 받은 듯 체구는 작았지만, 정신만은 고귀하고 위대해 미녀들의 눈에조차 사랑스러웠다. 느베르 공작은 전쟁과 그가 맡은 큰 공무로 인생이 영광 그 자체였고, 좀 나이가 많긴 했지만 궁의 인기남이었다. 그에게는 무척 출중한 세 아들이 있었다. 특히 클레브 공작**이라 불리는 차남은 그 가문의 영광을 대표하기에 손색이 없었다. 그는 용감하고 너그러우며 젊은이답지 않게 신중했다. 왕가 혈통도 무시 못 하는 방돔이라는 옛 가문의 후손인 샤르트르 대공***은 전쟁에서나 연애에서나 둘째가라면 서러워할 자였다. 안색이 좋은 미남으로 용감하고 대담하고 자유로웠다. 이 모든 장점들이 생생하고 눈부셨다. 요컨대 그는 느무르 공****에 필적할 유일한 자였다. 느무르 공을 누군가와 비교하는 일이 가능하다면 말이다. 느무르 공은 자연의 걸작이었다. 그에게 흠이 있다면 너무 잘생기고, 모든 것을 너무 잘한다는 것이었다. 그를 다른 사람들보다 더 우월하게 만든

---

* 루이 드 부르봉(1530~1569). 나바르 왕의 동생으로 제1대 콩데 공작이다.
** 역사상 클레브 공작이 존재하기는 한다. 1544년에 태어나 디안 드 푸아티에의 손녀와 결혼했다가 스무 살에 사망한 인물로, 이 소설의 내용과는 무관하다.
*** 샤르트르 대공 역시 실존했던 인물이나 소설에 나오는 내용은 가공이다.
**** 느무르 공 역시 실존 인물이다. 당시의 유명한 연대기 작가인 브랑톰의 책들에 따르면, 느무르 공은 1531년에 태어나 1566년 안 데스테와 결혼했고 1585년 사망했다. 브랑톰이 묘사한 대로라면 느무르 공은 지고지순한 사랑을 하는 남자라기보다는 희대의 바람둥이였다.

것은 비교 대상이 없는 그만의 가치였다. 그 지성, 그 용모, 그 행동 속의 매력은 오로지 그에게서만 볼 수 있었다. 남녀 모두를 기분 좋게 만드는 쾌활한 성격으로 모든 운동에 능했고, 옷 입는 감각이 뛰어나 모두가 그를 따라 했지만 그처럼 멋이 나는 이가 없으니 그가 나타나는 곳 어디에서라도 사람들의 눈길을 끌었다. 한마디로 사람 자체가 빛났다. 궁에는 그가 자기한테만 매달린다고 우쭐댈 수 있는 영광을 누리는 여자는 한 명도 없었고, 그가 자기한테 매달렸지만 그를 밀어냈노라고 자랑할 수 있는 여자도 거의 없었으며, 그가 그 어떤 열정의 증거도 보이지 않았지만 그를 좋아하는 여자는 여럿 있었다. 그는 무척 다정하고 연애에도 도통했으므로 자신에게 잘 보이려고 애쓰는 여자들의 이런저런 정성을 거절할 수 없었다. 하여 애인이 여럿 있었지만 그가 정말 사랑하는 여자가 누구인지는 짐작하기 어려웠다. 그는 왕세자비 처소에 자주 가곤 했다. 왕세자비의 미모와 상냥함, 모든 사람을 기분 좋게 만드는 배려, 그리고 느무르 공에게 보이는 특별한 호의 등은 그가 왕세자비한테까지 눈길을 주었나 하는 생각이 들게 했다. 왕세자비의 외삼촌인 기즈 형제는 조카딸의 국혼을 통해 궁에서 신뢰와 영향력을 높이고 있었다. 그들의 야망은 적통 왕자들과 동등한 지위에서 몽모랑시 원수와 권력을 나눠 갖는 것이었다. 국왕은 왕실 업무의 대부분을 몽모랑시 원수와 상의했으며, 기즈 공작과 생탕드레 대장을 총신으로 대우했다. 그러나 호의 혹은 공무 때문에 왕의 곁에 있다 해도 발랑티누아 공작부인에게 잘 보일 때에나 가능한 일이었다. 이제는 젊음도 미모도 없다고 하나 발랑티누아 공작부인은 여전히 거의 절대적으로 왕을 지배하고 있었으니, 그녀야말로 왕의 주인, 아니 국가의 주인이라 할 수 있었다.

국왕은 늘 몽모랑시 원수를 좋아했다. 그래서 집권하자마자 프랑수아 1세의 명으로 귀양을 가 있던 그를 불러들였다. 하여 궁정은 기즈 형제 일파와 적통 왕자들의 지지를 받는 몽모랑시 원수 파로 나뉘었다. 두 파 모두 발랑티누아 공작부인을 얻으려고 골몰했다. 기즈 공작의 동생인 도말 공은 발랑티누아 공작부인의 딸과 결혼했다. 몽모랑시 원수도 그러한 결속을 열망했다. 장남을 피에몽 부인과 국왕 사이에서 태어난 디안 부인과 혼인시켰으나 만족스럽지 못했다(피에몽 부인은 디안 부인을 낳자마자 수녀가 되었다). 이 결혼은 원수가 왕비의 측근인 피엔 양한테 한 약속 탓에 순조롭게 이루어지지 못했다. 국왕이 인내심과 지극한 선심으로 문제를 해결해주었지만, 원수가 발랑티누아 공작부인의 마음을 얻지 못하면, 더욱이 위세가 대단해 발랑티누아 공작부인에게까지 불안 세력이 되기 시작한 기즈 일파를 공작부인과 떼어놓지 못하면 원수의 궁내 기반은 충분하다고 볼 수 없었다. 발랑티누아 공작부인은 왕세자와 스코틀랜드 여왕의 결혼을 최대한 지연시켰다. 이 젊은 여왕의 미모와 총명함, 그리고 이 결혼으로 기즈 일파의 세력이 상승하는 일은 발랑티누아 공작부인으로서는 참기 힘들었다. 공작부인은 로렌 추기경을 특히나 싫어했다. 추기경은 공작부인에게 신랄하게 심지어 경멸하듯 말하곤 했다. 공작부인은 그와 왕비의 관계를 다 알고 있었다. 이런 연유로, 몽모랑시 원수는 공작부인의 손녀 마르크 양과 샤를 9세 집권 때부터 자신의 공무를 이어받게 될 차남 당빌 공의 결혼을 통해 발랑티누아 공작부인과 결속할 수 있는 여지가 있다고 보았다. 일단 이러한 판단이 서자 원수는 아들 당빌 공의 머릿속에 이 결혼에 대한 그 어떤 장애물이 있으리라고는 생각지 못했다. 그러나 당빌 공이 숨겼을 뿐 장애물이 없는 것은 아니었다. 사실 당빌 공은 왕세자비를 열렬히 사랑하고 있었다. 비록 그 사랑에 큰 희망을 걸 수는 없었지만, 마음을 둘로 나눠야 하는 그런 약조는 할 수 없었다. 궁에서는 생탕드레 대장만이 어떤 당파에도 속하지 않는 유일한 사람이었다. 그도 국왕의 총신 중 하나였지만, 국왕은 순전히 그의 매력 때문에 그를 총애했다. 왕은 왕세자 때부터 그를 좋아했다. 그 후, 권위를 내세우는 일이 익숙지 않은 나이일 때 그를 프랑스 군대장으로 임명했다. 그는 왕의 호의 덕분에 잘나가기도 했지만, 그의 장점, 매력, 특히나 식탁, 가구 등에 대한 섬세한 취향과 개인에게서는 보기 힘든 화려한 세간 규모 등이 그를 뒷받침해주었다. 그런 지출은 왕의 씀씀이가 큰 덕분이었다. 왕은 좋아하는 사람들에게는 낭비벽에 가까울 정도로 돈을 아끼지 않았다. 왕은 모든 것을 잘하는 건 아니었지만 몇 가지 특기가 있었다. 전쟁을 좋아하고 잘 알았다. 생캉탱 전투를 제외하고는 전승을 거두었으니, 이 패배만 없었다면 그의 통치 기간 동안 연전연승할 수도 있었다. 몸소 참전한 랑티 전투에서 승리했고, 피에몬테를 정복했고, 영국인들을 프랑스에서 쫓아냈다. 한편 카를 5세는 신성로마제국과 에스파냐의 전력을 총동원해 공략했지만 결국 메스를 앞두고 무너지고 말았으니, 자신의 행운이 거기서 끝나는 것을 지켜봐야 했다. 그런데 생캉탱 전투의 불운과 함께 프랑스의 승승장구하던 기세도 수그러들었으니, 그 후부터는 두 왕이 기운을 나눠 갖는 형상을 띠면서 알게 모르게 화평 분위기가 조성되었다.

왕세자의 결혼 무렵 선대 로렌 공의 미망인은 여러 화평 제안을 내놓았다. 그 후로 비밀스러운 협상이 계속되었다. 드디어 아르투아 지방의 세르캉이 회합 장소로 선택되었다. 로렌 추기경, 몽모랑시 원수, 생탕드레 대장이 프랑스 국왕을 대표해서 나왔고, 에스파냐의 펠리페 2세 쪽에서는 알바 공과 오랑주 대공이 나왔다. 로렌 공작과 공작부인이 중재자로 나섰다. 주요 조항은 프랑스 엘리자베트 공주와 에스파냐 왕세자 돈 카를로스의 결혼 및 국왕의 여동생과 사부아 공작의 결혼이었다.

한편 국왕은 국경에 머무르고 있던 차에 영국 메리 여왕의 부고를 받았다. 하여 멀지 않은 대관(戴冠)을 축하하기 위해 랑당 백작을 영국의 엘리자베스 공주*에게 보냈다. 공주는 그를 환영했다. 권력이 아직 공고하지 않은 터라 프랑스 국왕의 지지를 받는 것은 여러모로 이점이 있었다. 랑당 백작은 이 미래의 여왕이 프랑스 궁정의 이해관계나 궁정을 구성하는 인물들의 장점을 잘 파악하고 있다는 인상을 받았다. 백작은 엘리자베스 공주가 특히 느무르 공에 대해 여러 번, 그것도 거듭 강조하여 말한 것에 깊은 인상을 받았고, 느무르 공의 평판에 지대한 관심을 갖고 있음에 주목했다. 귀국하여 왕에게 보고를 하면서 이 왕녀 옆에 둘 수 있는 자로 느무르 공만 한 자가 없다고 말한 것도 그래서였다. 랑당 백작은 이 미래의 영국 여왕이 느무르 공과 결

---

* 엘리자베스 1세(1533~1603). 헨리 8세와 앤 불린 사이에서 태어나 이복자매인 메리의 뒤를 이어 1558년 11월 영국 여왕으로 즉위했다.
** 브랑톰의 『우아한 귀부인들』에도 느무르 공에 대한 엘리자베스 공주의 감정이 언급된 바 있다. 이 일화는 역사적 사실에 근거한 것으로 보이나, 라파예트 부인은 극의 갈등을 위해 이를 더 부각하고 윤색했다.

혼할 수도 있음을 믿어 의심치 않았다.** 국왕은 그날 저녁 당장 느무르 공을 불러들였다. 랑당 백작에게 영국의 엘리자베스 공주와 나눈 대화를 모두 들려주라 했고, 이런 큰 행운을 절대 놓치지 말라고 조언했다. 처음에 느무르 공은 왕이 진지하게 말하는 것은 아닐 거라고 생각했다. 그러나 이내 그렇지 않음을 깨달았다.

"전하." 그가 왕에게 말했다. "제가 전하의 조언과 도움으로 그런 꿈 같은 일을 벌이게 된다면, 그 성공이 확실해질 때까지 비밀에 부쳐주십시오. 저는 한 번도 본 적 없는 여왕에게 구혼할 만큼 대단한 허영에 빠진 자로 비치고 싶진 않습니다. 오직 사랑으로 결혼한 것이 되어야 하겠지요."

왕은 몽모랑시 원수에게만 이 계획을 털어놓겠다고 약속하며 일이 성사되려면 이 비밀이 반드시 지켜져야 한다고 말했다. 랑당 백작은 느무르 공에게 여행을 핑계로 영국에 가보는 게 어떻겠냐고 조언했지만, 느무르 공은 당장 마음을 정할 수 없었다. 그래서 우선 자신이 총애하는 머리가 비상한 청년 리뉴롤을 보내 영국 여왕의 의중을 떠보면서 관계를 시작해보기로 했다. 느무르 공은 이 여행 계획을 기다리며 사부아 공을 보러 갔으나, 사부아 공은 에스파냐 왕과 함께 브뤼셀에 있었다. 영국 메리 여왕의 죽음은 화평에 많은 난관을 가져왔다. 11월 말 회의는 결렬되고, 왕은 파리로 돌아왔다.

바로 그 무렵 모든 사람의 눈길을 끄는 미인이 궁에 나타났다. 미인을 흔히 볼 수 있는 궁에서도 탄복하지 않을 수 없는 정말 완벽한 미인이었다. 그녀는 프랑스 명문가 중 하나인 샤르트르 가문 출신으로 샤르트르 대공과 한집안 사람이었다. 아버지를 일찍 여의고 어머니 샤르트르 부인의 손에서 애지중지 자랐는데, 이 부인의 지(智)와 선(善)과 덕(德)은 대단했다.* 남편과 사별한 후 부인은 수년간 궁에 드나들지 않았다. 그동안 딸의 교육에만 온 정성을 쏟았다. 교양과 미모를 가꾸어주었을 뿐만 아니라, 깊은 덕을 갖추게 해 누가 보아도 사랑스럽게 만들었다. 대부분의 어머니들은 딸이 연애를 멀리하도록 사랑에 대해서는 절대 말하지 않는다. 그러나 샤르트르 부인은 다른 견해를 갖고 있었다. 부인은 자주 사랑에 대한 묘사도 해주고 사랑의 위험도 알게 해줌으로써 보다 쉽게 딸아이를 설득할 수 있다고 믿었다. 부인은 또 남자들이 얼마나 진지하지 않은지, 얼마나 아내를 속이는지, 외도를 하는지, 그것이 초래하는 가정 불화가 어떠한지 모두 이야기해주었다. 반면 정숙한 여자의 삶에는 어떤 평안이 있는지, 부덕(婦德)이 태생이 훌륭하고 미모가 뛰어난 여자의 품위를 얼마나 더 빛나게 하고 고결하게 하는지도 알려주었다. 물론 이런 부덕을 지키기가 얼마나 어려운지도 알려주었다. 무엇보다 강한 의지가 있어야 하며, 남편을 사랑하고 남편으로부터 사랑받는 것이 여자에게는 가장 행복한 길임을 명심해야 하고, 그렇게 되기 위해 얼마나 애써야 하는지도 알려주었다.

이 상속녀는 프랑스의 내로라하는 집안의 규수였기에, 어릴 때부터 중매가 여럿 들어왔다. 그러나 샤르트르 부인은 지극히 콧대가 높아 웬만한 혼처는 다 마다했다. 딸이 열여섯 살이 되자 이제 딸을 궁에 데려갈 때가 되었다고 보았다. 그녀가 입궁하자 샤르트르 대공이 안

---

* 샤르트르 부인과 샤르트르 양(클레브 공작부인)은 순전히 가공 인물이다.

내했는데, 숙부인 대공 역시 조카딸의 미모에 매우 놀랐다. 그가 느낀 경이로움에는 이유가 있었다. 그 하얀 피부며 눈부신 금발 머리는 그녀 말고는 그 누구에게서도 본 적이 없었다. 얼굴, 코, 입, 모든 선이 가지런했고, 표정과 몸짓에는 우아함과 매력이 넘쳤다.

궁에 도착한 다음 날, 그녀는 전 세계 물품을 다루는 어느 이탈리아 보석상에게 갔다. 그 상인은 피렌체에서 왕비를 따라 왔는데 보석 장사로 얼마나 부자가 되었던지 집이 상인의 집이라기보다는 귀족 영주의 저택 같았다. 샤르트르 양이 그 가게에 있을 때, 클레브 공작이 때마침 들렀다. 그는 그녀의 미모에 감탄해 놀란 표정을 감출 수 없었다. 샤르트르 양 또한 자기를 보고 그토록 놀라는 모습에 얼굴을 붉혔다. 그러나 얼른 정신을 차리고 그런 그의 행동에 별다른 관심이 없는 척하며 그가 제법 교양 있어 보이는 만큼 자신도 예의를 갖추었다. 클레브 공작은 그런 그녀를 감탄하며 바라보았다. 이런 미인을 왜 전혀 모르고 있었는지 이해가 되지 않았다. 몸가짐이나 시종들을 대동한 것으로 보아 명문가의 규수가 분명했다. 젊은 용모로 보아 유부녀는 아닌 듯한데 이탈리아 상인이 그녀를 '부인'이라 부르니 이런저런 짐작만 할 뿐 그저 멍한 표정으로 그녀를 바라보았다. 그녀도 그의 시선에 당황한 눈치가 역력했는데, 자신의 미모에 반해 쳐다보는 사람들의 시선을 기분 좋게 느끼는 보통의 처녀들과는 확연히 달랐다. 어색한지 밖으로 나가고 싶어 하는 듯한 모습이 자기 때문인가 하고 생각하는 찰나 그녀는 정말로 황급히 나가버렸다. 시야에서 그녀를 놓쳤지만, 누구인지 알아보면 되겠지 하고 아쉬운 마음을 달랬다. 그러나 그녀를 아는 이가 없었다. 클레브 공작은 다시 한번 놀랐다. 그 미모와 겸손한 태도에 너무나 감동을 받아 멍하니 있었지만, 그 순간부터 이미 공작은 그녀에게 열정과 흠모를 품기 시작했다. 저녁에 그는 국왕의 누이동생 처소로 갔다.

이 공주는 오빠인 국왕에게 보이는 절대적 신뢰로 궁에서도 상당한 입지를 갖고 있었다. 그 신뢰가 얼마나 컸던지, 왕은 공주를 사부아 공작과 결혼시키기 위해 평화협정을 맺고 피에몬테를 돌려주기로 했을 정도였다. 공주는 항상 결혼을 갈망했지만, 상대가 일국의 군주가 아니면 절대 결혼하려고 하지 않았다. 바로 이런 이유로 당시 방돔 공에 불과했던 나바르 왕을 거절했고, 줄곧 사부아 공과 결혼하기를 희망했다. 공주는 선왕 프랑수아 1세가 니스에서 교황 바오로 3세와 회동할 때 사부아 공을 처음 본 이후 그에게 끌리는 감정을 계속 간직해왔다. 공주는 재기가 넘치고 모든 문예와 교양에 출중해 고관대작들을 사로잡았으니 몇 시간 동안은 공주의 처소가 곧 궁이었다.

클레브 공작은 여느 때처럼 이곳에 왔다. 샤르트르 양의 미모와 자태가 그의 머릿속에 꽉 차 있었으므로 다른 이야기는 할 수 없었다. 그는 아주 큰 소리로 자신의 경험담을 이야기했다. 전혀 알지도 못하지만 방금 본 그녀에 대한 칭찬을 늘어놓았다. 공주는 그가 묘사한 사람은 궁에 없다며, 만일 있다면 그런 미인을 모르는 사람이 없을 거라고 했다. 이때 공주를 모시는 궁인이자 샤르트르 부인의 친구인 당피에르 부인이 이 대화를 듣고 공주에게 다가와 낮은 목소리로 클레브 공작이 본 사람이 아무래도 샤르트르 양 같다고 말했다. 공주는 클레브 공작을 향해 몸을 돌려 내일 다시 자기 처소로 오면 공이 그토록 감명받은 여인을 보게 해주겠다고 했다. 샤르트르 양은 그다음 날 정말 궁에 나타났다. 왕비와 귀부인들은 반색을 하며 그녀를 맞았고, 어찌나 찬사가 자자한지 그녀 주변에서 들리는 소리는 오직 칭찬뿐이었다. 그러나 샤르트르 양은 지극히 품위 있는 겸손한 태도로 받아들이며 그런 말을 아예 듣지 않았거나 감동조차 하지 않은 사람 같았다. 그녀는 이어서 왕의 누이동생 처소에 갔다. 왕의 누이동생 역시 그녀의 미모를 칭찬하고는 그 미모가 클레브 공작을 얼마나 놀라게 했는지 이야기해주었다. 이야기가 끝나자마자 클레브 공작이 들어왔다.

"어머, 어서 와요." 공주가 그에게 말했다. "제가 약속을 지켰는지 안 지켰는지 와서 보시겠어요? 샤르트르 양을 보여드리면, 공께서 그토록 찾던 미인을 제가 따로 안 보여드려도 될 거예요. 그 미인에 대한 당신의 찬사는 제가 이미 말씀드렸으니 제게 감사해야 할 거예요."

클레브 공작은 그토록 사랑스럽고 그 미모에 어울리는 훌륭한 자태를 갖춘 그녀를 다시 보자 더없이 기뻤다. 그는 그녀에게 다가가 자기가 그녀를 칭찬한 첫번째 사람임을 기억해달라면서, 그녀를 모르면서도 흠모와 존경의 감정을 갖게 되었노라고 말했다.

클레브 공작은 친구 사이인 기즈 기사와 함께 공주의 처소에서 나왔다. 두 사람은 자제하지 못하고 샤르트르 양을 칭찬하기에 바빴다. 그러다 문득 두 사람은 자신들이 지나치게 그녀를 칭찬하고 있음을 깨닫고는 자기가 생각하는 바를 말하던 걸 그만두었다. 하지만 그 후로도 서로 얼굴만 마주치면 그녀 이야기를 꺼냈다. 이 미인에 관한 소식은 한동안 모든 대화의 주제가 되었다. 왕비도 그녀를 칭찬하며 각별히 대했다. 왕세자비도 그녀를 자기의 절친한 친구로 만들고 싶어서 샤르트르 부인에게 딸과 함께 자기 처소에 자주 들러줄 것을 부탁했다. 시녀들은 궁의 행사 때마다 그녀를 데리러 왔다. 이렇게 샤르트르 양은 모든 궁정 사람들로부터 사랑을 받고 찬사를 받게 되었지만, 단 한 사람 예외가 있었으니 바로 발랑티누아 공작부인이었다. 이 젊은 미인이 자신에게 그림자를 드리울까 저어해서는 아니었다. 오랜 경험으로 미루어보건대, 왕이 옆에 있는 한 그녀가 두려워할 것은 아무것도 없었다. 다만 부인은 샤르트르 대공을 자기 딸과 결혼시켜 가까이 두기를 몹시 희망했는데, 샤르트르 대공이 왕비에게 붙어버린 탓에 그에 대한 미움이 하도 커 그 집안 사람은, 그와의 친밀을 과시하는 사람은 그 누구도 곱게 봐줄 수 없었다.

클레브 공작은 샤르트르 양에게 열렬히 빠졌고, 그녀와 결혼하기를 간절히 원하게 되었다. 차남인 자신에게 딸을 주는 일이 샤르트르 부인의 자존심에 상처를 입히는 일이 될까봐 두려웠지만 그의 집안 역시 명문가였고, 장남인 외 백작이 얼마 전 왕가와 인척지간인 여자와 결혼했으니 특별히 문제 될 것은 없었다. 사실 클레브 공작이 두려워하는 진짜 이유는 사랑하면 생기는 수줍음이었다. 그에게는 수많은 경쟁자 중 유독 마음에 걸리는 한 사람이 있었으니, 바로 기즈 기사였다. 신분으로 보나 재능으로 보나, 왕실의 특혜를 받는 화려한 가문으로 보나, 가장 이기기 어려운 상대였다. 기즈 기사도 샤르트르 양을 처음 본 순간 사랑에 빠졌다. 클레브 공작이 기즈 기사의 마음을 눈치챈 것처럼, 기즈 기사도 클레브 공작의 마음을 눈치챘다. 둘은 친구였지만 같은 포부를 가진 이상 멀어질 수밖에 없었고, 멀어진 이유를 서로 설명할 수도 없었다. 결국 그들의 우정은 해명할 새도 없이 차갑게 식었다. 클레브 공작으로서는 그나마 자신이 샤르트르 양을 먼저 본 것이 행운의 징조 같았다. 그 점에서는 경쟁자보다 유리했다. 그러나 아버지 느베르 공이 더 큰 장애물을 만들어주리라는 예감이 들었다. 샤르트르 대공은 발랑티누아 공작부인의 적이었다. 그 이유 하나만으로도 느베르 공은 아들이 샤르트르 대공의 조카딸을 생각조차 못 하게 할 수 있었다.

그동안 딸에게 정조 관념을 불어넣기 위해 전력을 쏟아온 샤르트르 부인은 위험 요소들이 너무나 많은 곳에 와 있는 만큼, 그러니 더욱 지극정성이 필요한 곳에 와 있는 만큼, 예전의 그 지극정성을 중단하지 않았다. 야망과 연애, 이것이 궁정의 정신이었고 사내들이건 여자들이건 하나같이 그 일에 전념했다. 숱한 이해관계와 각기 다른 파벌이 있었고, 거기에 여자들도 깊이 관여했다. 사랑은 항상 사업과 뒤섞였고, 사업은 항상 사랑과 뒤섞였다. 가만히 있는 사람이 하나도 없었고, 무관심한 사람이 하나도 없었다. 더 올라가기를, 누구의 마음에 들기를, 누구를 떠받들기를, 누구를 해치기를 염원했다. 권태도 몰랐고 여유도 몰랐다. 쾌락에 혹은 밀통(密通)에 바빴다. 귀부인들은 왕비한테 붙거나 왕세자비한테 붙거나, 아니면 나바르 왕비한테, 아니면 국왕의 누이동생한테, 아니면 발랑티누아 공작부인한테 붙었다. 끌리는 데가 있거나, 서로 마음이 맞거나, 성격이 비슷하거나에 따라 붙는 대상이 달랐다. 청춘을 다 보내고 근엄한 정숙을 중요하게 생각하는 여자들은 왕비한테 붙었다. 아직은 젊고 즐거움을 찾으며 오로지 연애 때문에 궁정 생활을 하는 여자들은 왕세자비한테 붙었다. 나바르 왕비를 추종하는 여자들도 있었다. 이 왕비는 아직 젊고 왕인 남편에게 영향력이 있었다. 나바르 왕은 몽모랑시 원수와도 결탁하고 있었으니, 그런 점에서 신뢰도가 높았다. 왕의 누이동생은 여전히 아름다웠고, 그래서 여러 부인들이 따랐다. 발랑티누아 공작부인의 경우는 부인이 쳐다봐주는 사람이면 모두 공작부인의 사람이 되었으나, 부인의 마음에 드는 사람은 정작 별로 없었다. 기질이 비슷해 신뢰와 정이 가는 몇몇 사람을 제외하고는 처소에 들이지 않았고, 왕비가 궁 사람들을 맞는 날에만 자신도 궁 사람들을 맞아들였다.

이 당파들은 서로 경쟁과 질투를 일삼았다. 같은 파에 속한 여자들끼리도 총애나 애인 문제로 서로 시기했다. 세력 강화나 신분 상승 등의 이해관계가 자주 이런 문제와 연관되었는데, 중요성이 덜하긴 해도 제법 민감한 사안이었다. 하여 이 궁정에는 무질서하지는 않으나 일종의 동요가 있었고, 그것이 궁에 활력을 주긴 했지만, 세상 물정 모르는 젊은 사람들에겐 매우 위험한 것이었다. 샤르트르 부인은 이 위험을 환히 내다보고 있었고, 딸을 이 위험으로부터 안전하게 지킬 방법에만 골몰했다. 부인은 딸에게 어미가 아닌 친구로서 누가 연애를 걸어온다면 자기에게 모두 말해달라고 부탁했다. 그리고 젊을 때는 보통 당황하게 마련인 문제들에 잘 처신할 수 있도록 도와주겠다고 약속했다.

기즈 기사는 샤르트르 양에 대한 감정과 계획을 모조리 드러냈기 때문에 그의 마음을 모르는 사람이 없었다. 하지만 그는 자신이 그토록 갈망하는 것에서 불가능밖에 보지 못했다. 그녀를 든든히 지원해주기에 충분한 재력가가 아닌 까닭에 샤르트르 양에게 적절한 상대가 아님을 스스로도 잘 알고 있었다. 게다가 형들이 이 결혼을 승낙하지 않으리라는 것도 잘 알고 있었다. 형들은 동생들의 그저그런 결혼으로 이 대가문의 지위가 점점 하락할까봐 노심초사했다. 아니나 다를까, 로렌 추기경은 그의 생각이 틀리지 않았음을 보여주었다. 추기경은 몹시 흥분하며 그에게 샤르트르 양에 대한 집착을 드러내는 일을 당장 그만두라고 했지만 그래야 되는 진짜 이유는 말하지 않았다. 그때까지 숨겨왔지만 추기경은 샤르트르 대공에게 증오심을 품고 있었고, 그것이 비로소 밖으로 터졌다. 추기경은 샤르트르 대공 가문만 아니면 어떤 가문과의 결혼도 허락하겠다고 했다. 더불어 대공의 가문을 얼마나 멀리하고 싶은지 공공연하게 드러내 샤르트르 부인은 자존심에 큰 상처를 입었다. 그래서 부인은 아주 신중하고도 교묘하게 자기들은 그 결혼을 꿈도 꾸지 않고 있으니 추기경이 두려워할 일은 없을 거라고 넌지시 일렀다. 샤르트르 대공도 같은 입장이었다. 사실 대공은 추기경의 태도에 대해 샤르트르 부인보다 더 기분 나빠했다. 추기경이 그러는 이유를 더 잘 알고 있었기 때문이다.

클레브 공작도 기즈 기사 이상으로 샤르트르 양에 대한 열정을 공공연하게 드러냈다. 느베르 공작은 아들의 마음을 알고 속이 상했다. 그래도 아들이 마음을 바꾸도록 설득할 자신이 있었고, 아들의 태도를 바꿔놓을 수 있을 거라고 믿었다. 그런데 아들이 샤르트르 양과 결혼할 결심이 확고한 것을 알고는 몹시 놀라 그 한심한 계획을 꾸짖었다. 너무 기가 막혀 분을 삭이지 못하고 자주 흥분하는 바람에 그 내막이 곧 궁정에 파다하게 퍼졌고, 샤르트르 부인의 귀에까지 들어가게 되었다. 샤르트르 부인은 느베르 공작으로서는 아들이 자신의 딸과 결혼하면 당연히 그들한테 유리한 일이라고 생각할 줄 알았다. 그런데 클레브 가문과 기즈 가문 모두 샤르트르 집안과의 결혼을 꺼리자 상당히 불쾌했다. 샤르트르 부인은 이 한을 풀기 위해서라도 최고의 신랑감을 찾아 자기들이 샤르트르 양보다 위에 있다고 생각하는 사람들 윗자리에 딸을 올려놓을 생각이었다. 신랑감을 살피다가 몽팡시에 공작의 아들에서 멈추었다. 그는 결혼할 나이가 된 데다 궁에서도 상당한 실세였다. 샤르트르 부인 자신이 기지가 넘치기도 했지만 궁정의 실력자인 샤르트르 대공의 도움도 있고, 실제로 샤르트르 양은 훌륭한 신붓감이었기에 부인은 자신 있게 일을 일사천리로 진행시켰고 마침내 몽팡시에 공작도 결혼을 희망하기에 이르렀으니, 이 결혼에 별다른 어려움은 없을 것 같았다.

당빌 공이 왕세자비를 연모하고 있음을 잘 아는 샤르트르 대공은 권력을 활용할 필요가 있다고 생각했다. 왕세자비에게 부탁해 샤르트르 양을 국왕 옆에, 즉 당빌 공과 절친한 사이인 몽팡시에 공작 옆에 두는 일을 당빌 공을 통해 성사시킬 계획이었다. 샤르트르 대공은 이 계획을 왕세자비에게 말했고, 왕세자비는 자기가 좋아하는 사람을 잘되게 하는 일인 만큼 이 일에 기쁘게 뛰어들기로 했다. 왕세자비는 그일이 자신의 숙부인 로렌 추기경을 불쾌하게 만드는 일임을 잘 알고 있지만 자신의 이익보다 왕비의 이익을 챙기느라 정신이 없는 숙부에게 그런 식으로라도 불만을 표시하고 싶다고 말해 샤르트르 대공을 무척이나 안심시켰다.

친절한 사람들은 어떤 구실로 자기를 좋아하는 사람과 말할 기회가 생기면 정말 기뻐하는 법이다. 샤르트르 대공이 방에서 나가자마자, 왕세자비는 당빌 공이 총애하는 샤스틀라르를 불러 저녁에 자기 처소에서 보자고 당빌 공에게 전하라 했다. 샤스틀라르는 이 임무를 기쁘

26

고 황공하게 받들었다. 이 시종은 제법 좋은 영주 가문 태생이었다. 그러나 출신보다는 두뇌와 재능의 덕을 보고 있었다. 궁의 많은 대공들이 그를 인정했고, 몽모랑시 원수 가문의 호의로 특별히 당빌 공과 막역하게 지내고 있었다. 사람 좋고, 운동이라면 가리지 않고 다 잘했으며, 노래도 기가 막히게 잘 부르고, 시도 잘 짓고, 연애 기질도 있는 데다 매사에 열정이 넘쳤으니, 당빌 공의 마음을 완전히 사로잡아 당빌 공은 왕세자비에 대한 연모의 정을 그에게 다 털어놓고 있었다. 이 내밀한 고백 덕분에 당빌 공이 왕세자비에게 가까이 다가갈 수 있었고, 그렇게 왕세자비를 자주 보다보니, 이성을 앗아가고 결국 목숨까지 걸게 만든 그 불행한 사랑이 시작된 것이었다.

당빌 공은 그날 저녁 왕세자비 궁에 어김없이 나타났다. 그는 왕세자비께서 당신이 바라는 일에 자기를 끼워준 것이 너무나 기쁘다며, 분부를 정확히 수행하겠노라고 약속했다. 그러나 이 결혼 구상을 알게 된 발랑티누아 공작부인이 놀라운 솜씨로 그 일을 가로막고 나섰다. 공작부인은 왕에게 당빌 공이 행여 그 건을 청탁하면 승낙하지 말라고 청한 것은 물론 몽팡시에 공작을 불러 직접 그 말을 하라고 일렀다. 원하던 일이 그렇게 어긋나고 계획했던 일이 참담한 실패로 돌아가 적들에게는 이득을, 딸에게는 큰 손해를 주었으니, 샤르트르 부인의 심정이 어떠했을지는 짐작이 가고도 남았다.

왕세자비는 아무런 도움도 주지 못해 씁쓸한 기분을 샤르트르 양에게 전했다.

"보셨죠?" 왕세자비가 샤르트르 양에게 말했다. "제가 정말 미력하군요. 왕비 마마나 발랑티누아 공작부인한테 제가 이렇게까지 미움을 받고 있는 줄은 몰랐네요. 그분들은 본인이 직접 나서거나 주변 사람을 시켜 제가 원하는 일은 모두 방해해요." 그러면서 덧붙였다. "하지만 제가 그분들 마음에 들 거라고는 한 번도 생각하지 않았어요. 두 분이 저를 미워하는 건 사실 다 제 어머니 때문이에요. 옛날에 제 어머니는 그 두 분의 불안과 질투의 대상이었지요. 전하께서는 발랑티누아 공작부인을 사랑하기 전 저의 어머니를 사랑하셨거든요. 결혼 초에, 그러니까 카트린 왕비님과의 사이에 자식이 하나도 없었을 때, 전하께서는 저의 어머니와 결혼하기 위해 왕비 마마와 이혼할 생각까지 하셨어요. 또 발랑티누아 공작부인은 제 어머니가 전하께서 전에 사랑하신 여자니까 두려운 데다 그 미모와 지성 때문에라도 전하께서 당신을 멀리할까봐 몽모랑시 원수와 결탁한 거예요. 그런데 기즈 일파의 적수인 몽모랑시 원수가 전하께서 기즈 형제의 누이동생과 결혼하기를 바랄 리 있겠어요? 그래서 그 두 분이 합심해 지금은 고인이 되신 선왕을 설득한 거예요. 선왕께서는 발랑티누아 공작부인은 죽도록 증오하셨지만 며느리는 사랑하셨어요. 그래서 아드님의 이혼을 막았죠. 그리고 제 어머니와의 결혼은 생각도 못 하도록 제 어머니를 전하의 누이동생이신 막들렌 공주님과 결혼했다가 바로 혼자가 되신 스코틀랜드 왕, 그러니까 제 아버지와 결혼시킨 거고요. 일을 해결하는 가장 손쉬운 방편이어서 그리하셨지만 그 결혼 때문에 제 어머니를 열렬히 원하신 영국 왕과의 약혼은 결국 성사되지 못했죠. 그 일 때문에 두 왕 사이가 틀어졌고요. 영국 왕 헨리 8세께서는 제 어머니와 결혼할 수 없게 되자 무척 상심하셨어요. 다른 프랑스 공주님들을 추천해보기도 했지만, 헨리 왕께선 그 누구도 빼앗긴 그녀를 대신할 수 없다고 말씀하셨죠. 사실 제 어머니는 정말 미인이셨어요. 롱그빌 공작과 결혼했다가 미망인이 되셨지만, 세 분의 왕께서 제 어머니와 결혼하기를 간절히 원하셨다니, 정말 대단하지 않아요? 불운하셔서 고생투성이인 작은 왕국으로 시집가실 수밖에 없었지만요. 사람들 말이 제가 어머니를 많이 닮았대요. 불행한 운명까지 닮을까 걱정이긴 하지만. 행복한 일들이 찾아온다 해도 제가 과연 그것을 마음껏 누릴 수 있을지 모르겠네요."*

이 이야기를 다 듣고 난 샤르트르 양은 그런 예감은 잘못된 것이니 오래 갖고 계셔서는 안 된다고, 반드시 행복해지실 거라고 왕세자비를 위로했다.

이제 그 누구도 샤르트르 양과의 결혼을 꿈꾸지 않았다. 왕의 기분을 거스를까 두렵기도 했지만, 왕가 혈통과 혼담이 났던 사람과 잘해볼 자신이 없어서이기도 했다. 그러나 클레브 공작은 이런 생각에 전혀 얽매이지 않았다. 마침 아버지 느베르 공작이 세상을 떠나는 바람에 걷잡을 수 없는 강물 같은 사랑을 그대로 따라가도 되는 완전한 자유가 주어졌다. 장례와 애도 기간이 지나자 그는 샤르트르 양과 결혼할 방법만 궁리했다. 벌어질 일들이 다 벌어지고, 다른 경쟁자들을 멀리 따돌린 시점에 그런 제안을 할 수 있게 된 것이 그나마 다행이다 싶었고, 청혼이 거절당하지 않으리라는 확신도 들었다. 다만 두려운

---

* 스코틀랜드의 여왕 메리 스튜어트의 어머니 마리 드 기즈는 1515년 프랑스 귀족 가문에서 태어나 1534년 롱그빌 공작과 결혼했다. 1537년 남편을 잃은 뒤 영국 왕 헨리 8세의 청을 뿌리치고 1538년 스코틀랜드 왕 제임스 5세와 결혼한다. 이 사건으로 스코틀랜드는 프랑스와 동맹관계를, 영국과는 대립관계에 놓이게 되고, 제임스 5세는 메리 스튜어트가 태어난 지 며칠도 안 되어 1542년 12월에 죽었다.

것은 자기가 그녀의 마음에 들지 않으면 어떡하나 하는 것이었다. 그는 사랑받지 않고도 결혼할 수 있다는 확신보다 사랑받는 행복을 원했다.

기즈 기사에게 일종의 질투심이 일기도 했지만, 그것은 그의 장점 때문이지 샤르트르 양의 태도 때문은 아니었으니, 클레브 공작이 품고 있는 생각에 그녀가 동의만 해줘도 충분히 행복할 것 같았다. 샤르트르 양을 볼 수 있는 기회는 왕비나 왕세자비 처소 또는 회합 때가 전부여서 따로 대화하기가 힘들었다. 하지만 결국 방법을 찾아내 상상할 수 있는 모든 예의를 갖추어 자신의 열정과 계획을 그녀에게 전했다. 그리고 자신에 대한 그녀의 감정은 어떠한지 말해달라고 재촉했고, 그녀에 대한 자신의 감정은 자연의 운명과도 같은데, 그녀는 다만 어머니의 뜻에 따라 의무적으로 행동하는 것이라면 자신은 영원히 불행할 거라고 했다.

샤르트르 양은 매우 고상하고 사려 깊은 심성을 가진 만큼 클레브 공작의 고백에 일단 감동을 받았다. 그런 그녀의 답변에는 감사의 마음이 담겨 있어 열렬한 사랑에 빠진 한 남자로서는 희망을 걸기에 충분한 어떤 부드러운 느낌이 있었다. 그래서 클레브 공작은 바라던 것의 일부는 얻은 듯해 은근히 기대가 되었다.

샤르트르 양은 클레브 공작과 나눈 대화를 어머니에게 모두 보고했고, 샤르트르 부인은 클레브 공작은 품격과 자질이 있는 사람이며 나이에 비해 지혜가 있어 보인다며 그와 결혼하고 싶을 만큼 마음이 흔들린다면 기꺼이 승낙하겠다고 말했다. 샤르트르 양은 어머니가 본 것과 같이 훌륭한 자질을 그에게서 느꼈다고 대답했다. 다른 사람보다는 혐오감이 덜해 그와 결혼할 수 있겠지만, 사람 자체에는 특별한 끌림이 없다고도 말했다.

이튿날 클레브 공작은 곧장 샤르트르 부인에게 확답을 구했고, 부인은 그의 제안을 즉시 받아들였다. 부인은 클레브 공작에게 딸을 주면서, 사랑할 수 없는 남자에게 딸을 준다는 걱정은 전혀 하지 않았다. 이리하여 혼담이 성사되었다. 국왕에게도 보고되었고, 이제 모두가 이 약혼 소식을 듣게 되었다.

클레브 공작은 완전히 만족한 것은 아니지만 그래도 행복했다. 샤르트르 양의 감정이 존경과 감사 이상은 아니라는 사실이 다소 씁쓸했지만, 그래도 그녀가 자신에 대한 호의적인 감정을 감추고 있을 거라 믿고 싶었다. 이제 정혼을 했으니 부인은 자신의 지나친 정숙에 반(反)하지 않으면서도 그 감정을 나타낼 수 있었다. 여하튼 그러다보니 그녀에게 하소연하지 않고 지나가는 날이 없었다.

"당신과 약혼하고도 내가 행복하지 않다니, 그게 말이 되오?" 그가 말했다. "하지만 사실이오. 난 행복하지 않소. 당신은 나를 만족시킬 정도의 자비심만 갖고 있소. 나에 대한 설렘, 초조함, 슬픔 따위는 없소. 내 열정에 감동하는 것 같지도 않고. 당신은 남자의 매력 때문이 아니라 당신의 어떤 이익 때문에 내 옆에 있는 사람 같소."

"그런 말씀을 하시다니 부당해요." 그녀가 대답했다. "제가 할 수 있는 것 이상을 원하실 줄은 몰랐어요. 그러나 예절을 지켜야 하니 저는 그 이상은 할 수가 없어요."

"사실 그렇소." 그가 대꾸했다. "당신은 나한테 꾸며낸 표정을 하오. 그 안에 뭔가 더 있다면 내가 만족하겠지만. 당신은 예의 때문에 자제한다기보다 오로지 예의로써 당신이 해야만 하는 것을 하고 있소. 난 당신한테 매력도 없고, 당신 심장을 두근거리게 하지도 않는 것 같소. 나를 보면 좋고 떨려야 하는데 그렇지 않잖소."

"당신을 보면서 제가 기뻐하지 않는다니요." 그녀가 말했다. "당신을 볼 때 제 얼굴이 얼마나 자주 붉어지는데요. 당신을 보고도 떨리지 않는다니요."

"당신 얼굴이 붉어지는 건 맞소." 그가 대답했다. "하지만 그건 부끄러움 때문이지 심장이 뛰어서 그러는 건 아니잖소. 내가 괜히 이러는 것이 아니라 이럴 만해서 이러는 거요."

샤르트르 양은 아무 대답도 할 수 없었다. 그 둘 사이에 어떤 차이가 있는지 알지 못했다. 클레브 공작은 자기를 만족시킬 만한 감정을 그녀가 갖기에는 아직 멀었다는 생각을 했다. 그도 그럴 것이, 그녀는 그가 말하는 감정이 무엇인지조차 모르는 것 같았다.

기즈 기사는 클레브 공작의 결혼식 며칠 전에 여행에서 돌아왔다. 그는 샤르트르 양과 결혼하려던 계획에 뛰어넘을 수 없는 장애물이 생겼고 이제는 계획의 실행을 기대조차 할 수 없음을 깨달았다. 다른 남자의 여자가 될 그녀를 보니 마음이 쓰렸다. 그러나 그런 고통에도 그의 열정은 사그라들지 않았고, 사랑이 덜해지지도 않았다. 샤르트르 양도 기즈 기사의 마음을 모르지 않았다. 기즈 기사는 자신의 얼굴에 나타난 깊은 슬픔의 원인이 바로 그녀임을 드러냈다. 그만 한 재능과 매력을 가진 남자가 불행해하는 모습에 누구라도 일말의 연민을 느끼지 않을 수 없었다. 샤르트르 양 또한 예외가 아니었다. 하지만 연민 때문에 다른 감정을 갖게 된 것은 아니었다. 샤르트르 양은 자기 때문에 기즈 기사가 그토록 상심하는 것이 마음 아프다고 어머니에게 말했다.

샤르트르 부인은 딸의 진지함에 탄복했고, 마땅히 이유를 들어 그것을 칭찬했다. 왜냐하면 그렇게 훌륭하고 자연스러운 솔직함은 아무에게서나 쉽게 찾아볼 수 없는 것이기 때문이었다. 딸이 클레브 공작에게 마음을 주지 않았다는 걸 잘 아는 샤르트르 부인은 그런데도 다른 남자에게 마음을 주지 않는 딸이 기특하지 않을 수 없었다. 샤르트르 부인은 클레브 공작이 그녀를 잘 알기도 전에 그녀에게 마음을 준 것과 또 어느 누구도 그녀와 결혼할 생각을 하지 않던 시기에 그녀를 선택함으로써 증명해 보인 사랑에 대해 그녀가 무엇을 해야 하는지 이해시켰고, 그럴수록 남편에게 더 애정을 가져야 한다고 일렀다.

드디어 루브르 궁에서 결혼식이 치러졌다. 그날 저녁 왕과 왕비, 왕세자비가 궁정 사람들과 함께 샤르트르 양의 집에 만찬을 들러 왔고, 모두 융숭한 대접을 받았다. 기즈 기사는 유별나게 보일까봐 결혼식에 참석하긴 했으나, 슬픔을 주체하지 못하는 모습을 자주 보였다.

클레브 공작은 샤르트르 양이 자기에게 시집와서 성(姓)이 바뀐다고 감정까지 바뀔 거라고는 기대하지 않았다. 남편의 좋은 배경은 그녀에게 든든한 발판이 되겠지만 그것이 그녀의 마음속에 또 다른 자리를 내준 것은 아니었다. 남편이 되었다고 애인이 되지 말란 법은 없다. 그는 소유 이상의 어떤 것을 줄곧 희망했다. 그녀는 그와 완벽하게 잘 지냈지만, 그는 완전히 행복하지는 않았다. 그의 기쁨을 흔들어 놓기까지 하는, 그녀에 대한 격하고도 불안한 정열이 가슴속에 늘 자리 잡고 있었다. 질투가 차지한 부분은 없었다. 그만큼 질투와 거리가 먼 남편은 없었고, 그녀만큼 질투의 원인을 제공하지 않는 아내도 없었다. 그러나 그녀는 궁중 한가운데에 노출되어 있었다. 매일 왕비와 왕세자비 및 다른 귀부인들의 처소에 갔다. 또 그녀의 집에도, 모든 사람에게 열려 있는 시숙 느베르 공작 집에도 그녀를 보는 젊은 남자들이, 연애 잘하는 남자들이 많고도 많았다. 하지만 그녀는 연애를 걸어볼 수도 없이 너무나 정숙하고 품위 있는 태도로 존경심마저 불러 일으킬 정도라, 대담하기로 유명하고 왕의 총애까지 한 몸에 받고 있는 생탕드레 대장 같은 사람도 그녀의 미모에 반했지만 예의와 정도를 갖추어 그런 마음을 겨우 내보일까 말까 할 뿐이었다. 다른 남자들도 비슷했다. 샤르트르 부인은 딸의 정숙에 더해 남자들이 보이는 모든 호의와 배려에 정확히 어떻게 반응해야 하는지를 가르침으로써 그녀를 쉽게 건드릴 수 없는 사람으로 보이게 만들었다.

화평 협상에 바빴던 선대 로렌 공의 미망인은 아들 로렌 공의 결혼 일로도 바빴다. 왕의 차녀인 클로드 공주와의 혼사가 성사되었고, 결혼식은 오는 2월에 하기로 결정되었다.

한편 브뤼셀에 머물던 느무르 공은 머릿속이 영국 일로 가득 차 바쁜 나날을 보내고 있었다. 서한이 여러 차례 오갔다. 기대감이 매일같이 고조되었고, 드디어 리뉴롤에게서 일이 잘 진행되었고, 이제 직접 나타나서 마무리만 지으면 되겠다는 소식이 왔다. 이에 느무르 공은 가슴이 터질 듯 기뻤다. 야망이 가득 찬 젊은이로서 오로지 평판만으로 왕위에 오르게 될 자신을 상상하니 흥분되지 않을 수 없었다. 처음에는 도저히 이룰 수 없는 일이라며 펄쩍 뛰었지만, 지금 느무르 공의 머릿속은 알게 모르게 이 엄청난 행운에 익숙해지고 있었다. 이제 그의 상상 속에는 어떤 어려움도 없었고, 어떤 장애물도 보이지 않았다.

느무르 공은 자신을 여기까지 이끈 목표에 상응하는 눈부신 영국 상륙을 위해 성대한 행렬을 계획했고 급히 파리로 사람을 보내 필요한 물품들을 준비시켰다. 그리고 자신은 로렌 공의 결혼식에 참석하기 위해 서둘러 궁으로 갔다.

그는 약혼식 전날 궁에 도착했다. 그날 저녁 곧바로 왕에게 가서 계획한 일의 진행 상황을 보고하고, 아직 더 해야 할 일들에 대해 왕의 조언과 명령을 들었다. 이어 왕비와 왕세자비 처소에 들렀다. 마침 클레브 공작부인은 참석하지 않아 느무르 공을 보지 못했으며, 그가 궁에 온 것조차 몰랐다. 많은 사람들이 궁에서 가장 잘생기고 멋진 남자는 느무르 공이라고 말해서 부인도 그에 대해 조금은 알고 있었다. 특히 왕세자비는 거의 묘사라 할 정도로 자세히, 그것도 여러 번이나 그에 대한 이야기를 해서 클레브 공작부인도 그가 어떤 사람인지 자못 궁금했고 어서 보고 싶기까지 했다.

그녀는 약혼식 날 온종일 집에 있으면서 저녁에 루브르 궁에서 열릴 연회와 무도회를 위해 치장했다. 그녀가 궁에 도착하자 사람들은 또 그녀의 아름다움과 차림새를 칭찬했다. 무도회가 시작되었다. 그녀가 기즈 기사와 춤을 추고 있을 때, 중요한 사람이 도착했는지 연회실 문 쪽이 술렁거렸다. 기즈 기사와 춤을 춘 후, 클레브 공작부인이 다음으로 춤출 상대를 찾느라 주변을 두리번거리는 중에 국왕이 큰소리로 지금 막 도착한 분과 추면 어떻겠냐고 권했다. 클레브 공작부인은 몸을 돌렸다. 그리고 한 남자를 보았다. 순간 그 사람이 느무르 공일 수밖에 없다고 생각했다. 그는 몇 자리를 지나 그녀 쪽으로 오고 있었다. 그 공작은, 그러니까 전에 한 번도 그를 본 적이 없는 사람이라면 그를 보자마자 놀라지 않을 수 없게 만드는 뭔가가 있었다. 특히 그날 저녁엔 한껏 멋지게 차려입고 왔으니 그의 매력이 더욱 빛을 발했다. 하지만 느무르 공 쪽에서도 클레브 공작부인을 처음 보는 것인 만큼 대단히 놀라지 않을 수 없었다.

느무르 공은 그녀의 미모에 너무나 놀랐고, 가까이 다가선 자신에게 그녀가 살짝 인사를 하자 그만 감탄을 표하지 않을 수 없었다. 두 사람이 춤을 추기 시작하자 여기저기서 탄성이 쏟아져 나왔다. 왕과 왕비, 왕세자비는 두 사람이 전에 전혀 본 적이 없다는 사실을 떠올렸고, 서로 알지 못하는 사이이면서도 춤을 추는 둘 사이에 뭔지 모를 무엇이 있음을 느꼈다. 그들은 두 사람이 춤을 마치자마자 서로 말 한마디 건넬 틈도 주지 않고 두 사람을 불렀다. 그리고 서로가 누구인지 알고 싶지 않냐고, 누구인지 알 것 같지 않냐고 물었다.

"마마, 저는 모르지 않습니다." 느무르 공이 먼저 말했다. "하지만 제가 이 부인이 누구인지 아는 것과 같은 이유로 부인은 제가 누구인지 아시지는 않을 것이오니, 마마께서 제 이름을 부인에게 알려주시면 어떠할까 하옵니다."

그러자 왕세자비가 대답했다. "공께서 부인의 이름을 아시는 것처럼 부인께서도 공의 이름을 아실 것입니다."

"마마께서는 그리 생각하셔도 저는 누구신지 짐작조차 못 합니다." 당황한 기색이 역력한 클레브 공작부인이 대답했다.

"아니, 너무나 잘 짐작하시죠." 왕세자비가 대꾸했다. "한 번도 보지 않고도 잘 아는 것을 고백하고 싶지 않으신 것을 보니 느무르 공에게 호감이 있나봅니다."

그때 왕비가 무도회를 계속 이어가도록 이들의 대화를 중단시켰다. 느무르 공은 이번에는 왕세자비와 춤을 추었다. 왕세자비 역시 대단한 미모의 소유자로, 플랑드르에 가기 전 느무르 공의 눈에는 정말 그녀가 그렇게 보였다. 하지만 그날 저녁부터는 오로지 클레브 공작부인만이 아름다워 보였다.

클레브 공작부인을 줄곧 흠모해온 기즈 기사는 그날 저녁 부인의 바로 옆에 있었는데 자기 눈앞에서 벌어진 일을 보며 다시 한번 절망하지 않을 수 없었다. 이제 행운은 클레브 공작부인한테 반한 느무르 공에게 가리라는 예감이 들었다. 실제로 부인의 얼굴에 어떤 떨림이 있었던 것인지, 아니면 질투 때문에 사실을 과장해서 본 것인지는 알 수 없지만, 기즈 기사는 그녀의 마음이 느무르 공을 보고 흔들렸음을 확실히 느꼈다. 그래서 결국 클레브 공작부인에게 이처럼 교묘하고도 절묘한, 뜻밖의 사건으로 자신의 존재를 알린 느무르 공은 정말 행복할 거라고 털어놓고 말았다.

클레브 공작부인은 집으로 돌아왔고, 방금 무도회에서 있었던 일이 머릿속에 가득 차, 너무 늦은 시각이었지만 그 일을 이야기하기 위해 어머니 방으로 갔다. 뭔가 다른 표정으로 느무르 공에 대해 한참 이야기하는 딸을 보면서 샤르트르 부인 역시 기즈 기사와 똑같은 생각을 하게 되었다.

이튿날 결혼식이 있었다. 클레브 공작부인은 거기서 다시 한번 숨이 멎을 듯 우아한 모습의 느무르 공을 보았다.

그다음 날도 왕세자비 처소에서 그를 보았고, 왕과 함께 테니스를 치는 그를 보았고, 마상 시합을 하는 그를 보았고, 그가 말하는 것도 들었다. 볼 때마다 그는 다른 사람들보다 우월했고, 있는 곳 어디서나 재치와 매력으로 모든 대화를 이끌었으니, 얼마 되지도 않아 그가 그녀의 마음에 들어와 있었다.

느무르 공은 클레브 공작부인에게 강렬하고도 걷잡을 수 없는 사랑을 느꼈으니, 사랑에 빠지면 생기는 첫 변화랄까, 부드럽고 쾌활해진 그는 어느 때보다 사랑스러웠다. 그렇게 서로 자주 보면서, 더욱이 궁에서 가장 완벽한 두 남녀가 그렇게 서로 자주 보면서 서로를 무한히 좋아하지 않기란 참으로 어려웠다.

발랑티누아 공작부인은 궁의 오락 행사에 한 번도 빠지지 않았고, 국왕은 이십 년 전 사랑할 때와 똑같은 열정과 배려심으로 부인을 대했다. 하지만 클레브 공작부인의 나이에는 스물다섯이 넘은 여자도 여전히 사랑받을 수 있다는 사실이 믿기지 않는 법이라, 그녀는 이제 막 손녀를 시집보내기까지 한 할머니인 발랑티누아 공작부인에 대한 왕의 여전한 애정을 경이로운 시선으로 바라보았다. 그래서 샤르트르 부인에게 그 이야기를 자주 하곤 했다.

"어머니, 전하께서 그렇게 오랫동안 사랑에 빠져 계시는 게 가능한 일이에요?" 그녀가 샤르트르 부인에게 물었다. "전하보다 훨씬 나이가 많은 분을, 그것도 부친인 선왕의 애인이셨던 분을. 제가 듣기로는 부인께 다른 애인들이 많으셨다던데."

"전하의 사랑이 싹튼 것도 그것을 계속 간직해오신 것도 부인의 덕이나 정절 때문은 아니지. 사실 그 사랑에는 납득하기 어려운 점이 있단다. 만일 부인께서 그 귀족 가문에 젊음과 미모까지 갖추고도 전하께 정절을 지키느라 다른 누구도 사랑하지 않았다거나 전하를 사랑한 것이 어떤 실리나 재운 때문이 아니라 오로지 사람 자체를 사랑한 것이라면, 또 자신의 권력을 전하를 위해 정직하고 이로운 일에 썼다면, 모두가 부인에 대한 전하의 그 크나큰 애정을 인정하고 존중하지 않을 수 없겠지." 샤르트르 부인은 이어서 말했다. "한데 네가 나처럼 나이 든 여자들은 옛날이야기 하는 걸 너무 좋아한다고 흉보지 않을까 걱정이다. 그래도 발랑티누아 공작부인에 대한 전하의 사랑이 어떻게 시작되었는지 알려주고 싶구나. 선왕 때 궁정에서 있었던 일들은 지금 궁에서 벌어지는 일들과도 연관이 있으니 말이다."

"흉보다니요." 클레브 공작부인이 말했다. "지난 일들을 다 이야기해주세요. 어머니는 지금 일어나는 일들도 안 가르쳐주시잖아요. 궁 안의 복잡한 이해관계며 연애관계는 더더욱 안 알려주시고요. 얼마 전까지도 몽모랑시 원수님과 왕비님 사이가 아주 좋은 줄 알고 있었을 정도로 저는 아무것도 모른다니까요."

"사실과 전혀 다르게 알고 있었구나." 샤르트르 부인이 대답했다. "왕비께서는 몽모랑시 원수를 아주 미워하지. 왕비께서 권력을 쥐게 되면 어떤 일이 벌어질지 눈에 훤하다. 원수가 전하께 전하의 자녀분들 중 전하를 닮은 자녀는 첩의 자식들뿐이라고 말한 걸 왕비께서도 아셔."

"그런 미움이 있는 줄은 전혀 몰랐어요." 놀란 클레브 공작부인이 어머니의 말을 자르며 말했다. "왕비님께선 원수님이 투옥되었을 때 편지도 보내시고, 또 돌아왔을 때는 무척 기뻐하시며 전하처럼 그분을 대부님이라고 부르셨잖아요."

"이런 곳에서는 외양만 보고 판단하다가는 속고 만다. 겉으로 보이는 것은 거의 대부분 진실이 아니지." 샤르트르 부인이 말했다.

"발랑티누아 공작부인에 대해 이야기하자면, 너도 알다시피 그분은 원래 디안 드 푸아티에라고 불렸다. 명문가의 따님이지. 옛 아키텐 공작 가문에서 유래한 가문으로, 조모가 루이 11세의 서녀였어. 그런데 출신만 좋았지 다른 건 별게 없었단다. 부친인 생 발리에라는 분이, 너도 들어서 알겠지만 부르봉 원수 사건*에 연루되어 사형선고를 받고 단두대로 끌려가게 되었지. 한데 그 딸의 미모가 워낙 뛰어난지라 선왕의 마음을 사로잡았고, 어떤 수단을 썼는지는 나도 모르겠다만 결국 딸이 아버지를 살렸단다. 목이 떨어지는 순간만 기다리고 있던 사람에게 은총이 내려진 거지. 하지만 그때 얼마나 공포에 떨었던지 그분은 의식을 잃었고, 며칠 안 가서 세상을 뜨고 말았어. 그분의 딸은 왕의 정부(情婦)로 입궐하게 되었지. 한데 왕의 이탈리아 원정과 투옥**으로 그 사랑도 중단되었어. 왕께서 이탈리아에서 돌아왔을 때, 그동안 섭정 통치를 하셨던 왕의 친모께서 바욘까지 손수 아드님을 마중 나가셨는데, 궁녀들을 다 데리고 가셨지. 그 가운데 나중에 에탕프 공작부인이 되는 피슬뢰 양***이 있었단다. 왕은 피슬뢰 양과

---

* 프랑수아 1세의 신임을 받던 샤를 드 부르봉 원수가 재산 문제로 프랑수아 1세의 어머니인 루이즈 드 사부아와 갈등하게 되면서 왕을 배신하고 왕의 숙적인 카를 5세와 협력한 사건이다.
** 프랑수아 1세가 지휘하던 프랑스 원정단은 6차 이탈리아 원정 중 1525년 2월 이탈리아 북부에서 대패해 포로가 되어 협상의 난항이 계속되는 일 년여 동안 억류당해 있었다.
*** 안 드 피슬뢰(1508~1580). 몰락한 귀족 가문 태생으로 프랑수아 1세를 처음 만났

사랑에 빠졌지. 피슬뢰 양은 신분으로 보나 지성과 미모로 보나 발랑
티누아 공작부인보다 나은 게 없었어. 단 한 가지 나은 게 있다면 부
인보다 젊다는 거였지. 피슬뢰 양이 '난 디안 드 푸아티에가 결혼하던
날 태어났어'라고 하던 말을 나 역시 여러 번 들었단다. 내가 잘못 알
고 있을 수도 있지만, 증오심 때문에 그런 말을 한 거지 사실은 아니
야. 발랑티누아 공작부인이 노르망디 대영주인 브레제 공과 결혼한
것은 왕이 에탕프 공작부인과 사랑에 빠졌을 때와 같은 시기거든.****
이 두 부인 간의 증오만큼 대단한 증오도 없었단다. 발랑티누아 공작
부인은 왕의 애첩 자리를 빼앗아간 그 젊은 아가씨를 도저히 용서할
수 없었고, 에탕프 공작부인도 왕이 여전히 발랑티누아 공작부인과
관계를 유지하니 미치도록 시샘을 했어. 왕께서는 두 애첩 모두에게
충실하지 않았던 거지. 그 자리와 명예는 한 사람의 것이어야 했는데
말이야. 두 부인을 둘러싼, 우리가 보통 소(小)무리라 부르던 부인들
이 있었는데, 그 부인들은 이쪽에 붙었다 저쪽에 붙었다 했단다. 그러
다 왕세자인 장남이 투르농에서 갑자기 사망했고, 독살된 거라는 소
문이 파다했지. 어쨌든 왕께서는 몹시나 비통해하셨어. 지금 전하이
신 둘째 아드님한테는 장남한테 가지셨던 애정이나 애착이 별로 없었
지. 둘째 아드님은 활달하지도 않고 용감하지도 않았거든. 그래서 하

을 때 그녀의 나이 열여덟 살이었다. 왕은 그녀를 궁에 들이기 위해 우선 몰락한 귀족 장
드 브로스와 결혼시켰고, 장 드 브로스는 이후 왕으로부터 에탕프령을 하사받고 에탕프
공작이라 불렀다.
**** 역사 자료에 따르면 디안 드 푸아티에(?1499~1566)가 자신보다 마흔 살가량 연
상인 브레제 공과 결혼한 때는 1515년이다. 디안 드 푸아티에는 이때 열다섯 살이었고, 피
슬뢰 양은 일곱 살이었다. 소설 속 샤르트르 부인의 말은 역사적 사실과는 맞지 않는다.

루는 발랑티누아 공작부인한테 그런 불만을 털어놓으셨어. 그러자 부인은 자기와 사랑에 빠지면 왕자가 더 씩씩하고 매력적인 남자가 될 수도 있지 않겠냐고 말했어. 보다시피 성공했지. 그렇게 해서 이십 년 전에 시작된 사랑이 세월에도, 그 어떤 장애에도 변함없이 지금까지 유지되고 있는 거란다.

처음에 선왕께서는 극구 반대하셨어. 질투를 느낄 만큼 발랑티누아 공작부인에 대한 사랑이 아직 남아서 그러셨는지, 아니면 에탕프 공작부인이 자신의 적인 발랑티누아 공작부인이 왕세자까지 손에 쥐게 되면 자신의 입지가 좁아질까봐 왕을 설득했는지, 아무튼 선왕께선 그 연애를 매일같이 분노와 슬픔으로 지켜봐야 했어. 한편 둘째 아드님은 아버지의 분노도 미움도 두려워하지 않았고, 발랑티누아 공작부인에 대한 애정을 줄이거나 감추지도 않았어. 도리어 왕께서 그걸 참는 데 익숙해질 필요가 있었지. 이렇게 당신 의사에 맞서고 나오니 왕께서는 그 아들과는 더 멀어지고, 셋째 아드님인 오를레앙 공을 더 애지중지하셨단다. 오를레앙 공은 헌칠한 미남에다 불같은 기질과 야심도 있고 좀 자제가 필요하다 싶을 정도로 혈기가 넘쳤지만, 나이가 들면 자연히 성숙해질 테니 정말 대성할 왕자였지.

사실 서열상으로는 둘째 아들인 앙리 왕자가 왕세자가 되는 게 당연했는데, 국왕이 총애하는 아들은 셋째인 오를레앙 공이었으니 형제간에는 일종의 경쟁심이 생겼고 나중에는 증오로 발전했단다. 이런 경쟁은 어린 시절부터 시작되어 줄곧 계속되었어. 신성로마제국 황제 카를 5세가 프랑스에 들렀을 때도 왕세자보다 오를레앙 공에게 전적인 호의를 보였으니 왕세자는 너무 분개해 카를 5세가 샹티이에 있을 때 몽모랑시 원수를 시켜 전하의 명을 기다릴 것도 없이 그를 체포하라 했지만, 원수는 그러고 싶지 않았지. 전하께서는 아들의 명을 따르지 않았다고 나중에 원수를 나무랐지만 말이야. 전하께서 원수를 궁에서 내보낸 이유도 사실 이 사건이 많은 부분을 차지했단다.

두 형제의 내분을 보면서 에탕프 공작부인은 오를레앙 공을 지지해야겠다고 생각하게 되었어. 그래야 왕 옆에 더 바싹 붙어 발랑티누아 공작부인한테 밀리지 않을 거라고 본 거지. 결국 성공했단다. 오를레앙 공은 에탕프 공작부인을 연모하진 않았지만, 형이 발랑티누아 공작부인과의 관계를 통해 취하는 실리를 염두에 두지 않을 수 없었겠지. 너도 충분히 짐작이 가겠지만, 그래서 궁에 두 파가 형성된 거야. 하지만 이런 암투관계가 여자들이 얽히고설킨 사안에서 끝난 것은 아니었어.

오를레앙 공과 우정이 돈독했던 카를 5세는 공에게 밀라노 공작령을 주겠다고 몇 번이나 제안했어. 그렇게 해서 화평이 성사되면, 그에게 또 열일곱 개 지방을 주고 자기 딸과 결혼시키려고 했지. 왕세자는 화평도, 동생이 카를 5세의 딸과 결혼하는 것도 원치 않았어. 자신이 항상 좋아했던 몽모랑시 원수에게 부탁해 오를레앙 공이 신성로마제국 황제와 연합하고 열일곱 개 지방을 얻게 되면 세력이 얼마나 커질지, 그러니 그를 후계자로 삼으면 절대 안 된다는 점을 왕에게 인식시키게 했지. 몽모랑시 원수는 그런 왕세자의 마음을 충분히 이해할 수 있었어. 원수 역시 에탕프 공작부인과는 생각이 달랐으니, 오를레앙 공의 상승을 열렬히 바라던 에탕프 공작부인은 이제 그들의 공식적인 적이 되었지.

그래서 왕세자는 샹파뉴 지방에 있던 왕의 군대에게 신성로마제국 황제의 군대를 섬멸하라고 명했어. 그런데 상황이 프랑스군에게 너무 유리하게 돌아가면, 신성로마제국 황제와의 화평 조약 및 결혼 조약이 깨질까 두려웠던 에탕프 공작부인은 비밀리에 적군과 내통해 프랑스군의 군량미가 있던 에페르네와 샤토 티에리를 기습하게 했어. 아마 그 정보가 없었다면 황제의 군대는 전멸했을 거야.

그러나 에탕프 공작부인은 이 배반의 성공을 그리 오래 즐길 순 없었단다. 얼마 안 있어 오를레앙 공이 파르무티에에서 이상한 전염병에 걸려 죽었으니까. 사실 오를레앙 공은 궁에서 가장 아름답기로 소문난 한 여인을 사랑했고, 그녀 역시 그를 사랑했어. 그분 이름을 너한테 말해줄 순 없구나. 왕자에 대한 연모를 마음속 깊이 감추고 지고지순하게 사셨으니 그분의 명예를 지켜드려야 할 것 같아서 말이다. 그런데 우연인지 그분은 오를레앙 공의 죽음을 알게 된 날 남편의 사망 소식까지 듣게 되었단다. 그러니 상심한 진짜 이유를 감출 구실이 생겼고, 마음 놓고 대성통곡을 했지.

선왕께서도 곧 죽은 아들을 따라가게 되었어. 이 년 후에 승하하셨지. 전하께선 유언처럼 왕세자에게 투르농 추기경과 안느보 해군대장을 측근에 두라면서 몽모랑시 원수는 언급조차 안 했어. 그 당시 몽모랑시 원수는 샹티이에 귀양 가 있었지. 하지만 왕세자가 왕이 되어 맨 처음 한 일은 몽모랑시 원수를 귀양지에서 불러들여 다시 왕실 업무를 맡긴 것이었어.

에탕프 공작부인은 궁에서 쫓겨났고, 전권을 쥐게 된 적에게 당할 수 있는 온갖 수모를 당했지. 발랑티누아 공작부인은 톡톡히 복수를 해줬어. 에탕프 공작부인은 물론 자기 마음에 들지 않았던 사람들 모두에게. 부인의 위세는 하늘을 찔러 왕이 왕세자였을 때는 보여줄 수 없었던 절대적 힘을 왕에게 미쳤지. 그가 통치한 십이 년 동안 부인은 모든 일을 관장했어. 인사권과 정무권까지. 투르농 추기경, 올리비에 재상, 빌르루아 경 등을 모두 쫓아냈지. 부인의 무분별한 행동을 직시하도록 왕에게 충언했던 자들은 다 몰락한 거야. 그런데 부인을 몹시 싫어한 포병대 총사령관 테 백작이 부인의 연애 행각을, 특히 전하께서도 이미 상당한 질투를 느끼고 있던 브리사크 백작과의 정사를 낱낱이 고해바쳤어. 그런데도 부인이 어찌나 제대로 손을 썼던지, 오히려 테 백작이 왕의 신임을 잃고 말았단다. 테 백작의 관직을 빼앗고, 정말 믿기지 않는 일이지만 그 자리를 곧바로 브리사크 백작에게 주더니 마침내 대장으로까지 승진시켰어. 왕의 질투는 더 심해졌지만 그가 계속 궁에 드나드는 것을 그저 참고 볼 수밖에 없었지. 그 질투심은 어떤 질투심보다 날 서고 격렬했지만, 부인에 대한 지극한 애정과 공경심 덕분에 그나마 안에서 무뎌져 겨우 절제되었지. 왕께서는 감히 그를 쫓아내지 못하고 피에몬테 총독으로 임명하여 그나마 궁에서 떨어뜨려놓았지. 브리사크 백작은 거기서 몇 년을 보내다가, 작년 겨울엔가 궁으로 돌아왔어. 군대를 더 요구하고, 그가 지휘하는 군대에 필요한 것들을 부탁하기 위해서 말이야. 한데 그건 구실에 불과하고, 사실은 발랑티누아 공작부인이 보고 싶어서, 아니면 부인이 자기를 잊을까 두려워서 온 거겠지. 왕은 그에게 아주 냉담했어. 사실 기즈 형제도 그를 싫어해서 감히 발랑티누아 공작부인한테는 직접 표를 못 내고, 발랑티누아 공작부인의 적으로 이미 낙인찍힌 우리 샤르트르 대공에게 부탁해 그가 요구하러 온 것들을 하나도 얻지 못하게 했어. 그 일은 어렵지 않았지. 전하도 브리사크 백작을 미워했으니까. 그가 궁에 출현한 일 자체가 전하를 불안하게 했지. 결국 그는 빈손으로 돌아갈 수밖에 없었단다. 그가 궁에 없는 동안 꺼지기 시작한 사랑의 불씨를 발랑티누아 공작부인의 마음속에 조금이나마 되살려놓은 것을 빼고는. 왕은 다른 질투거리도 많았지만 말하지 못했어. 아니, 감히 불평도 못 했지. 아, 내 이야기가 너무 길어졌구나. 네가 알고 싶지 않은 것까지 너무 많이 알려준 건 아닌지 모르겠다."

"아니에요. 아니에요." 클레브 공작부인이 대답했다. "이제 어머니를 귀찮게 할 정도로 더 물어볼 거예요. 제가 모르는 것들이 너무 많아요."

한편, 느무르 공은 클레브 공작부인에 대한 사랑이 너무나 열렬해 그가 좋아했던 모든 여자들, 특히 그녀를 보기 전 그가 계속 관계를 유지해온 여자들에 대한 관심과 취미를 모두 잃었다. 그녀들과의 관계를 끊을 구실 찾기에도 바빴지만, 그녀들의 푸념을 들어줄 인내심도 없었고, 비난에 대답할 여유도 없었다. 왕세자비를 좋아했던 마음도 클레브 공작부인을 향한 마음에 비하면 아무것도 아니었다. 서둘렀던 영국행마저도 늦추었다. 출발에 필요한 걸 준비하느라 열을 올렸지만 이제 급한 마음도 없었다. 느무르 공은 왕세자비의 처소에 자주 갔다. 클레브 공작부인이 그곳에 자주 나타나기 때문이었다. 왕세자비에 대한 감정 때문에 그곳에 자주 나타나는 거라고 사람들이 마음대로 상상해도 싫지 않았다. 왜냐하면 클레브 공작부인은 그에게는 너무나 고귀해 그가 좋아하는 티를 내 우연히라도 사람들이 알게 되는 것보다는 모르게 하는 편이 낫다고 생각했기 때문이다. 서로 숨기는 것이 없는 사이인 샤르트르 대공에게도 말하지 않았다. 이토록 현명하고 철저하게 행동했으니 그가 클레브 공작부인을 사랑하는 것을 아무도 눈치채지 못했다. 단 기즈 기사는 예외였다. 클레브 공작부인마저도 느무르 공에게 끌려 그의 행동을 특별히 유심히 보지 않았다면 아무것도 눈치챌 수 없을 정도였으니, 그의 마음을 알아채기란 정말 어려운 일이었다.

클레브 공작부인도 전과는 다른 기분이었다. 다른 남자들이라면 진작 어머니에게 말했을 텐데, 느무르 공에 대한 감정만큼은 숨기려고 하는 건 아닌데 이상하게 한 마디도 할 수 없었다. 하지만 샤르트르 부인은 딸이 느무르 공에게 흔들리고 있음을 너무도 잘 알고 있었다. 그래서 몹시 괴로웠다. 느무르 공 같은 남자의 사랑을 받고 또 그런 남자에게 끌리고 있으니, 이 젊은 청춘에게 어떤 일이 닥칠지 눈에 선했다. 그래도 혹시나 하는 마음이 있었지만, 며칠 후 일어난 한 가지 사건으로 딸아이의 마음을 확실히 알게 되었다.

기회만 있으면 자신의 호화로운 생활을 보여주고 싶어 하는 생탕드레 대장이 이제 막 완공된 새 자택을 전하께 보여드리고 싶다며 왕비를 비롯한 모든 측근들을 저녁 식사에 초대했다. 그렇게 하면 클레브 공작부인에게도 낭비벽에 가까울 정도의 현란한 씀씀이를 자연스럽게 보여줄 수 있다고 생각했다.

저녁 초대 날짜가 정해졌다. 그런데 그날을 며칠 앞두고 왕세자의 건강이 나빠졌다. 왕세자는 몸이 좋지 않아서 그간 아무도 만나지 않았다. 왕세자비는 종일 남편 곁을 지켰다. 왕세자는 초대일 저녁 무렵

에야 상태가 겨우 나아져서 고관대작들을 접견실에 들일 수 있었다. 왕세자비는 자기 방으로 돌아갔다. 클레브 공작부인을 비롯해 왕세자비와 제일 가까이 지내는 몇몇 부인들이 모였다.

벌써 시간이 늦었고, 아직 옷도 갈아입지 못한 탓에 왕세자비는 왕비의 처소에 가지 않기로 했다. 그리고 이제부터 아무도 들이지 말라며, 생탕드레 대장이 여는 저녁 무도회에 하고 갈 장신구들을 가져오라 명했다. 이미 클레브 공작부인한테 한 약속도 있어서, 클레브 공작부인에게 줄 것도 함께 가져오라고 했다. 두 사람이 한창 장신구를 고르고 있을 때, 마침 콩데 공이 들어왔다. 콩데 공은 왕세자비의 신임을 받는 인물이라 왕세자비 처소에 비교적 자유로이 출입하곤 했다. 왕세자비는 그에게 왕세자의 처소에서 오는 길인지를 확인하고 왕세자의 상태와 모인 사람들의 동태 등을 물었다.

"다들 느무르 공과 다투었습니다, 마마." 콩데 공이 대답했다. "공이 자기 생각이 맞다며 어찌나 열렬히 자기 주장을 펴던지. 아마 공에게 애인이 있는 것 같은데, 그 여인이 무도회에 나타나면 큰일 날 것 같습니다. 자기가 사랑하는 여자를 무도회에서 보는 게 애인으로서는 무척 언짢은 일이라더군요."

"아니, 느무르 공 같은 분이 왜 애인이 무도회에 가는 걸 원치 않는단 말이에요? 남편이라면 자기 아내가 무도회에 가는 걸 좋아하지 않을 수 있지만, 애인이면서 그런다는 건 한 번도 생각해보지 않은 일인걸요?" 왕세자비가 놀라서 되물었다.

"느무르 공이 보기에 무도회라는 곳은 애인으로서는 참기 힘든 곳이랍니다." 콩데 공이 대답했다. "서로 사랑하든 짝사랑을 하든 말입니다. 만일 서로 사랑하는 사이라면 그 며칠 동안은 왠지 덜 사랑받는 것 같아 슬퍼질 거랍니다. 무도회에 갈 때 애인만 생각해서 정성 들여 치장하는 여자는 없다는 거죠. 사랑하는 사람을 위한 것이자 모든 사람을 위한 것이다. 이거죠. 여자들은 무도회에 가면 자기를 쳐다보는 모든 남자들의 마음에 들고 싶어 한다는군요. 자기 미모에 만족하면 그렇게 자기를 바라봐주는 남자들 때문에 기분이 좋아지겠지만, 정작 그 애인은 기분이 좋을 리 없답니다. 또 이런 말도 하더군요. 만일 짝사랑이라면 그렇게 사람이 많은 모임에서 그녀를 보는 것이 더 고통이라고요. 그녀가 사람들의 찬사를 받으면 받을수록 자기가 사랑받지 못하는 사실이 더 불행하게 느껴진다는 거예요. 그녀의 미모 때문에 자기 사랑보다 더 행복한 사랑이 생기지나 않을까 두렵다는 거죠. 마지막으로, 그보다 더 괴로운 일은 자기가 가지 않은 무도회에 그녀가 갔다는 사실을 아는 것이라고 하더군요."

클레브 공작부인은 콩데 공이 하는 말을 안 듣는 척했지만, 사실은 주의 깊게 다 듣고 있었다. 특히 마지막 부분, 사랑하는 사람이 간 무도회에 자기가 가지 않은 슬픔에 대한 부분을. 곰곰이 생각해보니 느무르 공의 뜻에 맞추려면 어떻게 해야 하는지를 알 수 있었다. 국왕께서 페라라 공작을 마중 나가는 일을 느무르 공에게 맡긴 터라 그는 생탕드레 대장이 여는 저녁 무도회에 갈 수 없었다.

왕세자비는 콩데 공의 말에 웃고는, 느무르 공의 의견에 동의하지 않았다.

"단 한 가지 경우밖에 없습니다." 콩데 공이 다시 말했다. "느무르 공이 자기 애인이 무도회에 가는 것에 동의하는 경우는 딱 한 가지밖에 없어요. 바로 본인이 무도회를 열었을 때입니다." 콩데 공은 말을 이었다. "느무르 공이 작년에 왕세자비 마마를 위해 무도회를 열지 않았습니까. 그때는 사랑하는 사람이 거기 온 게 그에게 아주 좋은 일이었답니다. 비록 그 여인은 왕세자비 마마의 수행을 위해 그 자리에 온 듯했지만 말입니다. 자신이 제공하는 즐거운 자리에 사랑하는 사람이 참석해준다면 그에게도 은혜로운 일이라면서요. 궁정 사람들이 다 있는 자리에서 주인으로서 손님들을 환대하는 모습을 그녀가 봐준다면 그로서는 얼마나 행복한 일이냐는 거죠."

"그런 무도회에 애인이 가야 한다는 건 느무르 공 말이 맞네요." 왕세자비가 웃으며 말했다. "공이 잘해주는 여자들이 얼마나 많은데, 그 여자들이 모두 참석하지 않는다면 무도회에 사람이 없을 테니까요."

콩데 공이 무도회에 관한 느무르 공의 생각을 전한 순간 클레브 공작부인은 생탕드레 대장이 여는 그 무도회에는 가고 싶지 않았다. 자기를 좋아하는 것 같은 사람의 집에 가서는 안 된다는 생각이 분명해졌다. 느무르 공을 배려해야 한다는 단호한 이유도 있었다. 그렇기는 해도 왕세자비가 준 장신구들을 집으로 가져가지 않을 수는 없었다. 하지만 저녁에 어머니에게 그 장신구들을 보여주면서 오늘 하지는 않을 거라고 말했다. 생탕드레 대장이 자기한테 마음이 있는 것을 알리기 위해, 전하를 초대하면 자기도 올 거라는 것을 알고 그런 자리를 마련한 게 분명하다며, 그가 그런 자리에서 지나치게 자기에게 신경을 써주면 민망해질 테니 가고 싶지 않다고 했다.

샤르트르 부인은 딸의 그런 견해가 좀 이상해서 처음에는 그러지 않는 편이 좋겠다고 했지만, 딸의 뜻이 하도 완강해 그렇다면 그러라고 했다. 대신 아파서 무도회에 가지 못했다고 핑계를 대야 한다고 말했다. 이유를 대지 않으면 괜한 오해를 사 의심을 받을 수 있기 때문이었다. 클레브 공작부인은 느무르 공이 없는 곳에 가지 않기 위해 아픈 척하며 집에서만 며칠을 보내기로 했다. 한편 느무르 공은 그녀가 무도회에 참석하지 않을 거라는 사실을 아는 기쁨도 누리지 못한 채 출장을 떠났다.

느무르 공은 무도회 다음 날 돌아왔고, 그녀가 무도회에 참석하지 않았다는 사실을 알게 되었다. 그러나 왕세자 방에서 나눈 대화를 누군가 그녀 앞에서 다시 꺼냈다는 사실은 전혀 몰랐으니, 그녀를 무도회에 가지 않게 만들 만큼 자기가 행복한 남자라는 사실은 꿈에도 몰랐다.

이튿날 느무르 공은 왕비한테 갔다가 왕세자비한테도 들렀는데, 마침 샤르트르 부인과 클레브 공작부인이 들어와 왕세자비 가까이로 왔다. 클레브 공작부인은 정말 몸이 안 좋은 사람처럼 꾸밈새도 다소 소홀했다. 그러나 얼굴은 옷차림과는 달리 무척 아름다웠다.

"어머나, 아팠던 거 맞아요?" 왕세자비가 감탄하며 말했다. "콩데 공께서 무도회에 관한 느무르 공의 견해를 말해주었을 때, 저는 부인이 생탕드레 대장 집에 당연히 갈 거라고 생각했는데, 오히려 그래서 가지 않은 거군요?"

클레브 공작부인은 왕세자비가 자기 마음을 너무 정확히 맞힌 데다 그것도 느무르 공 앞에서 그 이야기를 해버리니 어쩔 줄 몰라 얼굴이 발개졌다.

바로 그때, 샤르트르 부인은 딸이 왜 무도회에 가지 않으려고 했는지 정확히 알아챘다. 그래서 느무르 공도 왕세자비처럼 생각할까봐 얼른 시치미를 떼며 진실을 이야기하듯 말했다.

"송구합니다. 마마께서 별 볼 일 없는 제 딸아이를 그토록 아껴주시는데, 황송하게도 제가 가지 못하게 해 마마를 수행하지 못했습니다. 저애는 정말 아팠습니다. 어제저녁 같은 행사라면 볼 것도 많았을 텐데, 거기 보내기에는 안색이 너무 안 좋아 괜히 걱정만 끼쳐드릴 것 같아 제가 가지 말라고 말렸습니다."

왕세자비는 샤르트르 부인이 한 말을 믿었다. 그러나 느무르 공은 그게 아닌 것 같은데 시치미를 떼는 샤르트르 부인이 은근히 못마땅했다. 클레브 공작부인의 얼굴이 발개진 것을 보면 왕세자비가 한 말이 진실과 아주 거리가 먼 것 같지는 않았다. 처음에 클레브 공작부인은 느무르 공이 그녀가 생탕드레 대장 집에 가지 않은 것이 자기 때문이라고 생각할 수도 있게 된 것이 싫었다. 하지만 어머니가 그녀의 기분은 생각하지도 않고 그렇게 마음대로 지어낸 것도 싫었다.

세르캉 회의는 결렬되었지만 평화 협상은 계속되었고, 그 결과 2월 말 카토 캉브레시에서 다시 회합이 있었다. 의원들까지 모두 그곳에 갔다. 느무르 공은 가장 강력한 연적인 생탕드레 대장이 자리를 비우자 도전해볼 마음이 생겼다. 사실 그가 생탕드레 대장을 두려워한 이유는 대장이 클레브 공작부인에게 가까이 갈까봐서가 아니라, 자신이 그녀에게 다가가는 남자들을 관찰하는 것을 들킬까봐서였다.

샤르트르 부인은 느무르 공에 대한 딸의 감정을 자신이 알고 있음을 내비치고 싶지 않았다. 딸에게 정말 하고 싶은 말이 있었지만, 딸이 그 말을 도리어 이상하게 생각할까봐 염려되었다. 어느 날 부인은 딸에게 느무르 공에 대해 이야기했다. 좋은 사람 같다며 느무르 공을 칭찬하면서 단물에 쓴 독을 넣듯, 그는 세상 물정 모르는 사람이 아니므로 쉽게 사랑에 빠지지 않을 테고, 여자들과의 관계를 쾌락으로 여길 뿐 진지하게 생각하는 사람은 아닌 듯하다고 말했다. 그리고 덧붙이기를, 그가 왕세자비를 연모한다는 의심을 받아서 하는 말이 아니라 실제로 그가 왕세자비를 자주 방문했기에 하는 말이라며, 가능한 한 그와 이야기하는 일을, 특히 단둘이 이야기하는 일을 피하라고 했다. 왜냐하면 왕세자비께서 지금 너를 가까이하시듯 앞으로도 죽 그러시면서 속내 친구로 삼으실 텐데, 그런 소문이 나면 얼마나 난감한 일일지 잘 알 거라고. 그러니 괜히 그런 연애 사건에 휘말리지 않도록 왕세자비의 처소를 자주 찾는 일을 삼가라고 했다.

클레브 공작부인은 느무르 공과 왕세자비의 관계에 대한 소문을 한 번도 들어본 적이 없어서 어머니의 말에 몹시 놀랐다. 자신이 느무르 공의 감정에 대해 얼마나 착각하고 있었는지를 깨닫자, 순간 그녀의 표정이 바뀌었다. 샤르트르 부인은 이를 놓치지 않았다. 바로 그때 누군가가 들어왔고, 클레브 공작부인은 자기 처소로 돌아가 방에 틀어박혔다.

그녀는 조금 전 어머니가 해준 말을 통해 느무르 공에 대한 자신의 관심이 무엇이었는지를 깨닫게 되자 괴로웠다. 그녀는 아직 그 감정을 자기 자신에게조차 고백하지 않았다. 그런데 그 감정이 바로 남편인 클레브 공작이 요구했던 것임을 비로소 깨닫고는 남편 아닌 다른 남자에게 그런 감정을 느낀 자신이 부끄러웠다. 마음도 아팠다. 느무르 공이 왕세자비 때문에 자기를 이용했다고 생각하니 당황스럽고 불쾌했다. 그런 기분이 들자 아직까지 말하지 않은 것을 어머니에게 다 말해야겠다는 결심까지 섰다.

다음 날 아침 그녀는 결심을 실행하기 위해 어머니 방으로 갔다. 하지만 어머니에게 미열이 있어 이런 때 그런 이야기는 하지 않는 편이 나을 것 같았다. 어머니의 열이 그리 높은 것 같지는 않아 클레브 공작부인은 점심 식사 후 왕세자비 처소로 갔다. 왕세자비는 최측근 귀부인 두세 명과 함께 내실에 있었다.

"어서 와요. 마침 느무르 공에 대해 이야기하는 중이었어요." 왕세자비가 그녀를 보며 말했다. "브뤼셀에서 돌아온 뒤에 그가 얼마나 변했는지 우리 모두 감탄하고 있어요. 그곳에 가기 전에는 애인들이 얼마나 많았는지, 그게 그의 단점일 정도였다니까요. 덕이 있는 여자건 없는 여자건 똑같이 잘해주니 그렇게 애인이 많았죠. 그런데 브뤼셀에서 돌아오고 나서는 언제 그랬나 싶게 다 모른 척하고 있어요. 그가 이렇게 크게 변한 적이 없어요. 분위기만 해도 그래요. 옛날처럼 밝지가 않아요."

클레브 공작부인은 아무 대답도 하지 않았다. 만일 자기가 착각했다는 걸 깨닫지 못했더라면, 부끄럽게도 지금 말하는 공작의 변화가 자기를 연모해서라고 생각했을 터였다. 그러니 그가 왜 그러는지 그 누구보다 잘 알고 있으면서 놀라는 척, 그 이유를 자기한테서 찾는 척하는 왕세자비가 은근히 밉기도 했다. 무엇이라도 증명해야 할 것 같았다. 그래서 다른 부인들이 좀 멀찍이 가 있을 때 왕세자비한테 다가가 작은 소리로 말했다.

"방금 하신 말씀이 저 때문이기도 한가요? 그러니까 느무르 공의 태도를 변하게 만든 사람이 마마이신데 그것을 제게 감추시려고."

"그게 무슨 말씀이세요? 아니에요." 왕세자비가 반박했다. "제가 부인께는 감추는 게 없다는 걸 잘 알잖아요. 그래요, 브뤼셀에 가기 전에 느무르 공이 저를 싫어하지는 않는다는 걸 내비치긴 했어요. 하지만 돌아온 후부터는 자기가 그랬다는 것조차 기억 못 하는 사람처럼 행동한다니까요. 고백하는데, 도대체 누가 그를 그렇게 변하게 만들었는지 저도 정말 알고 싶어요. 그걸 밝히는 게 아주 어려운 일은 아니지만요." 그러면서 덧붙였다. "느무르 공과 가까운 사이인 샤르트르 대공께서 지금 한 여인과 사랑에 빠져 있는데, 그 여인에게 내가 힘을 쓸 수 있으니 곧 알게 될 거예요."

왕세자비가 말하는 투로 봐서는 클레브 공작부인도 그 말을 믿지 않을 수 없었다. 그리고 이유는 알 수 없지만 아까보다 마음이 훨씬 가라앉고 차분해졌다.

클레브 공작부인이 어머니 방으로 돌아왔을 때, 어머니의 상태는 더 나빠져 있었다. 다음 날에도 계속 열이 오르는 걸 보니 심각한 병에 걸린 것 같았다. 클레브 공작부인은 깊은 상심에 빠져 어머니 방에서 한 번도 나오지 않았다. 클레브 공작도 거의 매일 그 방에 들렀다. 샤르트르 부인이 걱정되기도 했지만, 아내를 그런 슬픔 속에 혼자 내버려두고 싶지 않아서였다. 아니, 사실은 그녀가 너무 보고 싶어서였다. 결혼하고도 그의 열정은 전혀 줄어들지 않았다.

클레브 공작과 사이가 제법 나쁘지 않았던 느무르 공은 브뤼셀에서 돌아오고 나서도 그 우정을 계속 증명해 보이고 있었다. 샤르트르 부인의 병환 중에 느무르 공은 클레브 공작을 찾아온 척 혹은 산책을 위해 그를 데리러 온 척하면서 클레브 공작부인을 만날 기회를 엿보았다. 심지어 클레브 공작이 집에 없는 것을 알면서도 그를 보러 왔다. 그를 기다린다는 구실하에 샤르트르 부인의 접견실에 머물렀다. 그곳에는 그 말고 다른 공작들도 있었다. 클레브 공작부인도 그곳에 자주 나타났다. 슬픔에 빠져 안색이 어두웠지만, 느무르 공의 눈에 비친 부인은 여전히 아름다웠다. 그는 부인의 상심에 자신의 마음이 얼마나 아픈지를 보이고, 너무나 다정하고 따뜻한 표정으로 말을 건네면서 자기가 사랑에 빠진 사람은 왕세자비가 아니라 바로 그녀임을 넌지시 알렸다.

부인은 그의 시선에 마음이 혼란스러우면서도 그런 그를 보면 좋았다. 그를 보지 않을 때면 그의 매력적인 시선을 떠올리며 사랑에 빠지기 시작한 자신을 보았다. 그런 자신이 괴로웠지만 도무지 그를 싫어할 수 없을 것 같았다.

샤르트르 부인의 병세는 더욱 위독해져 죽음을 준비해야 하는 상황에 이르렀다. 부인은 의사들의 선고를 본연의 덕성과 경건함으로 담담히 받아들였다. 의사들이 나가자 사람들을 다 물러가게 하고 딸을 불렀다.

"우리가 이제 헤어져야 하는구나." 부인이 딸에게 손을 내밀며 말했다. "너를 위험 속에 혼자 두고 떠나려니 마음이 아프다. 네가 나를 더 필요로 할 텐데 말이야. 너에게 한 번도 묻지는 않았지만 네가 느무르 공에게 마음이 있는 것 다 안다. 내 상태가 이러니 너를 더는 인도해줄 수 없구나. 사실 진작부터 네 마음을 눈치챘단다. 하지만 먼저 말하고 싶진 않았다. 내 말 때문에 네가 네 마음을 알게 될까 무서웠단다. 지금은 네가 네 감정을 너무나 잘 알겠지. 너는 지금 벼랑가에 서 있다. 너 자신을 붙잡으려면 정말 많은 노력과 고통이 필요할 거다. 남편에게 해야 할 의무를 생각하거라. 너 자신에게 해야 할 의무도 생각하고. 네가 얻은, 내가 너에게 그토록 바란 좋은 평판을 다 잃어버릴 수도 있다는 점을 명심해라. 힘을 내고 용기를 내라, 애야. 궁을 멀리하거라. 그리고 클레브 공작에게 널 다른 곳으로 데려가달라고 부탁해. 그건 너무 무자비하고 힘든 일이라고? 처음에만 그럴 뿐이다. 지나고 나면 불행한 연애보다 훨씬 나은 행복이 찾아올 게야. 아내로서의 의무와 정숙. 내가 너에게 무엇을 더 바라겠느냐. 이 세상과 이별하는 내게 괴로운 것이 있다면 내 딸이 다른 여자들처럼 타락하는 모습을 보는 거란다. 만일 그런 불행이 네게 닥친다면, 난 차라리 어서 빨리 죽고 싶구나. 그런 너를 보지 않기 위해서라도."

클레브 공작부인은 어머니의 손에 눈물을 떨어뜨렸다. 어머니의 손을 꼭 붙잡고 하염없이 울었다. 샤르트르 부인도 눈물이 솟구쳤다.

"잘 있거라, 내 딸." 부인이 말했다. "더 슬퍼지기만 할 뿐이니 이런 대화는 그만하자. 그래도 잘 알았지, 내가 방금 한 말을? 꼭 기억해야 한다."

샤르트르 부인은 이 말을 마치고 돌아누웠다. 그러고는 더 듣지도 말하지도 않고, 시녀들을 불렀다. 클레브 공작부인은 어머니 방에서 나왔다. 그녀가 지금 어떤 심정일지 상상할 수 있었다. 샤르트르 부인은 홀로 죽음을 맞는 일에만 전념했다. 부인은 이틀을 더 살았다. 그 이틀 동안에도 딸을 보려고 하지 않았다. 자신이 이 세상에서 유일하게 애지중지하는 단 한 사람을.

클레브 공작부인은 깊은 슬픔에 잠겨 있었다. 클레브 공작은 아내 곁을 한시도 떠나지 않았다. 궁에 있어봐야 상심이 더 깊어질 것 같아 장모의 장례가 끝나자 아내를 시골로 데려갔다. 클레브 공작은 더할 나위 없이 부인에게 다정다감했다. 그러나 남편이 아무리 잘해주어도 클레브 공작부인에게는 어머니가 절실했다. 느무르 공으로부터 자신을 지키기 위해서라도 어머니가 더더욱 필요했다. 그녀는 세상에 홀로 버려진 듯 불행했다. 감정을 주체할 수 없었다. 자기를 동정하고 위로하고 힘을 줄 누군가가 있었으면 싶었다. 클레브 공작의 지극한 배려를 생각해서라도 아내로서 그에게 해야 할 일들을 한 치의 부족함 없이 해내는 것만이 자신을 붙들어맬 수 있는 유일한 방법으로 보였다. 그래서 아직까지 한 번도 보여준 적 없는 더없이 다정한 태도를 남편에게 보여주었다. 남편이 한시라도 자기 곁을 떠나는 것이 싫었다. 그렇게 남편에게 집착하다보면 느무르 공 생각을 떨쳐버릴 수 있을 것 같았다.

느무르 공은 클레브 공작부인을 보러 시골까지 찾아왔다. 클레브 공작부인을 만나기 위해 할 수 있는 일을 다 했다. 하지만 그녀는 그를 받아들이지 않았다. 그를 만나면 또 그가 좋아질 것이므로 다시는 그를 보면 안 된다고 생각하며 그와 마주칠 기회조차 만들지 않았다.

클레브 공작은 궁정 일 때문에 파리로 떠났다. 그는 이튿날 바로 돌아오겠다고 말했지만 그다음 날에나 돌아왔다. 남편이 도착하자마자 클레브 공작부인은 속상한 듯 말했다.

"어제 하루 종일 기다렸어요. 어제 온다고 해놓고 왜 오지 않았어요? 한데 슬픈 일이 또 생겼어요. 오늘 아침 투르농 부인의 부음을 들었어요. 전혀 모르는 분이라 해도 정말 슬펐을 거예요. 그렇게 젊고 아름다운 분이 이틀 만에 돌아가시다니 누가 봐도 정말 불쌍한 일 아니겠어요. 덕도 깊고 현명한 분 같아 궁에서 제일 마음에 들었던 분인데."

"나도 어제 돌아올 수 없어 속이 상했소." 클레브 공작이 말했다. "하지만 그럴 만한 일이 있었소. 한 불행한 남자가 내 위로를 필요로 해서 도저히 그를 떠날 수 없었소. 투르농 부인 일이라면, 당신은 그분이 현명하고 덕이 높다고 생각해 애석해하지만 그리 상심할 필요는 없소."

"그게 무슨 말씀이세요?" 클레브 공작부인이 놀라서 물었다. "당신도 여러 번 말했잖아요. 궁에서 그분처럼 당신이 높이 평가하는 부인은 없다고."

"그랬지." 클레브 공작이 대답했다. "한데 여자들은 참 이해할 수 없소. 모든 것을 알고 나서 내가 당신을 얻은 게 얼마나 행복한 일인지 다시 한번 깨달았소."

"아, 그렇지도 않은데 당신은 저를 너무 높게 평가해요." 그녀가 한숨을 쉬며 말했다. "아직 바람직한 아내가 못 되는 걸요. 하지만 말해주세요. 당신이 투르농 부인을 잘못 알고 있었다는 거예요?"

"그 부인은 진작부터 상세르 백작을 사랑하고 있었더군. 결혼할 수도 있다는 희망을 그에게 주면서." 클레브 공작이 대꾸했다.

"그럴 리가요." 놀란 클레브 공작부인이 남편의 말을 자르며 말했다. "혼자가 되고 나선 결혼에 관한 한 모든 것을 멀리하며 조용히 지내셨잖아요. 절대 재혼하지 않겠다고 공언하셨고요. 그러면서 상세르 백작에게 그런 희망을 주었다는 거예요?"

"그 백작 한 사람한테만 그랬으면 뭐 그리 놀랄 일도 아니지." 클레
브 공작이 말했다. "더 놀라운 것은 말이오, 에스투트빌 공에게도 동
시에 그런 희망을 줬다는 거요. 내가 그 이야기를 다 해주겠소."

2부

"상세르와 나의 우정을 잘 알 거요. 그는 약 이 년 전에 투르농 부인과 사랑에 빠졌소. 다른 사람들은 물론 나한테까지 그 사실을 숨겨왔고, 난 의심조차 못 했지. 투르농 부인은 여전히 남편의 죽음으로 비탄에 빠져 있었고 철저히 칩거 생활을 했으니까. 상세르 백작의 누이만이 그녀가 만나는 유일한 사람이었소. 둘이 사랑에 빠진 건 바로 그 누이 집에서였다더군.

어느 날 저녁 루브르 궁에 연극을 보러 가야 했지. 전하와 발랑티누아 공작부인이 당도하시지 않아 아직 극이 시작되지 않았는데, 발랑티누아 공작부인의 몸이 안 좋아 전하께서 오시지 않을 거라는 전갈이 왔소. 공작부인의 병이 전하와 뭔가 관계가 있음을 바로 짐작할 수 있었지. 브리사크 대장이 궁에 있을 때 전하가 보였던 질투심을 우리 모두 잘 알고 있었으니까. 한데 브리사크 대장은 며칠 전 피에몬테로 돌아갔으니 불화의 이유가 무엇인지 다들 알 수가 없었지.

내가 상세르와 이야기하고 있는데 당빌 공이 들어와서는 내게 작은 목소리로 국왕 전하께서 옆에서 보기에도 민망할 정도로 상심하고 분노하고 계시다고 전했소. 전하께서는 얼마 전 브리사크 대장 때문에 생긴 갈등도 풀 겸 화해를 청하려고 공작부인에게 반지를 주면서 꼭 끼고 다니라고 부탁하셨는데 극장에 오려고 치장을 하는 부인을 보니 손에 반지가 없었다는 거요. 전하께서는 그 이유를 물었지. 부인도 반지가 없는 것에 적잖이 놀란 기색이 역력했고, 다급한 마음에 궁녀에게 어서 가져오라고 했는데, 아, 운수가 사나웠던 건지 명령이 없었던 건지 궁녀들이 그 반지를 보지 못한 지가 사오 일은 됐다고 대답한 거요.

사오 일 전이라면 정확히 브리사크 대장이 피에몬테로 돌아간 날이었소. 당빌 공의 말로는 그러니 전하로서는 부인이 그 반지를 작별 인사로 브리사크 대장한테 주었다고 의심할 수밖에 없다는 거였소. 한 번 의심이 들자 아직 완전히 꺼지지 않은 질투의 불길이 활활 일어났고, 전하께서는 평소와 달리 크게 격노하시며 부인에게 온갖 비난을 퍼부었다더군. 그리고 무척 상심해서는 처소로 돌아가버리셨다는 거요. 한데 전하께서 발랑티누아 공작부인이 반지를 그런 일에 썼다는 사실에 상심하신 건지, 아니면 갑자기 화를 낸 것 때문에 부인이 전하를 싫어할까봐 걱정되어 상심하신 건지, 그건 당빌 공도 잘 모르겠다는 거요.

당빌 공의 이야기를 듣자마자, 나는 상세르한테도 이를 말해주려고 그에게 다가갔소. 마치 비밀인 양 누군가가 내게만 해준 이야기이니 다른 사람한테는 절대 말하지 말라고 당부했지.

다음 날 아침 제법 이른 시각에 난 상세르의 누이한테 갔소. 투르농 부인이 그 누이의 침대맡에 있더군. 투르농 부인은 그 누이가 발랑티 누아 공작부인을 좋아하지 않으니, 발랑티누아 공작부인의 험담을 해도 괜찮을 거라고 생각한 것 같소. 상세르는 극장에서 나오자마자 투르농 부인한테 가서 전하와 공작부인 사이의 일을 전했고, 투르농 부인은 또 상세르의 누이한테 그 이야기를 하러 왔고. 자기 애인에게 그 이야기를 해준 사람이 나임을 전혀 모르고 말이야.

내가 다가가자 누이는 투르농 부인에게 방금 해준 이야기를 나한테도 해주자며 투르농 부인의 허락을 기다릴 것도 없이 전날 저녁 내가 상세르에게 해준 이야기를 단어 하나 틀리지 않고 그대로 들려주었지. 내가 얼마나 놀랐겠소. 나는 투르농 부인을 가만히 쳐다보았지. 부인도 당황하는 기색이 역력했고. 그 모습을 보니 의심이 들더군. 나는 그 이야기를 오로지 상세르에게만 했고, 상세르는 나한테 아무런 이유도 대지 않고 극장을 빠져나갔단 말이지. 그러고 보니 문득 상세르가 투르농 부인을 대단히 칭찬했던 일이 떠오르더군. 모든 것이 확연해졌지. 그가 그녀와 연애 중이며, 내게 이야기를 듣고 나서 바로 그녀한테 갔음을 쉽게 알 수 있었지.

난 상세르가 그들 연애 행각을 내게 감춘 사실이 화가 나, 투르농 부인이 자신의 신중하지 못했던 처사를 깨닫도록 뭔가를 말해주고 싶었지. 그래서 그녀를 마차에 오르게 하고 작별 인사를 건네면서 전하와 공작부인의 싸움을 부인에게 알려준 남자가 누리는 행복이 부럽기

그지없다고 말해주었소.

그 길로 당장 상세르한테 가서 자초지종을 물었소. 어떻게 알게 되었는지는 말하지 않고 투르농 부인에 대한 그의 사랑을 알고 있다고 했지. 상세르는 자백할 수밖에 없었소. 나는 내가 알고 있는 부분을 그에게 말해주었고, 그 역시 자기 연애의 상세한 부분까지 내게 말해주었소. 그가 하는 말이, 자기는 집안의 막내라 그렇게 좋은 가문에 구혼을 할 수 없는데, 그녀가 자기와 결혼할 결심을 굳혔다는 거야. 나는 매우 놀랐지만 그 결혼의 결론을 서둘러 내라고 상세르에게 말했소. 사람들 눈에 비친 모습과는 거리가 멀어도 한참 먼 여자인데 그런 여자를 그가 그렇게까지 두려워할 필요는 없다고 보았으니까. 하지만 상세르는 그녀가 남편을 잃고 깊이 상심했고, 자기에 대한 애정 때문에 그나마 이겨낼 수 있었지만 그렇다고 갑자기 큰 변화를 보일 수는 없는 일 아니냐고 했지. 또 몇 가지 이유를 더 말해주며 자기를 용서해달라고 하더군. 그러는 그를 보니 얼마나 사랑에 빠졌는지 알 수 있었소. 그는 그녀와의 사랑을 내게 말해도 좋은지 그녀에게 동의를 구할 테니 안심하라더군. 그녀야 당연히 그러라고 하겠지. 내가 이 사실을 알게 해준 사람이 바로 그녀니까. 그녀의 동의를 구하는 게 힘들긴 했지만 어쨌든 허락을 받았고, 그래서 난 그들의 비밀을 더 많이 알게 됐소.

애인한테 그렇게 정숙하고 다정하게 대하는 여자를 난 본 적이 없소. 그런데도 아직까지 남편을 잃어 상심하는 척 가식을 보이니 내게는 충격이었소. 그런데도 상세르는 그녀에게 완전히 빠져 그저 만족하고 있었으니. 상세르는 자신이 결혼을 너무 재촉하면 그녀가 진짜 사랑이 아닌 어떤 실리 때문에 청혼한 거라고 생각할까봐 감히 서두르지 못한 거였소. 하지만 결국 그는 그녀에게 결혼 이야기를 했고 그녀도 거의 결심을 굳힌 듯 보였소. 더욱이 칩거하던 곳에서 나와 다시 궁의 사교계로 돌아왔으니까. 궁정 사람들 몇몇이 상세르의 누이 집에 와 있을 때도 자주 왔고. 상세르는 자주 오지 못했지만 매일 저녁 그 집에 모인 사람들 눈에는 그녀가 참으로 사랑스럽게 보였겠지.

그녀가 칩거 생활을 끝내고 얼마 뒤 상세르는 그녀의 애정이 좀 식은 것 같다고 느꼈지. 그가 여러 번 내게 그런 하소연을 했지만, 난 그 하소연이 무엇에 기인한 것인지 몰라 잠자코 있었소. 하지만 그녀가 결혼을 확정지으려는 게 아니라 피하려는 것 같다는 말을 꺼냈을 때는 그가 괜히 불안해하는 것은 아니라는 생각이 들더군. 나는 투르농 부인의 열정이 이 년 동안이나 지속되었으니 이제 식는다 해도 너무 놀랄 일은 아니라고 말했지. 설령 그렇지 않더라도 그녀가 결혼해주지 않는 걸 지나치게 불평해서는 안 된다고 말했소. 사람들 눈에는 이 결혼이 완전히 잘못된 것일 수 있으니까. 그가 그녀에게 충분히 좋은 상대가 아니어서만이 아니라, 그녀가 여태 미망인으로서 좋은 평판을 지켜왔는데 그가 그 평판을 훼손했다고 생각할 수도 있는 문제였으니까. 그러니 그가 바랄 수 있는 것은 그녀가 그를 속이지 않는 것, 그리고 그에게 헛된 희망을 주지 않는 것이라고 볼 수 있었지. 난 또 이런 말도 했소. 만일 그녀가 그와 결혼할 용기가 없다거나 다른 누군가를 사랑하고 있다고 고백해도 화를 내거나 불평을 해서는 안 된다고, 그녀에 대한 존경과 감사의 마음을 늘 가지고 있어야 한다고 말이오. 그리고 이건 나 스스로에게도 하는 조언이라고 그에게 말했소. 진지함

과 솔직함은 늘 나를 감동시키기 때문에, 만일 내 애인이, 아니, 내 아
내가 나 아닌 다른 누군가를 좋아한다고 고백한다면 난 화가 나기보
다는 가슴이 아플 것 같다고 말이오. 애인 혹은 남편의 입장을 떠나
그녀에게 조언하고 하소연하겠다고 말이오."

이 말에 클레브 공작부인의 얼굴이 발개졌다. 그녀는 자신이 처한
상황과도 관련이 있는 이 말에 깜짝 놀랐고, 한동안 진정되었던 마음
에 다시 동요가 일었다.

클레브 공작이 계속해서 말했다. "상세르는 투르농 부인에게 말했
소. 내가 조언한 바를 모두 말했더군. 그러나 그녀는 애써 그를 안심
시키고 그의 의심에 몹시 기분이 상한 기색을 보여 그의 의심을 완전
히 걷어냈지. 그런데도 결혼을 그의 출장 이후로 미뤘소. 출장은 상당
히 오래 걸릴 예정이었지. 하지만 그전까지 그녀가 그에게 어찌나 잘
했던지 출발하던 날에는 그녀도 상세르만큼이나 힘들어했고 진정 그
를 사랑하는 듯했지. 나도 그렇게 믿었소. 그가 떠난 게 석 달 전이었
고, 그 후에는 나도 투르농 부인을 자주 못 보았소. 그때 나는 당신에
게 완전히 빠져 있었고, 내가 아는 건 그가 곧 돌아올 거라는 것뿐이
었소.

나는 그저께 파리에 도착해 그녀의 사망 소식을 듣게 됐소. 당장 상
세르의 집에 사람을 보내 그에게서 무슨 소식이 없는지 물었지. 그는
전날, 그러니까 정확하게는 투르농 부인이 죽은 바로 그날 집에 돌아
왔다더군. 당장 그를 보러 갔지. 그의 상태가 짐작되고도 남았소. 아,
하지만 그의 상심은 내 예상보다 훨씬 커 보였소.

그토록 깊고도 온화한 고통을 본 적이 없소. 그는 나를 보자마자 눈

물이 그렁그렁해서는 나를 얼싸안았소. '더는 그녀를 볼 수 없어. 다시는, 다시는! 그녀가 죽었어!'라고 울부짖었소. '그럴 자격은 없지만 나도 그녀를 따라가겠어!'

그러더니 한동안 아무 말 없이 가만히 있었소. 그러다가 다시 '그녀가 죽었어! 죽었어! 다시는 그녀를 볼 수 없다니!' 하고 중얼거렸지. 소리치며 울부짖다가 또 넋이 나간 사람처럼 가만히 있길 반복했지. 그는 떠나 있는 동안 그녀의 편지를 자주 받지는 못했다고 하더군. 하지만 그렇게 놀라진 않았다고. 편지를 보내려면 그녀가 어떤 수고를 무릅써야 하는지 잘 알고 있었다며 말이오. 그리고 출장이 끝나면 그녀와 결혼하리라는 것을 추호도 의심하지 않았다고 했소. 그는 그녀를 세상에서 가장 사랑스럽고 가장 정숙한 여인으로 봤으니까. 그런 그녀로부터 따스한 사랑을 받는다고 믿었지. 그녀를 영원히 사랑하겠다고 다짐한 바로 그 순간 그녀를 잃었으니, 그의 상심과 비통은 이루 말할 수 없었겠지. 내 가슴도 정말 아팠소.

나는 전하를 보러 가야 해서 그런 그를 놔두고 나왔소. 하지만 바로 돌아오겠다고 약속했지. 다시 돌아와보니 그가 아까와는 완전히 달라져 있어 어찌나 놀랐던지. 그는 자기 방에서 격분한 얼굴로 정신이 나간 사람처럼 서성거렸소. 나를 보더니 '이리 오게나. 이리 와서 세상에서 가장 불행한 사나이를 좀 보게나' 하는 거야. '나는 아까보다 수천수만 배는 더 불행하네. 지금 투르농 부인에 대해 들은 이야기가 그녀의 죽음보다 더 끔찍해.'

너무 괴로워서 그런 말을 했겠지. 사랑하고 사랑받았던 여인의 죽음보다 끔찍한 일이 어디 있겠소. 그래서 나는 그에게 자네가 얼마나 비통한지 인정하고 이해하지만, 절망에 빠져서 이성을 잃는다면 더는 동정해줄 수 없다고 말했소.

그런데 갑자기 그가 '이성을 잃는다면 오히려 행복할 거야! 그리고 목숨도!' 하는 거요. '투르농 부인이 나를 배신했네. 그녀의 부고를 들은 바로 다음 날 그녀의 부정과 배신을 알게 되다니. 내 영혼은 지금까지 한 번도 느껴보지 못한 뼈아픈 고통으로, 가장 애절한 사랑으로 절절하다네. 내 마음속의 가장 완벽한 이상이던, 가장 완벽한 여자였던 그녀에게 내가 속은 거네. 사실 내가 그녀를 위해 울 필요도 없었네. 그녀가 내게 충실했다면 그 죽음이 정말 비참했겠지만, 이제 그녀의 부정을 생각하니 치가 떨려 그녀가 꼭 살아 있는 것만 같네. 그녀가 죽기 전에 알았다면 질투와 분노에 휩싸여 그녀를 잃은 고통이 이렇게까지 크진 않았을 거야. 나를 위로할 수도 없고 그녀를 증오할 수도 없으니 기가 막힌 상황 아닌가.'

상세르의 말에 내가 얼마나 놀랐을지 당신도 상상이 가지 않소? 그래서 그에게 어떻게 그 사실을 알게 되었냐고 바로 물어보았지. 내가 방에서 나가자마자 그의 가까운 친구인 에스투트빌 공이 들어왔다는 거요. 물론 에스투트빌은 투르농 부인에 대한 상세르의 사랑을 전혀 모르고 있었지. 에스투트빌은 자리에 앉자마자 울더라는 거야. 그리고 지금부터 꺼내는 이야기를 여태 감춰온 것에 대해 먼저 용서를 구하며 세상에서 가장 불쌍한 사람이 되었으니 자기를 불쌍히 여겨달라고 했다는 거야. 바로 투르농 부인의 죽음 때문에 말이야. 상세르는 얼이 빠져 내게 이렇게 말했소. '그 이름이 그의 입에서 나오기 전까지는 그보다 더 불쌍한 자가 바로 나라고, 지금은 말할 기운도 없다고 말하려고 했는데, 그의 입에서 나온 그 이름을 듣고 얼마나 놀랐는지 그저 할 말을 잃었다네.' 그는 계속해서 말했소. '에스투트빌은 육 개월 전부터 투르농 부인과 사랑하게 됐다더군. 늘 내게 그 사실을 말하고 싶었는데, 투르농 부인이 절대 그러면 안 된다고 어찌나 강력하게 말리고 단호하게 거부하던지, 감히 그녀의 말을 거역할 수 없었다는 거야. 그가 그녀를 사랑하게 된 시기에 그녀도 그를 마음에 들어했고, 그들은 그 사랑을 모두에게 감춰온 거지. 에스투트빌이 공개적으로 그녀의 집에 모습을 드러낸 적은 한 번도 없었으니까. 그 역시 남편을 잃고 슬퍼하는 그녀를 위로하는 기쁨을 맛보았지. 마침내 그도 그녀와 결혼하기로 했는데 그녀가 죽고 만 거야. 그 결혼은 사랑의 결과로 이루어지는 결혼이지만 의무와 복종의 결과인 양 보이게 할 수도 있었지. 그녀가 결코 재혼하지 않겠다고 선언한 것도 있고, 지금까지 해온 정숙한 행동과는 너무 다른 모습으로 사람들 눈에 비칠 수도 있었기 때문에, 그녀는 아버지가 명해서 하는 결혼처럼 꾸몄던 거야.'

상세르는 또 말했소. '에스투트빌의 이야기는 그럴듯했네. 왜냐하면 에스투트빌이 투르농 부인을 사랑하기 시작한 때가 내가 부인이 변했다고 느끼기 시작하던 때와 정확히 일치했거든. 하지만 잠시 생각해보니 그가 거짓말을 하거나 망상을 하는 것일지도 모른다는 생각이 들더군. 하마터면 그렇게 말할 뻔했지만, 좀 더 명확한 근거를 갖고 말해야 할 듯해 몇 가지 의심 가는 것들을 그에게 물었네. 아, 그러다가 결국 내 불행을 확인하게 될 일을 만들고야 말았지만. 에스투트빌이 혹시 투르농 부인의 필체를 아느냐고 묻더군. 그러면서 내 침대 위에 네 통의 편지와 그녀의 초상화를 놓는 게 아니겠나. 그때 마침

내 형이 방에 들어왔고, 에스투트빌은 눈물로 뒤덮인 얼굴을 다른 사람에게 보이고 싶지 않았는지 저녁때 찾으러 오겠다면서 그것들을 놓아둔 채 나가버렸지. 나는 몸이 안 좋다는 핑계를 대며 형을 얼른 방에서 몰아냈네. 실은 그 편지를 보고 싶어 안달이 나서였지. 나는 에스투트빌의 말이 사실이 아니기를 바라고 바라면서 그 편지를 살펴보았는데, 아, 이런! 편지 속에 얼마나 사랑이 가득하던지! 맹서, 언약, 그와 결혼하겠다는 다짐! 세상에, 그런 편지를! 내게는 그런 편지를 한 번도 써준 적이 없었다네! 아, 나는 죽음의 고통과 배신의 고통을 동시에 맛보았네. 흔히 두 가지 고통을 서로 비교하는데, 그 두 가지를 동시에, 그것도 한 사람에게서 느끼는 일이 웬만해서 일어나는가? 아, 자네한테는 부끄러운 고백 같지만, 그래도 난 그녀의 변심보다 그녀의 죽음이 더 가슴 아프네. 잘 죽었다고 말할 수 있을 만큼 그녀가 큰 죄를 지었다고는 생각지 않네. 그녀가 살아 있으면 그녀를 실컷 비난하고 자신의 부정을 스스로 깨우치게 하면서 복수하는 기쁨이라도 맛볼 텐데, 그녀가 이 세상에 없으니. 다시는 그녀를 보지 못하네. 다시는 보지 못해! 이 고통이 다른 어떤 고통보다 더 크네. 그녀가 살아 돌아올 수만 있다면 내 목숨이라도 바치고 싶네. 아, 그러면 뭐 하나. 터무니없는 희망이지. 그녀가 살아 돌아오면 뭐 해! 내가 아닌 에스투트빌과 함께 살 텐데. 아, 그래도 어제는 정말 행복했어. 난 행복했어! 세상에서 가장 큰 비탄에 빠졌지만, 그 비탄에는 정당한 이유가 있었으니까. 그 무엇으로도 위로가 안 되는 아픔, 거기엔 그윽한 애절함이 있었네. 한데 오늘은 내 모든 감정이 우습군. 나는 그녀의 거짓 사랑에 나를 축냈어. 진정한 사랑은 그래야 한다고 믿으며 하릴없이 고통의 값을 치른 거지. 나는 그녀와의 기억을 증오하지도, 사랑하지도 않아. 마음이 편하지도 않고, 고통스럽지도 않아. 하지만 적어도 말이야.' 그는 이렇게 말하면서 갑자기 내게 몸을 돌리더니 이어서 말했소. '이것만은 자네에게 맹세할 수 있네. 난 다시는 에스투트빌을 보지 않을 거야. 이젠 그 이름만 들어도 무섭네. 나도 잘 알아. 내가 그를 비난할 수 없다는 걸. 다 내 잘못이니까. 만일 그가 우리 사이를 알았다면 그녀를 사랑하지 않았을 걸세. 그러면 그녀도 부정을 저지르진 않았겠지. 그는 자기 고통을 털어놓기 위해 나를 찾아왔는데, 그런 그를 불쌍히 여겨야 하는데. 아, 친구로서 당연하지 않은가.' 상세르는 이렇게 말하더니 '그는 투르농 부인을 사랑했네. 그녀도 그를 사랑했고. 그는 다시는 그녀를 보지 못해. 적어도 난 그런 그를 증오할 수는 없을 것 같아. 그래, 정말, 정말. 하지만 자네에게 다시 맹세하겠네. 다시는 그 녀석을 보지 않을 거야!' 하고 외치더군.

상세르는 또 울기 시작했고, 투르농 부인의 죽음을 안타까워하고 그녀를 그리워하면서 그녀에게 혼잣말을 하고, 세상에서 가장 부드러운 말들을 건넸소. 그러다가 또다시 증오하고 불평하고 비난하고 저주를 퍼부었지. 나는 그토록 격한 상태에 빠진 그를 진정시키기 위해 누구에게든 도움을 청해야 한다고 생각했소. 그래서 전하한테 가 있는 그의 형을 모셔오게 했지. 그분의 방에 내가 먼저 들어가 있다가 다 이야기했소. 동생이 지금 어떤 상태에 있는지도. 우리는 그가 절대 에스투트빌을 보거나 만나지 못하게 해야 한다고 생각해 시종들에게 당부하고, 밤에 교대로 그의 곁을 지키면서 진정하고 정신을 차리도록 도와주기로 했소. 오늘 아침 그를 보고 왔는데, 어제보다 얼굴이 더 어둡더군. 그래도 그의 형이 옆에 있으니 우선 안심하고 이렇게 바로 당신한테 달려온 거요."

"정말 놀라운 이야기군요." 클레브 공작부인이 말했다. "투르농 부인은 사랑과도 속임수와도 관계가 없는 분이라고 생각했어요."

"조작과 위장이 오래가지 못한 거지." 클레브 공작이 말했다. "투르농 부인이 그때까지 끌고 온 것들 말이오. 상세르는 자기 때문에 부인이 변했다고 믿지만, 어쨌든 부인이 변한 건 사실이니까. 바로 그때가 부인이 에스투트빌을 사랑하기 시작한 때요. 부인은 에스투트빌에게 남편을 잃은 슬픔을 위로해준 사람도, 그 지독한 침거 생활을 끝나게 해준 사람도 바로 그라고 말했지. 이를 몰랐던 상세르는 그녀가 남편의 죽음으로 애통해하는 모습을 더는 보이지 않게 된 계기가 자기들 두 사람의 결심 때문이라고 생각했고. 한편 부인은 에스투트빌에게도 두 사람의 공모를 감추는 게 좋겠다고 설득했지. 아버지 명령 때문에 어쩔 수 없이 결혼하는 것처럼 보이는 게 좋겠다며 말이오. 그래야 자기 평판도 유지되겠지만 사실은 상세르를 버리기 위해서였지. 결국 상세르로서는 불평할 처지도 못 되는 것 아니겠소? 이제 다시 가봐야 할 것 같군. 우리 불쌍한 상세르한테 말이오." 그러면서 클레브 공작이 덧붙였다. "당신도 파리로 돌아와야 할 것 같소. 이제 사람들을 만나야 할 때요. 끝도 없는 방문이 귀찮겠지만, 그걸 피할 도리도 없지 않소."

클레브 공작부인은 알겠다고 했고, 이튿날 다시 입궁했다. 이제는 느무르 공에 대한 마음이 그 어느 때보다 침착해져 있었다. 어머니가 세상을 떠나면서 했던 모든 말과 어머니의 죽음으로 인한 고통이 그

녀의 감정을 가라앉힌 듯했고, 정말 모든 감정이 다 사라졌다고 그녀
는 믿었다.

그녀가 파리에 돌아오던 날 저녁부터 왕세자비가 그녀를 보러 왔
다. 왕세자비는 모친상에 대해 심심한 위로의 말을 전한 후, 그런 슬
픔으로부터 그녀를 돌려놓기 위해서라도 그녀가 궁에 없는 동안 어떤
일들이 있었는지를 알려주겠다고 했다. 그리고 몇 가지 특별한 일들
을 이야기해주었다.

"한데 제가 가장 먼저 알려드리고 싶은 게 있어요." 왕세자비가 말
했다. "느무르 공이 사랑에 빠진 게 확실한 것 같아요. 그런데 가장 친
한 친구들에게조차 털어놓지 않는 데다가 그가 사랑하는 사람이 도대
체 누구인지 아무도 몰라요. 그 사랑이 얼마나 대단한지 왕위에 오르
는 일까지 소홀히 하도록, 아니, 포기하도록 만들었답니다."

이어서 왕세자비는 영국 왕정에서 일어나고 있는 일들을 소상히 이
야기해주었다.

"지금 하는 이야기는 오늘 아침 당빌 공한테 들은 거예요. 어제저
녁 전하께서 리뉴롤의 편지를 받고 느무르 공을 당장 불러들이라 하
셨대요. 느무르 공이 빨리 영국으로 와야 한다고. 여왕께서 불쾌하게
생각하기 시작했으니 계속 늦어지면 그분에게 잘 보이려던 계획을 그
르칠 수 있다고 편지에 적혀 있었대요. 여왕이 아직 긍정적인 답변을
준 건 아니지만 영국에 한번 와달라고 이미 충분히 말했는데 아직까
지 공이 오지 않고 있으니 말이에요. 전하께서는 그 편지를 느무르 공
에게 직접 읽어주셨는데, 공은 그 일을 시작할 때와는 달리 진지하게
대답하지 않고 웃기만 하면서 리뉴롤의 희망을 희롱하고 조롱하더래

요. 성공한다는 보장도 없는데 자기가 무턱대고 구혼하러 영국에 가면 전 유럽이 자신의 신중치 못한 처사를 비난할 거라면서요. 특히나 에스파냐 왕*이 영국 여왕과의 결혼을 간곡히 청하고 있는 지금 자기가 나서는 것은 시기적으로도 좋지 않다는 말을 덧붙였다더군요. 연애로만 치자면 에스파냐 왕은 그리 두려운 경쟁자는 아니지만, 이 결혼을 두고 괜히 에스파냐 왕과 싸우고 싶지는 않다고 전하께 말씀드렸답니다. 그러자 전하께서는 이렇게 말씀하셨대요. '나는 이 기회에 그렇게 하기를 권하고 싶네. 자네가 그와 겨룰 기회는 다시 없네. 물론 에스파냐 왕이 다른 생각을 하고 있다는 것은 나도 알지. 하지만 그가 다른 생각을 하지 않는다 해도, 메리 여왕이 에스파냐의 굴레에서 얼마나 힘들어했는데 그녀의 동생이 그 여러 개의 왕관에 현혹되어 다시 그 굴레를 차길 바라겠는가?' 그랬더니 느무르 공이 이렇게 말했답니다. '그런 것에 현혹되지 않는다면 사랑으로 행복해질 수도 있겠지요. 엘리자베스 여왕은 코트니 경을 사랑했습니다, 벌써 몇 년 되었지만요. 코트니 경은 메리 여왕의 사랑도 받았지요. 그가 통치자를 꿈꾸기보다 그 동생의 젊음과 미모에 더 빠져 있음을 메리 여왕이 알지 못했다면 전 영국의 동의하에 그와 결혼할 수도 있었겠지만, 전하께서도 잘 아시다시피 메리 여왕은 격렬한 질투심 때문에 그 둘을 감옥에 보냈다가 이후 코트니 경은 아예 멀리 유배를 보내지 않았습

---

* 펠리페 2세(1527~1598). 신성로마제국 카를 5세의 아들로 아버지와 마찬가지로 프랑스와 대적하며, 첫번째 왕비가 죽자 1554년 영국 여왕 메리와 정략결혼한다. 1558년 메리 여왕이 사망하고 왕위를 계승한 엘리자베스 여왕과의 정략결혼이 성사되지 않자 프랑스와 카토 캉브레시 조약을 맺고 1559년 앙리 2세의 장녀 엘리자베트 공주와 결혼한다.

니까. 결국 그런 일 때문에 에스파냐 왕과의 결혼도 결심하게 된 거고요. 엘리자베스 여왕은 이제 왕위에 오르셨으니 곧 코트니 경을 떠올리실 테고, 자신이 사랑했고 자신을 위해 그런 고초를 겪은 사랑스러운 분을 선택하실 겁니다. 한 번도 보지 못한 저 같은 사람을 택하느니보다요.'

그러자 전하께서 이렇게 말씀하셨대요. '나라도 자네처럼 생각했을걸세. 만일 코트니 경이 아직 살아 있다면 말이야. 하지만 얼마 전 그가 유배지인 파도바에서 사망했다는 소식을 들었네.' 그리고 느무르공과의 이야기를 끝내고자 이런 말씀을 덧붙이셨다고 하네요. '왕세자를 혼인시키듯 자네를 혼인시켜야 함을 나는 잘 아네. 영국 여왕과의 혼인을 위해 대사들을 보내겠네.'

이때 전하의 처소에는 당빌 공과 샤르트르 대공도 함께 있었는데, 느무르 공이 그 엄청난 계획을 마다하는 모습을 보고는 그가 사랑에 빠져 온통 정신을 빼앗긴 게 분명하다고 믿게 되었다는 거예요. 느무르 공을 그 누구보다 가까이서 봐온 샤르트르 대공도 마르티그 부인에게 그가 몰라볼 정도로 변했다고 말했대요. 더 놀라운 점은 샤르트르 대공조차 그가 어떤 여자와 만나는 모습을 본 적이 없고, 그가 몇시간 동안 어디 가서 사라지는 일도 없으니 특별히 어떤 여자와 교제하는 것 같지도 않다는 거예요. 느무르 공이 자신의 사랑에 아무런 답도 주지 않는 여자를 사랑하고 있다니 예전의 느무르 공이 아니지요."

왕세자비의 이 모든 말이 클레브 공작부인에게는 얼마나 지독한 독이었는지! 이름도 전혀 모른다는 그 여자를 그녀가 모를 수는 없었다. 두 사람이 서로 같은 마음이었다니, 그 감미로움에 온몸이 무너질 듯

심장이 녹는 듯했다. 게다가 이미 자기 마음을 뒤흔들어놓은 그가 자신의 열정을 모든 사람에게 숨기고 그 사랑을 위해 왕위에 오를 기회까지 저버렸다는 사실을 이처럼 의심할 수 없는 경로를 통해 알게 되었으니! 클레브 공작부인은 지금 자신의 느낌을, 벅차오르는 감정을 그 무엇으로도 표현할 수 없었다. 만일 왕세자비가 클레브 공작부인을 주의 깊게 살펴보았다면, 자신이 방금 한 말이 그녀와 무관하지 않음을 쉽게 눈치챘을 것이다. 하지만 그런 의심이 전혀 없는 왕세자비는 별생각 없이 말을 이었다.

"아까도 말씀드렸지만, 이 이야기를 자세히 들려준 분은 당빌 공이에요." 그리고 덧붙였다. "그분은 당연히 제가 그분보다 더 잘 알고 있을 거라고 생각하셨을 거예요. 느무르 공이 제게 큰 매력을 느꼈던 터라 공의 마음을 그렇게 변화시킨 사람이 바로 저라고 믿은 거죠." 왕세자비의 이 말은 클레브 공작부인을 전과는 다른 종류의 흥분으로 몰고 갔다.

순간 클레브 공작부인이 말했다. "저도 당빌 공처럼 생각한 걸요. 상대가 마마 같은 분이라면 영국 여왕을 무시하고도 남겠지요."

"제가 그걸 알고 있었다면 부인에게 다 고백했겠죠." 왕세자비가 말했다. "정말 그렇다면 제가 알았을 거예요. 그런 열정은 그 열정을 불러일으킨 사람의 눈을 절대 피해가지 못하는 법이니까요. 당연히 그 사람이 가장 먼저 눈치를 챌 거예요. 나를 향한 느무르 공의 마음은 가벼운 호의에 불과해요. 하지만 그마저도 지금은 많이 달라졌어요. 그가 영국 왕위를 무시하게 만든 사람이 제가 아님을 분명하게 말씀드릴 수 있답니다."

"어머나! 부인과 함께 있다보니 시간 가는 줄 몰랐네요." 갑자기 왕세자비가 급히 말했다. "공주님을 뵈러 가야 하는데 깜박했어요. 아시죠? 화평 조약이 곧 성사될 거예요. 한데 에스파냐 왕이 자기 아들 돈 카를로스 왕자 대신 본인이 엘리자베트 공주와 결혼하는 조건이 아니면 어떤 조항도 통과시킬 수 없다고 했다는군요. 전하께선 그걸 해결하느라 마음고생이 심하셨어요. 결국 그렇게 하기로 했대요. 이 소식을 전하러 공주님께 가 계신데, 우리 공주님, 정말 위로할 길이 없을 것 같아요. 에스파냐 왕처럼 나이 많은 사람과, 더욱이 그런 성미를 가진 사람과 결혼하는 건 정말 유쾌한 일이 아니죠. 특히 그토록 젊고 아름다운 분께는, 그리고 비록 한 번도 못 봤지만 왠지 끌렸던 젊은 귀공자와의 결혼을 기대하셨던 분께는 말이에요. 전하께서는 공주님이 전하의 뜻에 따라주길 바라실 텐데, 과연 그럴 수 있을까요? 공주님이 절 좋아한다는 사실을 아시고 전하께서는 제게 공주님을 뵙고 설득해보라고 하셨어요. 그런 다음에 또 가볼 데가 있어요. 전하의 누이동생께요. 사부아 공과 결혼하시면 그분을 자주 뵐 수 없을 테니까요. 결혼식이 얼마 안 남았어요. 그 나이에 결혼을 하시다니, 아마 그런 기쁜 일도 없을 거예요. 아, 이제 우리 궁이 얼마나 화려하고 멋있어질까요? 아직 마음이 힘드신 건 알지만, 꼭 자리하셔서 우리 궁에 미인들이 얼마나 많은지 외국 사절들에게 보여주셔야 해요."

왕세자비는 이 말을 하고 클레브 공작부인을 떠났다. 이튿날 엘리자베트 공주의 결혼 소식이 발표되었다. 며칠 동안 연달아 왕과 왕비, 왕세자비가 클레브 공작부인을 보러 왔다. 부인의 회궁을 안절부절못하며 기다렸던 느무르 공은 한참을 기다렸다가 사람들이 다 가고 아무도 찾아오지 않을 시간을 골라 부인 집으로 갔다. 그의 계획은 성공하여, 그가 도착했을 때는 마침 마지막 방문객들이 나오고 있었다.

부인은 침대 위에 있었다. 날은 더웠고, 느무르 공의 등장에 그녀의 얼굴이 달아올랐지만 미모는 빛을 잃지 않았다. 느무르 공은 그녀를 마주 보고 앉았다. 너무 좋아하면 생기는 두려움과 부끄러움 때문인지 그녀를 똑바로 볼 수 없었다. 아무 말도 할 수가 없어 한동안 가만히 있었다. 클레브 공작부인도 어색하기는 마찬가지여서 두 사람은 한동안 침묵을 지켰다. 마침내 느무르 공이 입을 열어 어머니를 잃은 슬픔에 대해 위로의 말을 건넸다. 클레브 공작부인은 그런 주제로 대화를 하니 그나마 덜 불편했고, 그래서 한동안 그 슬픔에 대해 이야기했다. 시간이 지나면 고통의 정도가 변하긴 하겠지만, 정도가 변해도 그 강한 느낌은 결코 사라지지 않을 거라고 말했다.

"큰 상실감과 격렬한 열정은 사람의 영혼에 커다란 변화를 가져오지요." 느무르 공이 말했다. "플랑드르에서 돌아온 후 저도 저 자신을 알아볼 수 없었어요. 많은 사람이 그 변화를 눈여겨봤지요. 어제도 왕세자비께서 또 그 말을 하시더군요."

"그래요." 클레브 공작부인이 바로 대답했다. "왕세자비께서 그 점을 알아채셨어요. 무슨 이야기를 들으신 것 같아요."

"왕세자비께서 눈치채신 일이 불쾌하지는 않습니다." 느무르 공이 말했다. "다만 그걸 눈치챈 분이 왕세자비만이 아니기를 바랄 뿐입니다. 전혀 관계 없는 것들로 우회하면 모를까 감히 사랑하는 내색조차 할 수 없는 사람들이 있어요. 사랑하는 마음을 드러내지 못하니, 다만 그녀가 다른 사람의 사랑을 받지 않기를 바랄 뿐이죠. 제게 그녀처럼 아름다운 이는 없다는 걸, 도저히 무심하게 바라볼 수 없을 정도라는 걸 그녀가 알아주기를 바랄 뿐입니다. 다시는 그녀를 볼 수 없다는 대가를 치르고서 얻고 싶은 왕관 따위는 없다는 걸 그녀가 알아주기를 바랄 뿐입니다." 공이 계속해서 말했다. "여자들은 보통 남자들이 자기를 쫓아다니며 마음에 들기 위해 온갖 정성을 다하는 모습에 따라 그 남자의 사랑을 판단하지요. 하지만 여자가 그다지 사랑스럽지 않다 해도 그런 일은 그리 어려운 일이 아닙니다. 좋아하는 여자를 쫓아다닐 수 없는 게 어려운 일입니다. 그 기쁨을 피해야만 하는 일이 정말 힘들지요. 그녀에 대한 마음을 다른 사람들에게 드러내지 않는 것, 특히 그녀에게 절대 드러내지 않는 것, 그것이 더 어려운 일입니다. 자신의 사랑이 진정한 사랑임을 드러내기 위해 이전의 자신과는 완전히 다른 사람이 되어야만 하는 것, 이 여인, 저 여인의 일로 바쁘다가 더 이상 그런 욕심도 즐거움도 갖지 않는 것, 그것이 가장 어려운 일이에요."

클레브 공작부인은 이것이 자신을 염두에 두고 하는 말임을 잘 알고 있었다. 그 말에 대답을 해야 할 것 같았고, 그 말을 묵인해서는 안 될 것 같았다. 그의 말을 이해하지 못한 척, 그가 말한 여자가 자기라고 생각하지 않는 척해야 할 것도 같았다. 말을 해야만 한다고 생각했고, 또 절대 말을 해서는 안 된다고 생각했다. 느무르 공의 말이 기분 좋으면서도 언짢았다. 그리고 왕세자비가 했던 말들이 다 맞다는 확신이 들었다. 느무르 공의 말은 세련되고 공손했지만 거기에는 대담하고 뭔가 지능적인 점이 있었다. 자신이 그에게 끌리고는 있지만, 그의 애인이 아니다보니 혼란스러웠다. 마음에 드는 남자의 난해한 말이 마음에 들지 않는 남자의 공개적인 구혼보다 마음을 더 심란하게 했다. 그래서 그녀는 아무 대답도 않고 가만히 있었다. 하필 그때 클레브 공작이 돌아와 그들의 대화가 중단되었지만, 그렇지 않았더라도 느무르 공은 그녀의 침묵을 그렇게까지 불길하게 느낄 필요는 없었다.

클레브 공작은 부인에게 상세르 백작에 관한 새로운 소식들을 들려주었다. 하지만 그녀는 그 소식에 관심이 없었다. 겉으로야 듣는 척했지만, 방금 일어난 일에 마음을 빼앗겨 정신이 완전히 딴 데 가 있었다. 혼자 자유롭게 있으면서 생각할 시간을 갖게 되자 그녀는 자신이 완전히 틀렸음을 깨달았다. 느무르 공에게 더 이상 무관심할 수 없었다. 아까 느무르 공이 한 말은 자신이 소원하는 바였고, 그의 사랑을 완전히 믿게 만들었다. 느무르 공이 지금까지 보인 행동이 그의 말과 너무 일치하여 어떤 의심도 할 수 없었다. 그를 사랑하지 않겠다는 결심도 자신할 수 없었다. 다만 그에게 자기 마음을 절대 내색하지 않겠다는 다짐을 할 뿐이었다. 이미 그 고통을 겪은 그녀로서는 그것이 얼마나 어려운 일인지 너무나 잘 알았다. 그리고 유일한 해결책은 그를 보는 일을 피하는 길뿐이라는 것도 알았다. 상중에는 완전히 칩거하면서 그와 마주칠 장소에 가지 않을 구실이 있었다. 그때 그녀는 정말 깊은 슬픔에 빠져 있었다. 어머니의 죽음이 그 이유처럼 보여 사람들은 다른 이유를 찾지 않았다.

한편 느무르 공은 그녀를 거의 볼 수 없게 되자 절망했다. 회합에 가도, 궁정 행사에 가도 그녀를 볼 수 없으니 어떤 자리도 가고 싶지 않았다. 왕비와 왕세자비 처소에서 모임이 있는 날이면, 사냥에 미친 척 사냥을 하러 갔다. 또 건강을 핑계로 한동안 집에 틀어박혀 있었다. 클레브 공작부인이 오지 않을 것이 분명한 자리에는 절대 나가지 않았다.

거의 같은 시기에 클레브 공작도 아팠다. 남편이 병환 중이라 클레브 공작부인은 남편의 방을 떠나지 않았다. 좀 차도가 있자 공작은 사람들을 불러들이기 시작했는데, 그 가운데에는 느무르 공도 있었다. 느무르 공은 클레브 공작이 아직 완쾌되지 않았으니 외출하지 않는 편이 좋겠다며 거의 하루 종일 그의 처소에서 함께 시간을 보냈다. 클레브 공작부인은 자기는 거기에 계속 있으면 안 되겠다는 생각을 했다. 그러나 느무르 공이 있다고 바로 나갈 수는 없었다. 그를 다시는 보지 않겠다고 결심한 뒤로 오랜만에 그를 만났다. 느무르 공은 전에 그녀의 방에서 자신이 했던 말을 그녀가 이해했을 줄로 짐작하고 클레브 공작에게 하는 일반적인 대화인 양 말을 꺼내 자신이 그녀가 오지 않은 모임에는 전혀 가지 않았고, 그 울적한 마음을 달래기 위해 혼자 사냥을 다녀왔다는 사실을 그녀에게 알렸다.

부인은 이제 그가 남편을 방문하면 자리를 피해야겠다고 결심했고 실행에 옮겼다. 느무르 공에게 그것은 폭력이었다. 느무르 공은 그녀가 자기한테서 도망치려 한다는 것을 알았고, 그것은 그에게 깊은 상처가 되었다.

클레브 공작은 처음에는 부인의 태도에 별 신경을 쓰지 않았다. 하지만 점차 사람들이 자기 방에 올 때면 왠지 그녀가 동석을 꺼린다는 느낌을 받았다. 그래서 이유를 물으니 부인은 매일 저녁 젊은 남자들과 함께 있는 것이 여인으로서의 품위와 예절은 아니라고 대답했다. 그리고 예전보다 물러나 있는 생활을 해도 이해해달라고 했다. 돌아가신 어머니는 덕성과 바른 행실로 그 나이 여성들이 하기 힘든 많은 일을 해내신 것 같다는 말도 했다.

원래 아내에 대한 호의와 애정이 깊은 클레브 공작이었지만 이 경우만은 그렇지 않았다. 공작은 그녀가 그런 생활을 하는 걸 절대 원하지 않는다고 말했다. 남편이 이렇게 나오자 그녀는 느무르 공이 자기를 좋아한다는 소문이 떠돌고 있다고 말할 뻔했다. 하지만 그 이름을 댈 용기는 없었다. 그리고 자신을 이토록 좋게 봐주는 남편에게 그런 거짓 이유를 대면서까지 진실을 숨기는 데 수치심을 느꼈다.

며칠 후, 국왕은 왕비 처소의 회합에 참석했다. 사람들은 점성술 및 예언에 대한 이야기를 하며 그것을 믿어야 하는지 아닌지로 의견이 양분되었다. 왕비는 상당히 믿는다고 했다. 많은 일들이 예언대로 된 것을 본 후에는 더욱 지지하게 되었고, 그런 학문에 신빙성이 있다고 생각하게 되었다고 했다. 다른 사람들은 수많은 예언들 가운데 실제로 맞는 것은 극히 드물며 그것도 거의 우연에 불과하다고 주장했다.

"나도 전에는 미래에 대해 호기심이 많았소." 국왕이 말했다. "하지만 사람들 말을 들어보면 틀리는 것이 너무 많고 그럴 법하지 않은 것도 많아서 그게 진짜인지 아닌지는 알 수 없을 것 같소. 몇 년 전, 명성이 대단한 점성가가 파리를 방문했소. 모두들 그를 보러 갔지. 나도 기즈 공작과 데스카르 공과 함께 그 점성가를 보러 갔는데, 그자에게 내가 누구인지는 말하지 않았지. 나는 두 공에게 먼저 점을 보라고 했소. 한데 그 점성가가 나부터 보자고 하더군. 마치 내가 두 사람의 주군임을 아는 양 말이야. 아마 그는 나를 알아봤을 게야. 한데 그가 하는 말 중에 나랑은 안 맞는 이야기가 있더군. 내가 일대일 결투를 하다가 죽는다는 거야. 이어서 기즈 공작에게는 누가 뒤에서 죽일 수도 있다고 하고, 데스카르 공에게는 말의 발길질에 머리를 다쳐 죽는다고 했지. 기즈 공작은 그 예언에 기분이 상했는데, 누가 뒤에서 자기를 밀고라도 한다고 보는 것 같았소. 데스카르 공도 그런 불행한 사고로 생을 마감한다고 생각하니 기분이 좋을 리 없었고. 결국 우리 셋 다 기분이 상한 채로 나왔지. 그런데 기즈 공작과 데스카르 공에게 무슨 일이 닥칠지는 알 수 없지만, 내가 일대일 결투로 죽을 일이 있겠소? 우리는, 그러니까 에스파냐 왕과 나는 이제 막 화평 조약을 체결하지 않았소. 만약 우리가 그런 조약을 맺지 않았다면, 그런 결투를 할 수도 있었겠지. 아버지께서 그를 샤를 캥*이라 부르셔야 했던 것처럼 나 역시 그렇게 불러야 했을 테고."

왕이 예언에 관한 그 끔찍한 일화를 이야기하자, 점성술을 지지하던 사람들도 이젠 그 생각을 포기했고, 절대 믿어서는 안 되겠다고 하나같이 입을 모았다.

"저입니다." 갑자기 느무르 공이 큰 소리로 말했다. "세상에서 예언을 가장 믿지 말아야 할 사람은 바로 저입니다." 그러고는 옆에 있던 클레브 공작부인을 향해 몸을 돌리며 낮은 소리로 이렇게 말했다. "제가 가장 연모하고 사모하는 어느 부인의 호의로 행복해질 거라고 누가 예언하더군요. 제가 그 예언을 믿어야 할지 말아야 할지는 부인께

---

* 카를 5세의 프랑스식 발음이다. 1519년 에스파냐 왕으로 당시 신성로마제국 황제가 죽자 경쟁자였던 프랑수아 1세를 누르고 신성로마제국의 황제 카를 5세로 즉위했다. 하지만 1552년경부터 신교 제후들 및 프랑스 앙리 2세의 세력에 밀려 점차 고립되어 그 이듬해 제위를 동생 페르디난트 1세에게 넘긴다.

서 아시겠지요?"

느무르 공이 처음에는 큰 소리로 말하더니 이어서 작은 소리로 말하는 모습을 보고 엉터리 예언이라서 그러나보다 하고 생각한 왕세자비는 그에게 방금 클레브 공작부인에게 무슨 말을 했느냐고 물었다. 클레브 공작부인에게만 집중하고 있던 느무르 공은 갑작스러운 왕세자비의 질문에 깜짝 놀랐다. 그러나 당황하지 않고 대답했다.

"제가 부인에게 무슨 말을 했는지 물으셨습니까? 제가 감히 청하지도 못할 고귀한 행운을 얻게 될 거라고 누가 예언했다고 말했지요."

"공에게 그런 예언만 했다면야." 왕세자비는 영국 여왕과의 혼담을 떠올렸는지 웃으며 말했다. "점성술을 비난하면 안 되지요. 점성술을 지지할 다른 이유를 찾는 것이 좋겠네요."

클레브 공작부인은 왕세자비가 무슨 말을 하는지 잘 알았다. 그리고 느무르 공이 말하는 행운이 영국 왕이 되는 것이 아니라는 것 또한 잘 알았다.

이제 어머니가 돌아가신 지 제법 되었으니 그녀도 사람들에게 모습을 보이고 궁정 생활을 시작해야 했다. 그녀는 왕세자비 처소에서 느무르 공을 보았다. 클레브 공작 처소에서도 느무르 공을 보았다. 그는 괜히 사람들의 이목을 끌지 않도록 같은 또래의 다른 귀족 자제들과 함께 클레브 공작을 자주 방문했다. 그러나 그녀는 그를 보면 동요하지 않을 수 없었고, 그 역시 그 사실을 쉽게 눈치챘다.

괜히 그의 시선을 피하려 하고, 그보다는 다른 사람과 말하려고 애쓰는 그녀의 태도를 보면서 느무르 공은 그녀가 자기한테 관심이 없는 게 아님을 알았다. 덜 예민한 사람이면 눈치채지 못할 수도 있었다. 하지만 그는 이미 수차례 여자들의 사랑을 받아보았고, 더욱이 이 번에는 자기가 사랑하는데, 모를 리 없었다. 그는 기즈 기사가 자신의 경쟁자임을 알았고, 기즈 기사 또한 느무르 공이 자신의 경쟁자임을 알았다. 달리 말하면, 기즈 기사만이 이 진실을 밝힐 수 있는 유일한 사람이라고 할 수 있었다. 자신의 관심 사항이기도 했으므로 다른 사람들보다 훨씬 예민했다. 서로의 감정을 잘 아는 만큼 매사에 서로 독살스럽게 대하는 듯 보였지만, 아무것도 속 시원히 해명된 것이 없으니 폭발하지는 않았다. 하지만 사사건건 반대편에 섰다. 마상 시합에서도, 원형 격투장 경기에서도, 국왕이 주최하는 각종 오락 경기에서도 그들은 늘 상대편이었다. 두 사람의 경쟁심이 너무 치열해 감춰지지 않았다.

클레브 공작부인의 머릿속에는 영국 일이 자꾸 떠올랐다. 느무르 공이 국왕의 조언이나 리뉴롤의 간청을 결국 뿌리치지 못하는 게 아닐까 하는 생각이 들었다. 리뉴롤이 영국에서 돌아오지 않아 은근히 마음이 무거웠고, 제발 어서 돌아왔으면 싶었다. 만일 그녀가 하고 싶은 대로 했다면 이 사건의 정황을 좀 더 자세히 알 수도 있었을 것이다. 그러나 호기심이 일면서도 그 호기심을 감추고 싶었다. 엘리자베스 여왕의 미모나 재기, 기질 등에 대해서나 겨우 물어볼 뿐이었다. 누군가가 국왕에게 여왕의 초상화 한 점을 가져다주었는데, 인정하고 싶지 않을 만큼 그녀보다 더 아름다웠다. 그래서 초상화라 그런지 실제보다 더 아름다워 보인다고 말해버리고야 말았다.

"아, 저는 그렇게 생각 안 해요." 함께 있던 왕세자비가 그녀의 말을 되받았다. "엘리자베스 여왕은 보통을 능가하는 미모와 총명함을

가진 분이에요. 제가 평생 귀감으로 삼아야 할 분이라는 말을 듣는 것
도 그래서지요. 어머니 앤 불린을 닮았다면 더 사랑스러운 외모였겠
지요. 하지만 그 어떤 여성도 인격 면에서나 기개 면에서나 그분처럼
매력 있고 멋있지는 않을 거예요. 그분의 얼굴에는 묘한 기운과 독특
한 매력이 있어요. 다른 영국 미인들과는 전혀 다른 독특한 개성이
요."

"프랑스에서 태어나셨다는 말을 들은 적이 있어요." 클레브 공작부
인이 말했다.

"아, 그건 틀린 말이에요." 왕세자비가 반박했다. "제가 간략하게
그 이야기를 해드릴게요. 앤 불린은 영국 명문가의 따님이셨어요. 헨
리 8세는 원래 그분의 어머니와 언니를 연모했지요. 그래서 심지어
앤 불린이 헨리 8세의 따님일 거라는 의혹까지 있었어요. 앤 불린은
루이 12세와 결혼한 헨리 7세의 누이동생 분과 함께 이곳에 왔지요.
그 왕비 분은 남편이 죽자 프랑스 왕정을 떠나야 했는데, 워낙 젊고
활달한 분이라 프랑스를 떠나는 게 힘들었어요. 앤 불린도 프랑스를
좋아해 그분과 마찬가지로 프랑스 궁정을 떠날 생각이 없었지요. 더
욱이 선왕 프랑수아 1세께서 그분을 아끼셔서 클로드 왕비님의 궁녀
로 프랑스 궁정에 남아 있게 되었지요. 클로드 왕비님이 돌아가시자,
왕의 누이이자 알랑송 공작부인이며, 전설 같은 이야기를 들어 알고
계시겠지만 이후 나바르 왕비가 되시는 마르그리트 공주님의 궁녀가
되었지요. 그리고 그분 곁에 있으면서 신교에 물드셨어요. 그 후 영국
으로 돌아가 거기서 모든 사람을 매혹시켰지요. 당시 모든 나라에서
유행하던 프랑스풍을 이미 익히셨으니 말이에요. 앤 불린은 노래도

잘하시고 춤도 정말 잘 추셨어요. 이후 아라곤 캐서린 왕비님의 궁녀가 되었는데, 헨리 8세께서 그분을 보고는 넋을 잃고 사랑에 빠지셨어요.

당시 헨리 8세의 충복이자 수상이던 울지 추기경은 로마 교황 자리를 노리고 있었는데, 신성로마제국 황제가 자신을 지지해주지 않자 앙심을 품고는 자신이 받드는 영국 왕과 프랑스 왕가를 이어줄 결심을 했지요. 그래서 헨리 8세의 머릿속에 신성로마제국 황제의 큰어머니인 캐서린 왕비와의 결혼이 별 볼 일 없었다는 생각을 주입하며 얼마 전 남편을 잃은 알랑송 공작부인과의 결혼을 제안했어요. 야망이 있던 앤 불린은 헨리 8세와 캐서린 왕비의 이혼을 자신이 왕비 자리에 오를 수 있는 기회로 보았지요. 그래서 헨리 8세에게 개신교인 루터파에 대한 인상들을 전하기 시작했어요. 그리고 그와 알랑송 공작부인의 결혼을 희망하는 프랑스 선왕을 부추겨 로마 교황청이 헨리 8세의 이혼을 승인하도록 힘을 쓰게 했지요. 울지 추기경은 이 일을 추진하기 위해 다른 구실을 대고 프랑스에 갔고요. 하지만 정작 헨리 8세는 결혼을 슬쩍 제안하는 정도에서 끝내고 다시는 결혼 이야기를 꺼내지 말라고 칼레에 있던 울지 추기경에게 하명했답니다.

프랑스에서 돌아온 울지 추기경은 왕에 버금가는 융숭한 대접을 받았지요. 오만과 자만으로 그토록 기세등등한 신하는 없었을 거예요. 그는 두 나라 왕의 접견 자리를 만들었어요. 불로뉴에서요. 프랑수아 1세께서 헨리 8세께 먼저 손을 내밀었지요. 헨리 8세께서는 그 손을 잡고 싶은 마음이 없었고요. 두 분은 서로에게 호화롭고 성대한 향응을 제공하셨어요. 또 본인이 맞춰 입는 것과 비슷한 옷을 서로에게 선

물하셨지요. 제가 듣기로 선왕께서 영국 왕에게 보낸 옷은 진홍빛 새 틴에 진주와 다이아몬드를 삼각형으로 박아 장식한 옷과 금실로 수를 놓은 흰색 비로드 옷이라고 했어요. 두 분은 불로뉴에서 며칠을 보내신 후 칼레에도 갔지요. 앤은 왕비처럼 수행 시녀와 함께 헨리 8세의 처소에 머물렀고요. 프랑수아 1세도 그녀가 마치 왕비라도 되듯 똑같은 선물을 해주고 예우를 갖추었다고 하네요. 구 년의 사랑 끝에 헨리 왕은 마침내 앤 불린과 결혼하셨지요. 이미 오래전에 로마 교황청에 부탁해둔 첫번째 결혼의 공식적 파기를 기다릴 것도 없이요. 그러자 교황은 서둘러 헨리 왕의 파문을 선고했고, 헨리 8세는 격노하여 자신을 수장으로 선언하고, 이미 잘 아시듯 그 불행한 변화의 폭풍 속으로 영국을 몰아넣으셨지요.

앤 불린의 영화도 그리 오래가지는 않았어요. 아라곤 캐서린 왕비의 죽음으로 자신의 운명도 그리 될 듯한 예감을 느끼던 차에 어느 날 궁정 사람들과 함께 남동생인 로치퍼드 자작이 연 마상 시합에 참석했는데, 왕은 몹시도 질투하다 돌연 경기장을 떠나버린 거예요. 그러더니 앤 왕비와 로치퍼드 자작, 그리고 앤 왕비의 정부이거나 내통자로 의심되는 몇몇 사람들을 당장 잡아들이라고 명했어요. 그 질투는 그때 갑자기 생긴 듯 보였지만, 사실은 얼마 전 자기 남편과 앤 왕비의 사이가 이상하리만큼 가까운 것에 속이 상한 로치퍼드 자작부인이 그 관계가 근친상간이라도 되는 듯 왕에게 귀띔을 했던 거죠. 더욱이 당시에 왕은 제인 시모어와 사랑에 빠져 있던 터라 앤 불린으로부터 벗어날 생각밖에 없었어요. 삼 주도 안 돼 앤 왕비와 그 남동생에 대한 판결을 내리고 참수형에 처한 다음 제인 시모어와 결혼했지요. 그 후에도 여러 여인을 곁에 두었는데, 나중에는 다 쫓아내거나 사형에 처했어요. 특히 그중에 캐서린 하워드라는 여자가 있었는데, 로치퍼드 자작부인과는 속내를 터놓던 친구 사이로 자작부인과 함께 단두대에서 죽었지요. 앤 불린을 모함한 죄로 처형당한 셈이에요. 그런데 무슨 이유인지 헨리 8세는 그 후로 계속 살이 찌더니 결국 그 때문에 사망했지요."

왕세자비 처소에 모인 귀부인들은 왕세자비의 이야기 덕분에 영국 궁정의 상황을 소상히 알게 되었다며 감사의 뜻을 전했다. 클레브 공작부인은 끝까지 남아 엘리자베스 여왕에 대해 몇 가지를 더 묻지 않을 수 없었다.

한편 왕세자비는 어머니인 왕비에게 보내기 위해 궁정의 모든 미녀들의 초상화를 그리게 했다. 클레브 공작부인의 초상화가 완성되던 날, 왕세자비는 점심 식사 후 부인을 만나러 갔다. 느무르 공은 이 기회를 놓치지 않고 그 자리에 나타났다. 공은 클레브 공작부인을 볼 수 있는 기회라면 그 기회를 놓치지 않았다. 물론 일부러 찾아다닌 티는 절대 내지 않았다. 특히 그날은 그녀가 어찌나 아름답던지 그 어느 때보다 사랑스러워 애가 탔다. 하지만 화가가 그녀를 그리는 동안 그녀만 뚫어지게 쳐다볼 용기는 나지 않았다. 그녀를 바라보는 기쁨을 지나치게 드러낼까 두려워서였다.

왕세자비는 클레브 공작에게 그가 가지고 있는 아내의 작은 초상화를 가져다달라고 부탁했다. 그것을 화가가 완성한 초상화 옆에 두고 비교해보기 위해서였다. 다들 두 초상화를 놓고 자기 느낌을 말했다. 클레브 공작부인은 화가에게 작은 초상화의 머리 부분을 약간만 손질

해달라고 부탁했다. 화가는 알겠다며 초상화가 놓여 있던 상자에서 그림을 꺼내 작업한 후 탁자 위에 그대로 올려놓았다.

느무르 공은 예전부터 클레브 공작부인의 초상화를 하나 갖고 싶었다. 더욱이 그 초상화가 클레브 공작의 것이니 빼앗고 싶은 유혹을 견딜 수 없었다. 더욱이 그날 그 자리에는 그 말고 다른 사람들도 많이 있었으니 그가 가져갔다고 의심받을 리도 없었다.

왕세자비는 침대 위에 앉아 클레브 공작부인에게 작은 소리로 말을 하고 있었고, 클레브 공작부인은 왕세자비 앞에 서서 이야기를 듣고 있었다. 커튼 하나 사이로, 그러니까 반쯤만 닫힌 커튼 사이로, 침대 발치에 놓인 탁자를 등지고 선 느무르 공의 모습이 보였다. 곧이어 클레브 공작부인은 느무르 공이 고개는 돌리지 않고 손을 뒤로 내밀어 탁자 위에 있는 무언가를 가져가는 모습을 보고 말았다. 그것이 자신의 초상화임을 어렵지 않게 짐작할 수 있었다. 클레브 공작부인이 무척이나 놀라는 바람에 그녀가 자기 말을 제대로 듣고 있지 않은 것을 눈치챈 왕세자비가 큰 소리로 지금 무엇을 보고 있냐고 물었다. 그 소리에 느무르 공이 얼른 몸을 돌렸다. 그리고 아직 그에게 시선이 고정된 클레브 공작부인과 눈이 마주쳤다. 조금 전 행동을 그녀가 보았을 수도 있겠다는 생각이 들었다.

클레브 공작부인은 여간 당황하지 않았다. 이성적으로는 자기 초상화를 돌려달라고 요구해야 할 것 같았다. 하지만 공개적으로 요구하다가는, 특히 그에게 직접 요구하다가는 그의 감정을 모든 사람에게 알리는 꼴이 될 것 같았다. 결국 그냥 내버려두는 편이 낫겠다는 생각이 들었고, 알지만 모르는 척하는 게 그를 위한 일인 것도 같았다. 그렇게 해야 그녀의 마음도 편할 것 같았다.

클레브 공작부인의 당황한 모습에 느무르 공은 그 이유를 짐작하고는 그녀에게 다가가 이렇게 속삭였다.

"부인, 제가 방금 한 일을 보셨다면, 제가 계속 부인은 모르고 있다고 믿게 해주십시오. 그 이상은 감히 부탁드리지도 못하지만."

느무르 공은 이 말만 남기고는 대답도 기다리지 않고 사라졌다.

왕세자비는 산책을 하자며 귀부인들을 모두 대동하고 밖으로 나갔고, 느무르 공은 클레브 공작부인의 초상화를 마침내 갖게 된 기쁨을 누구에게도 들키지 않고 혼자 만끽하기 위해 방 안에 틀어박혔다. 느무르 공은 사랑의 감정이 줄 수 있는 모든 행복한 전율을 온몸으로 느꼈다. 그는 궁에서 가장 사랑스러운 여자를 사랑한다. 그녀의 마음을 확실히는 몰라도 왠지 서로 좋아하는 듯하다. 그녀의 모든 행동에서 젊은 날의 순수한 사랑이 불러일으키는 일종의 당황과 동요, 흥분 같은 것을 보았으니 말이다.

저녁에 사람들은 그녀의 초상화를 샅샅이 찾았다. 초상화 상자는 제자리에 있으니 누가 훔쳐간 것은 아니고, 어딘가에 떨어져 있을 거라고들 했다. 클레브 공작은 부인의 초상화를 잃어버려 속이 상했다. 아무리 찾아도 소용없자 정말로 그런 생각을 한 건 아니지만 혹시 숨겨둔 애인이 있어서 부인이 그 애인에게 주었거나, 아니면 그 애인이 직접 훔쳐간 것이 아니겠냐고, 애인이 아니면 누가 상자는 놔두고 초상화만 빼서 가져갔겠냐고 농담처럼 말했다.

웃으면서 하는 말이었지만 클레브 공작부인은 뜨끔했다. 양심의 가책까지 느꼈다. 느무르 공을 향한 이 걷잡을 수 없는 이끌림을 어찌할 것인가. 그녀는 생각하고 또 생각했다. 자신의 말과 표정을 더는 제어할 수 없음을 이제는 알고 있었다. 리뉴롤이 돌아왔다는 걸 알았지만 영국 일은 더 이상 걱정되지 않았다. 왕세자비에 대한 의혹도 사라졌다. 그러니 이제 그녀를 지켜줄 수 있는 것은 아무것도 없었다. 가장 안전한 길은 그를 멀리하는 것, 그것뿐이었다. 그러나 이제는 그것마저 할 수 없으니 벼랑가에 선 심정이었다. 그녀에게는 가장 큰 불행이라 생각되는 일, 그러니까 그녀도 느무르 공을 좋아한다는 걸 느무르 공에게 보여주는 일, 그 수렁에 빠지는 일만 남았다. 어머니가 돌아가시면서 그녀에게 했던 말, 부정한 연애에 빠지느니 아무리 힘들어도 그것 아닌 다른 길을 택해야 한다는 말이 떠올랐다. 클레브 공작이 투르농 부인 이야기를 들려주며 정직함에 대해 했던 말도 떠올랐다. 그러니 느무르 공에 대한 자신의 마음을 남편에게 고백해야 할 것만 같았다. 한동안 그 생각이 머릿속을 떠나지 않았다. 그러다가 그런 생각을 한 자신에게 몸서리를 쳤다. 그것은 거의 미친 짓이었다. 도대체 어떻게 해야 할지 알 수가 없었다.

화평 조약이 체결되었다. 엘리자베트 공주는 무척이나 싫었지만 결국 왕의 말에 따르기로 했다. 엘리자베트 공주와의 결혼을 앞두고 신랑이 될 그 가톨릭교 왕의 대리로 알바 공작이 오기로 되어 있었다. 한편 국왕의 누이동생과 결혼할 사부아 공작의 도착도 임박했다. 두 결혼식이 동시에 거행될 예정이었다.[*] 국왕은 프랑스 궁정의 규모와

---

[*] 역사상의 날짜로 보면 정확히 같은 날은 아니다. 엘리자베트 공주와 펠리페 2세의 결혼식은 1559년 6월 22일 파리 노트르담에서 열렸고, 왕의 누이동생 마르그리트 공주와 사부아 공작의 결혼은 7월 9일에 열렸다.

실력을 보여주기 위해 온갖 행사를 곁들여 대단히 성대한 결혼식을 준비했다. 누군가 발레, 연극 등의 공연을 제안했지만 국왕은 그런 행사는 너무 개인적인 취향일 수 있으니, 눈길을 확 끌 만한 보다 화려한 행사를 요구했다. 무술 시합이 결정되었다. 외국의 고위 사절도 참가할 수 있고, 일반 서민도 구경할 수 있었다. 공작과 젊은 영주 들은 왕의 계획에 환호했다. 페라라 공작과 기즈 기사, 느무르 공은 그런 종류의 운동이라면 타의 추종을 불허했으니 특히나 반겼다. 국왕은 이들을 자신과 함께할 주전자(主戰者)로 추천했다.

다음 사항이 전 왕국에 공지되었다. 6월 15일 국왕 전하 및 알퐁스 데스테 영주들의 하명에 따라 파리의 도로가 개방되며, 페라라 공작, 프랑수아 드 로렌, 기즈 기사, 자크 드 사부아, 느무르 공이 주전자로서 모든 도전자에 맞서 1차 시합을 시작한다. 1차 시합은 이중 갑옷 마상 시합. 4타(打) 투창이며 1타는 귀부인들을 위해 바친다. 2차 시합은 검투. 당일 경기 주심의 재량에 따라 1 대 1 혹은 2 대 2의 상대를 정한다. 3차 시합은 지상투창 및 검투 경기. 투창 3타, 검 6격으로 한다. 주전자들은 도전자들의 선택대로 창과 검, 투창을 제공한다. 말을 달릴 시 박차를 가하면 실격 처리된다. 명령을 내리는 시합 주임관은 총 네 명이다. 상대를 가장 잘 반격한 자, 가장 실력이 출중한 자에게는 상금이 수여된다. 상금 액수는 심판관이 신중히 결정한다. 프랑스인이든 외국인이든 모든 도전자는 경기장 끝 돌계단에 걸린 방패 하나 혹은 여러 개를 선택에 따라 만져야 한다. 그곳에서 무기 담당관은 도전자가 만진 방패의 문장(紋章)에 따라 선수들을 명단에 등록한다. 도전자들은 수행원을 시켜 경기 시작 삼 일 전에 돌계단에 무기들과 함께 문장이 새겨진 방패를 가져다 놓는다. 주전자의 허가 없이는 도전자로 참가할 수 없다.

투르넬 성에서 출발해 생탕투안 가(街)를 가로질러 왕실 마사(馬舍)에 이르는 바스티유 일대에 커다란 경기장이 들어섰다. 양편에 계단석과 반원형 관람석이 세워졌고, 제법 많은 사람들을 수용할 수 있으면서 매우 아름다운 시각적 효과도 내는, 마치 갤러리처럼 꾸민 칸막이 객석도 세워졌다. 공작과 영주 들은 자기 객석이 최대한 눈에 띄도록 그들 가문의 문장이며 상징 머리글자, 혹은 연애의 일환으로 자기가 좋아하는 사람과 관련된 이런저런 물건들을 정성스레 장식해놓았다.

알바 공작이 도착하기 며칠 전, 국왕은 느무르 공, 기즈 기사, 샤르트르 대공과 함께 테니스 경기를 했다. 왕비와 왕세자비는 궁의 귀부인과 시녀 들을 데리고 그 경기를 보러 갔는데, 그중에는 클레브 공작부인도 있었다. 시합이 끝나고 모두 경기장에서 나올 때, 샤스틀라르가 왕세자비에게 다가가더니 느무르 공의 호주머니에서 떨어진 것인데 연애편지가 분명하다면서 우연히 손에 넣게 된 것을 보여주었다. 느무르 공이 연모하는 사람이 누구인지 줄곧 궁금했던 왕세자비는 샤스틀라르에게 당장 그 편지를 달라고 했다. 왕세자비는 편지를 받고는 시어머니인 왕비를 뒤따라 나섰다. 왕비는 국왕과 함께 새 마상 경기장 공사 현황을 보러 가는 중이었다. 국왕은 얼마 동안 시찰을 하다가 말들을 경기장 안으로 데려오라고 했다. 그곳에 온 지 얼마 안 된 말들이라 조련이 덜 되어 있었는데도, 왕은 자신을 수행한 모든 귀족들에게 말을 일일이 나누어 주며 한번 타보라고 권했다. 왕과 느무르

96

공이 가장 사나운 말에 올라타게 되었는데, 이 두 말이 느닷없이 서로를 향해 달려들었다. 느무르 공은 왕이 다칠까봐 자기 말을 급하게 후진시키다가 말을 마장 기둥에 세게 박아버렸고, 그 바람에 말에서 떨어지고 말았다. 다들 놀라서 느무르 공에게 달려갔다. 그가 심하게 다쳤을까봐 걱정이었다. 클레브 공작부인은 다른 누구보다 걱정했다. 그한테 마음이 가 있었으니 당연히 걱정하지 않을 수 없었고, 그 순간만큼은 자신의 동요를 감춰야 한다는 사실조차 까맣게 잊어버렸다. 왕비와 왕세자비와 함께 그에게 달려갔는데, 얼굴빛이 어찌나 달라졌던지 기즈 기사만큼 그들 일에 관심이 있는 사람이 아니라도 금세 눈치챌 수 있었다. 그러니 기즈 기사의 눈에는 오죽했을까. 기즈 기사는 느무르 공의 상태보다 클레브 공작부인의 상태에 더 주의를 기울였다. 말에서 떨어질 때 충격이 어찌나 컸던지 느무르 공은 잠시 혼절하여 사람들의 손에 머리를 기댄 채 한동안 깨어나지 못했다. 그러다가 정신이 들어 눈을 떴을 때 느무르 공의 눈에는 가장 먼저 클레브 공작부인이 보였다. 그녀의 눈길에는 연민이 가득했다. 그 역시 그런 그녀에게 무척 감동받았는지 그녀가 알 수 있을 만큼 강렬한 눈빛으로 그녀를 바라보았다. 이어서 왕비와 왕세자비에게 심려를 끼쳐 미안하고 자기를 걱정해주어 감사하다고 말했다. 왕은 어서 가서 휴식을 취하라고 했다.

조금 전의 기겁에서 정신을 차리고 나서야 클레브 공작부인은 자기가 너무 표를 낸 것은 아닌지 걱정이 되었다. 눈치챈 이가 아무도 없기를 바랐지만, 기즈 기사가 그 희망을 여지없이 깨뜨리고 말았다. 기즈 기사는 그녀에게 손을 내밀어 모래 경기장 밖으로 데려다 주며 이렇게 말했다.

"부인, 저는 느무르 공보다 더 불쌍한 사람입니다. 부인에 대한 그간의 깊은 존경과 흠모를 이제는 버려야 하니까요. 이런 말씀을 드려서 죄송합니다. 제가 방금 본 장면에서 느낄 수밖에 없는 아픈 마음을 부인에게 그대로 드러내는 점 또한 죄송합니다. 이렇게 대담하게 말씀드리는 일도 처음이자 마지막이 되겠지요. 죽음, 혹은 적어도 영원히 떨어져 지내는 것만이 더 이상 살 수 없는 이 세상에서 저를 빼내줄 것 같습니다. 그 까닭을 아십니까? 감히 당신을 바라보는 모든 사내들이 다들 저만큼이나 불행하다고 생각하며 그나마 자신을 위로하곤 했는데, 이젠 그런 위로도 할 수 없게 되었으니까요."

클레브 공작부인은 기즈 기사가 무슨 말을 하는지 모르겠다는 듯 정리되지 않은 몇 마디로 겨우 대답할 뿐이었다. 지난번 그가 그녀에게 품은 감정을 말할 때는 모욕감이 들었는데, 이번에는 느무르 공에 대한 그녀의 마음을 그가 눈치챘다고 생각하니 이상하게도 미안했다. 기즈 기사는 이제 너무나 확실히 알게 되자 가슴이 찢어질 듯 괴로웠으나, 클레브 공작부인의 사랑을 받을 수도 있다는 생각은 다시는 하지 않기로 했다. 그러나 그토록 어렵고 그토록 영광스럽게 보였던 그 계획을 포기하려면 그가 온 정신을 쏟아부을 만한 다른 더 큰 계획이 필요했다. 그래서 그는 전에 생각해둔 로도스 섬 소유 건을 다시 떠올렸다. 그런데 아직 꽃다운 청춘인 그를 죽음이 이승에서 데려가고 말았으니, 그의 세기에 그 어떤 공작보다 위대한 명성을 쌓은지라 그리 서러울 것은 없었으나, 유일하게 서러운 일이라면 성공하리라 믿어 의심치 않았던 그 아름다운 계획을 실행조차 못 하고 생을 마쳐야 하는 점이었다.

경기장을 나온 클레브 공작부인은 방금 일어난 일에 온통 마음을 빼앗긴 채 왕비 처소로 갔다. 얼마 안 있어 조금 전 사고를 당한 사람 이라고는 할 수 없을 만큼 멋지게 차려입은 느무르 공이 나타났다. 심 지어 그는 평소보다 훨씬 유쾌해 보였다. 자신이 분명히 보았다고 믿 는 어떤 것 때문에 기분이 좋아 생기가 넘치니 그가 가진 매력이 더욱 돋보였다. 그가 들어오자 모두가 놀라며 그의 몸 상태를 물었다. 단 한 사람 예외가 있었으니, 바로 클레브 공작부인이었다. 부인은 그를 보지 않는 척하며 벽난로 옆에 가만히 서 있었다. 왕이 내실에서 나와 사람들에게 둘러싸인 느무르 공에게 아까 일어난 사고에 대해 잠시 얘기하자며 들어오라고 명했다. 느무르 공은 클레브 공작부인 옆을 지나가며 낮은 소리로 이렇게 말했다.

"오늘 저는 부인의 동정표를 얻었습니다. 하지만 제가 받을 표는 그것이 아닙니다."

클레브 공작부인은 느무르 공이 자기 감정을 알아버렸을 수도 있다 고 생각했는데, 역시나 틀린 생각이 아니었다. 그녀는 자기 감정을 감 추지 못하고 기즈 기사에게 들킨 것이 못내 괴로웠는데, 느무르 공까 지 알아버렸으니 더욱 괴로웠다. 하지만 이 두번째 괴로움이 괴롭기 만 한 것은 아니었다. 거기에는 약간의 감미로움도 섞여 있었다.

한편 샤스틀라르가 준 편지의 내용이 궁금해 안달이 난 왕세자비는 클레브 공작부인에게 다가와 이렇게 말했다.

"이 편지 한번 읽어봐요. 느무르 공한테 온 편지예요. 아무래도 느 무르 공이 다른 여자들을 모두 저버리게 만든 그 여자가 보낸 편지 같아요. 지금 읽을 수 없으면 일단 가지고 있어요. 오늘 저녁 제 처소로 와서 돌려주시면 돼요. 누구의 필체인지도 한번 생각해봐요. 알겠으면 저한테 꼭 말해주고요."

왕세자비는 이 말을 하고는 너무 놀라 어안이 벙벙한 클레브 공작 부인을 남겨두고 나갔다. 클레브 공작부인은 자리에서 한동안 꼼짝도 않고 서 있었다. 가슴이 떨리고 불안해 도저히 왕세자비 처소에 계속 있을 수가 없었다. 그래서 아직 돌아갈 시각이 아님에도 당장 집으로 돌아왔다. 편지를 든 손이 떨렸다. 머릿속이 너무 혼란스러워 아무것도 분간이 안 됐다. 그녀는 전혀 알지 못하는, 지금껏 한 번도 느껴보지 못한 이상한 고통에 사로잡혔다. 방으로 들어가자마자 편지를 펼쳤다. 편지에는 다음과 같은 내용이 적혀 있었다.

편지

당신이 변한 것 같다고 느꼈지만 나는 그 이유가 내 가벼움 때문이라고 생각하는 당신을 그냥 보고 있을 만큼 당신을 사랑했어요. 하지만 이제는 당신의 부정이 바로 그 이유였음을 알려드리고 싶군요. 이렇게 직접 당신의 변심을 말하니 당신은 무척 놀라겠지요. 당신은 교묘하게 감춰왔지만, 나 또한 당신의 변심을 알고 있다는 사실을 교묘히 감춰왔어요. 그러니 내가 알고 있다는 사실에 당신이 놀라는 것도 당연해요. 나 역시 어떤 내색도 하지 않았던 나 자신이 놀라워요. 이런 고통은 세상 그 어디에도 없을 거예요. 나는 당신이 나를 열렬히 사랑한다고 믿었어요. 당신에 대한 내 사랑도 당신에

게 더는 감출 수 없었고요. 모든 것을 다 드러내 보인 그때 당신이
나를 속이고 있다는 걸 알게 됐어요. 다른 여자를 사랑한다는 것을
요. 아무리 봐도 그 새 애인 때문에 당신이 나를 버릴 게 분명했지
요. 테니스 시합이 있던 날 분명히 알게 됐어요. 그래서 그곳에 가
지 않은 거예요. 내 어지러운 마음을 감추기 위해 몸이 아픈 척했어
요. 한데 정말로 몸이 아팠고, 내 몸은 그 심한 충격을 견뎌내지 못
했어요. 몸이 나아지기 시작했지만 계속 아픈 척을 했지요. 그래야
다시는 당신을 보지 않을 구실을, 다시는 당신에게 편지를 쓰지 않
을 구실을 만들 수 있었으니까요. 앞으로 당신을 어떻게 대해야 할
지 마음을 정하려면 생각할 시간이 필요했어요. 똑같은 결심을 스
무 번 하고, 스무 번 접었어요. 하지만 결국 당신은 내 고통을 볼 자
격이 없는 사람이라는 생각이 들었지요. 결코 내 고통을 당신에게
보이지 않겠다고 결심했어요. 내 사랑이 자연스레 먼저 식었다고
알려 당신의 오만함에 상처를 주리라 다짐했어요. 그렇게 하면 버
림받은 고통을 줄일 수 있다고 생각했어요. 내가 당신을 얼마나 사
랑했는지를 과시하는 기쁨을 누리게 하고 싶지 않았어요. 그러면
당신이 더욱 사랑스러운 사람으로 비칠 테니까. 그래서 미지근하고
권태로운 편지를 쓰려 했지요. 내 사랑이 먼저 식었음을 당신이 이
편지를 보여줄 그 여자의 머릿속에 집어넣어주려고요. 내가 졌음을
스스로도 알고 있음을 그 여자가 알게 하고 싶지 않았어요. 내 절망
과 비난으로 그 여자의 승리감이 고조되는 걸 원치 않았어요. 벌을
주고 싶은데 관계를 끊는 것만으로는 충분하지 않다고 생각했어요.
당신이 나를 더이상 사랑하지 않으니 나 역시 당신을 사랑하지 않

는다면 당신에게 가벼운 고통 정도는 줄 것 같았어요. 내가 느낀 그토록 잔인했던 고통인, 절대 사랑받지 못하는 고통을 당신도 느낀다면 다시 나를 사랑할 수도 있다고 생각한 거죠. 나에 대한 감정을 되살릴 수 있을 만한 방법이 있다면, 그것은 바로 내 감정이 이미 변했다는 걸 당신에게 알리는 거라고 생각했어요. 단 그것을 당신에게 감추는 척하면서 드러내는 방식으로요. 마치 고백할 힘도 없는 것처럼요. 하지만 이 결심도 그만뒀죠. 이 결심을 하기까지 무척 힘들었지만, 당신을 다시 보면서 그 결심을 실행하기란 거의 불가능한 일이니까요. 눈물과 하소연으로 백 번은 더 폭발할 뻔했어요. 그나마 건강이 좋을 때는 내 고통과 상심을 감출 힘이 있었어요. 당신이 감추듯 나 역시 감추는 그 묘한 기쁨에 그나마 버틸 수 있었어요. 하지만 당신에게 그렇게 말하고 그렇게 쓰면서 내가 너무 고통스러워서, 애초에 내게는 내 감정이 변한 것을 당신에게 알리려는 계획 따위가 없었다는 걸 당신이 알았으면 하는 생각마저 들었지요. 나는 그 정도로 당신을 사랑했어요. 어쨌든 당신은 상처를 받았지요. 당신은 원망했어요. 나는 당신을 안심시키려고 애썼지만 너무 억지 같았는지 당신은 내가 당신을 더는 사랑하지 않는다고 믿었지요. 결국 나는 내가 의도했던 일을 해냈어요. 내가 당신에게서 멀어지고 있음을 알면 알수록 당신은 이상하게도 다시 돌아오려고 했어요. 나는 복수가 주는 모든 기쁨을 맛보았어요. 당신은 그 어느 때보다 나를 사랑하는 것처럼 보였고, 그럴수록 나는 당신을 더 이상 사랑하지 않는 것처럼 보이려고 애썼지요. 당신은 그 여자 때문에 나를 떠났지만, 이제는 당신이 그 여자를 완전히 버렸다고 믿기에 충분했어요. 내가 그렇게 납득할 만한 이유가 있었으니까요. 당신은 그 여자한테 내 이야기를 전혀 하지 않았더군요. 하지만 당신이 내게 돌아온 일도, 당신의 신중함도 그 바람기를 고칠 수는 없었나봐요. 당신의 마음은 그 여자와 나 사이에서 계속 둘로 나뉘어 있더군요. 당신은 나를 속였어요. 이젠 그만 됐어요. 나는 당신한테 사랑받을 자격이 충분하다고 믿었지만, 이젠 그런 기쁨 따위는 없어도 좋아요. 당신은 무척이나 놀라겠지만, 이제 다시는 당신을 보지 않겠어요.

클레브 공작부인은 이 편지를 읽고 또 읽었다. 읽으면서도 지금 읽고 있는 내용이 무엇인지 알 수가 없었지만 읽고 또 읽었다. 다만 느무르 공이 그녀의 생각과 달리 그녀만 사랑하는 것은 아니며 그녀가 그러하듯 느무르 공도 누군가를 속이며 다른 사람을 사랑한다는 것을 알 수 있었다. 사랑하면 안 될 사람을 열렬히 사랑하는데 그 마음을 그 사람에게 들켜버렸고, 또 그 사람에 대한 사랑 때문에 괜히 매정하게 대한 사람에게도 그 마음을 들켜버렸는데, 클레브 공작부인 같은 성격의 사람으로서는 지금 이 상황을 어떻게 받아들여야 할지 몰랐다. 이처럼 따갑고 쓰린 기분은 처음이었다. 이 쓰라린 비참함은 낮에 일어난 일 때문인 것 같았다. 만일 느무르 공이 자기가 그를 사랑한다는 걸 모른다면 그가 다른 여자를 사랑해도 그다지 신경 쓰이지 않을 것 같았다. 아니다, 그녀는 잘못 알고 있었다. 도저히 참을 수 없는 그 고통은 다름 아닌, 그녀에게 찾아올 모든 두려움과 늘 함께할 질투라는 감정이었다. 그녀는 이 편지를 통해 느무르 공이 오래전부터 연애를 해왔음을 정확히 알게 되었다. 편지를 쓴 여자는 총명하고 격이 있어 보였다. 사랑받을 자격이 충분해 보였다. 그녀에게는 없는 용기가 있었다. 그리고 느무르 공에 대한 자신의 감정을 감춰온 그 힘이 부러웠다. 편지 말미로 보아, 그녀는 자신이 아직도 사랑받고 있다고 믿는 것 같았다. 그동안 느무르 공은 클레브 공작부인에게 신중한 태도를 보였고, 클레브 공작부인은 그 신중함이 마음에 들었지만, 사실은 그 여자에 대한 사랑 때문에, 그러니까 그 여자가 싫어할까봐 두려워서 그랬던 것은 아닐까 하는 생각이 들었다. 클레브 공작부인은 결국 고통과 절망만 더할 뿐인 생각에 빠져 있었다. 그녀는 자책했다. 어머니가 해주셨던 말씀을 다시 떠올렸다. 남편의 설득이 있었다 해도 왜 궁정 사교계를 멀리하겠다고 더 고집을 피우지 않았던가? 느무르 공에 대한 마음을 남편에게 고백해야겠다는 생각을 왜 실행하지 않았던가? 그녀를 속이고, 아마도 결국에는 그녀를 버릴, 오만과 허영심으로 그녀의 마음을 빼앗을 생각뿐인 나쁜 남자에게 마음을 들키느니, 착한 남편에게 자신의 마음을 말하는 편이 훨씬 나았을 거라는 생각이 들었다. 자신이 견뎌내야 할, 다가올 모든 고통과 모든 극단적인 상황이 자신이 느무르 공을 사랑한다는 걸 느무르 공이 알고, 또 그가 다른 여자를 사랑한다는 걸 자신이 알게 된 지금보다 차라리 덜 힘겨울 거라는 생각까지 들었다. 그나마 위로가 되는 일은, 이제 그 사실을 알게 되었으니 더 이상 자신을 두려워하지 않아도 된다는 것, 느무르 공에게 사로잡힌 마음을 완전히 치유할 수도 있겠다는 것이었다.

왕세자비가 저녁때 편지를 돌려달라고 했지만 그것도 귀찮았다. 그래서 그냥 바로 침대에 누워 몸이 좋지 않은 척했다. 왕의 처소에서 돌아온 클레브 공작은 시종에게서 아내가 벌써 잠자리에 들었다는 말을 들어야 했다. 하지만 공작부인은 조용히 잠이 들기는커녕 손에 든 편지를 읽고 또 읽느라 거의 뜬눈으로 밤을 새웠다.

한편, 이 편지로 휴식을 방해받은 이는 클레브 공작부인 한 사람만이 아니었다. 사실 그 편지를 잃어버린 사람은 느무르 공이 아니라 샤르트르 대공이었다. 그는 안절부절못했다. 그는 저녁 내내 처남 페라라 공작과 궁의 젊은 귀족들에게 푸짐한 만찬을 제공한 기즈 공작 집에 머물렀다. 식사 자리에서 우연히 연애편지 이야기가 나왔고, 샤르트르 대공은 자기도 그런 연애편지를 하나 갖고 있다며 세상에 그것보다 대단한 연애편지는 없을 거라고 호언장담했다. 그러자 다들 보여달라고 야단이었다. 그는 싫다고 고집을 부렸다. 그러자 느무르 공이 샤르트르 대공은 그런 편지를 갖고 있지 않고, 괜히 허세를 부린 거라고 마치 그의 대변인처럼 말했다. 기분이 슬쩍 상한 샤르트르 대공은 계속 점잔을 빼기도 뭐하니 편지 내용을 다 보여줄 수는 없고 몇 대목만 읽어주겠다고, 그러면 그보다 대단한 연애편지를 받은 사람은 없음을 입증하게 될 거라고 했다. 그러면서 편지를 찾느라 호주머니를 뒤적거렸는데, 없었다! 아무리 찾아도 편지가 없었다. 그러자 다들 그것 보라며 놀려댔고, 그의 안색이 너무 어두워지자 놀려대기를 멈추었다. 샤르트르 대공은 다른 사람들보다 먼저 자리에서 나와 마음을 졸이며 혹시라도 자기 방에 두고 온 건 아닌지, 그러면 다행이라 생각하며 집으로 돌아왔다. 편지를 찾고 있는데, 왕비의 내실 시종관이 그를 보러 왔다. 뒤제스 자작부인이 그에게 급히 알려야 할 것 같다며 자기를 보냈다고 했다. 테니스 경기를 할 때 샤르트르 대공의 호주머니에서 연애편지가 떨어졌다는 이야기가 왕비 처소에서 나왔고, 그 편지의 내용까지 사람들 사이에 알려지자 왕비께서도 상당한 호기심을 보이시며 그 편지를 보고 싶어 하셨고, 자신을 시켜 대신들 중한 사람에게 물어보라고 하셨다고 전해주었다. 그리고 그 사람이 편지는 벌써 샤스틀라르 손에 가 있다고 알려주었다고 했다.

내실 시종관은 샤르트르 대공에게 더 많은 것들을 말해줬고, 대공은 급기야 심한 동요에 휩싸였다. 대공은 당장 샤스틀라르와 사이가 가까운 친구 집으로 갔다. 그리고 그 친구는 시각이 늦었음에도 불구하고 샤스틀라르를 억지로 깨워 그 편지에 대해 물었다. 물론 대공이 부탁했으므로 그 편지를 잃어버린 사람이 누구인지는 절대 말하지 않았다. 한편 샤스틀라르는 그 편지가 느무르 공의 것이고, 느무르 공이 왕세자비를 좋아한다고 철석같이 믿고 있었기 때문에, 그 편지를 찾는 사람이 느무르 공이라고 생각했다. 그래서 아주 고약한 웃음을 흘리며 지금 그 편지는 왕세자비의 손에 있다고 알려주었다. 심부름을 해준 친구가 샤르트르 대공에게 이 말을 전하자, 대공은 아까보다 더 불안에 떨었다. 샤르트르 대공은 어떻게 해야 할지 한참을 망설이다가, 이 난국에서 자기를 구해줄 사람은 오로지 느무르 공밖에 없다는 결론을 내렸다.

샤르트르 대공은 느무르 공의 집으로 가 그의 침실로 들어갔다. 곧 해가 뜰 시각이었다. 느무르 공은 아직 잠에 취해 있었다. 어제 본 클레브 공작부인의 표정이 떠올라 잠결에도 마냥 기분이 좋았다. 샤르트르 대공 때문에 달콤한 잠에서 깬 그는 벌떡 일어나 어제 저녁 식사 때 자기가 한 말 때문에 복수하러 온 거냐고, 자기 휴식을 방해하러 온 거냐고 물었다. 하지만 대공의 얼굴 표정을 보고는 그가 심각한 상황에 처했음을 눈치챘다.

"내 인생에서 가장 중대한 일을 자네에게 상의하러 왔네." 대공이 말을 꺼냈다. "물론 자네가 내 말을 꼭 들어줘야 할 의무는 없네. 자네 도움이 필요할 때만 부탁하는 것 같아서 말이야. 또한 내가 자네에게 이 말을 하면, 나는 자네의 존경을 잃을 수도 있네. 실은 어제저녁에 말한 편지를 어디에 흘렸는지 잃어버렸네. 그 편지가 내 것이라는 사실을 아무도 알아선 안 되네. 그렇게 되면 심각한 일이 벌어지네. 어제 테니스 시합 때 그 편지를 잃어버렸는데, 거기 있던 많은 사람들이 그 편지를 읽은 것 같아. 그런데 자네도 어제 거기에 있지 않았나. 이유는 묻지 말고 그 편지를 잃어버린 사람이 자네라고 말해주면 안 되겠나? 제발 부탁이야."

"제게는 애인이 없는 줄 아시나보죠?" 느무르 공이 웃으며 말했다. "제게 이런 제안을 하시니 말입니다. 그와 비슷한 연애편지를 받을 경우 제게는 문제 생길 일이 전혀 없다고 생각하시는 겁니까?"

"아, 제발 내 말을 진지하게 들어주게." 샤르트르 대공이 말했다. "자네에게 애인이 왜 없겠나. 나는 그게 누구인지 모르지만, 그래도 자네는 어떻게든 변명을 할 수 있지 않은가. 그런 문제라면 절대 실패하지 않을 방도를 내 마련하겠네. 자네는 그 여자한테 변명을 못 해도 잠시 복잡할 뿐이겠지만 나는 아니네. 나는 이 연애로 나를 열렬히 사랑하는 사람의 명예를 더럽힐 수도 있네. 그 여인은 세상에서 가장 존경할 만한 분이네. 내가 그분의 노여움을 산다면, 난 나의 재산은 물론 그보다 더한 것까지 잃게 될 걸세."

"지금 대공께서 하시는 말을 다 알아듣지는 못하겠습니다." 느무르 공이 말했다. "그런데 듣자하니 대공의 뒤를 봐주시는 귀부인이 있다는 소문이 틀린 게 아니었나보군요."

"그렇다네." 샤르트르 대공이 이어서 말했다. "아니라면 오죽이나 좋겠나. 그렇다면 내가 이 같은 난관에 처하지는 않았을 걸세. 내가 두려워하는 일이 무엇인지 자네가 알려면 그동안 있었던 일을 다 말해야겠지?

내가 궁에 오고부터 왕비께서는 황송하게도 내게 늘 호의를 베푸시고 나를 신임하셨네. 나는 그저 왕비께서 친절을 베푸신다고 생각했지. 사실 무슨 특별한 일이 있었던 것은 아니네. 나는 왕비님께 존경 이외에 다른 감정을 품는 건 생각지도 못했지. 더욱이 나는 테민 부인한테 열렬히 빠져 있었으니까. 그녀를 보면 정말 사랑에 빠지지 않을 수가 없네. 이 년 전쯤의 일이네. 궁이 퐁텐블로에 있었을 때야. 왕비님과 두세 차례 대화를 나눈 적이 있는데, 주변에 사람이 별로 없는 시각이었지. 왕비 마마는 내 성향이 마음에 드셨는지 내가 하는 모든 말에 공감하시는 듯했지. 그러던 어느 날, 우리는 신뢰에 대해 말하기 시작했는데, 내가 그랬지. 나는 전적으로 신뢰하는 사람은 아무도 없다고. 사람을 전적으로 신뢰했다가 후회하는 경우를 많이 보았다고. 그리고 내가 비밀들을 많이 알지만 절대 말하지 않는다는 이야기도 했지. 왕비께서는 그런 점에서 나를 높이 평가한다고 말씀하시더군. 프랑스에서 비밀을 잘 지키는 사람은 아무도 보지 못했다면서 프랑스에 와서 이 점이 가장 당황스러웠다고 하셨지. 비밀을 털어놓는 일이 인생에서 꼭 필요한데 그 기쁨을 누릴 수가 없으니 말이야. 왕비께서는 비밀 이야기를 할 수 있는 사람을 갖는 일이, 특히 같은 신분 사람들 중에 그런 사람을 갖는 일이 중요하다고 하셨네. 그다음 날도 왕비께서는 계속 같은 주제에 대해 이야기하셨지. 그러더니 궁에서 일어나는 특별한 일들을 내게 말해주셨어. 왕비께서는 내 비밀을 보장해주고, 또 자신의 비밀을 내게 토로하기를 원하시는 듯했어. 나를 그렇게까지 특별하게 생각해주시니 황송하기 이를 데 없었지. 그래서 평소보다 더 근면하게 궁 생활을 했네. 어느 날 저녁, 국왕 전하와 귀부인들이 모두 말을 타고 숲으로 산책을 나갔는데, 왕비께서는 몸이 좋지 않아 가고 싶지 않다고 하셨지. 나는 왕비 마마 곁에 남았네. 왕비께서 연못가로 내려가시더니, 혼자 걷고 싶다며 시종들을 물리시더군. 그렇게 몇 바퀴를 도시더니, 내게 오셔서는 곁을 따르라 하셨지.

'대공께 할 말이 있습니다.' 왕비께서 말씀하셨지. '내가 공께 하고 싶어 하는 말을 들어보면 내가 공의 친구임을 알게 될 겁니다.' 그러더니 하던 말씀을 멈추시고 나를 뚫어져라 쳐다보시는 거야. 그러고는 대뜸 '대공은 사랑을 하고 있지요?' 하시는 게 아닌가. '아마 아무에게도 말하지 않았으니 대공의 사랑을 아무도 모를 거라 생각하겠지만, 알 만한 사람들은 다 압니다. 당신을 관찰하고 있으니 당신이 애인을 만나는 곳이 어딘지도 알고, 당신들을 놀라게 할 계획까지 세우고 있지요. 그 여자가 누구인지 나는 몰라요. 절대 묻지 않겠어요. 다만 당신이 빠질 수도 있는 불행으로부터 당신을 지켜주고 싶을 뿐이에요'라고 하시는 거야. 이봐, 알겠나? 왕비께서 내게 어떤 함정을 파놓으셨는지? 그리고 그 함정을 피하기가 얼마나 어려웠는지? 왕비께서는 내가 열애를 하고 있는지 아닌지, 그 여부만을 알고 싶으셨던 거지. 내가 누구랑 사랑을 하는지는 묻지도 않으면서, 호기심이나 다른 의도는 없음을 분명하게 하면서, 다만 호의를 베풀고 싶을 뿐이라고 믿게 하면서 말이야.

하지만 나는 그 모든 허식 뒤의 진실을 간파해냈지. 나는 테민 부인한테 빠져 있었네. 하지만 그녀도 나를 사랑했지만 우리에게 특별한 만남의 장소가 있다거나 누군가에게 들켜서 놀라거나 할 만큼 행복한 사랑을 하는 건 아니었어. 그래서 생각해보니, 왕비께서 말씀하시는 여자는 테민 부인이 아닌 듯했지. 사실 말이 나와서 하는 이야기지만, 나는 테민 부인보다 덜 예쁘고 덜 정숙한 다른 여자와도 약간의 관계를 맺고 있었거든. 그 여자라면 우리가 만나는 곳이 알려진다는 게 불가능한 일도 아니었네. 하지만 그 여자 일이라면 걱정할 게 별로 없었고, 내게 닥칠 모든 위험을 막아내기 위해 그 여자를 그만 만나는 일도 그리 어렵지 않았지. 그래서 자백하지 않고, 도리어 안심시키는 편을 택했어. 사실 그 반대라고 말이야. 나를 좋아해주었으면 하는 여인들이 있긴 하지만, 그 여인들이 나를 좋아하게 만들어야겠다는 욕심은 포기한 지 이미 오래라고. 왜냐하면 평범한 남자에 연연할 분들이 아닌 그런 여인들은 내게는 너무도 대단한 분들이라고. 그러자 왕비께서 '당신은 솔직하게 대답하지 않는군요' 하시는 거야. '내가 아는 사실과 정반대로 대답하시는군요. 내가 지금 대공에게 말하는 태도를 보면, 대공은 내게 아무것도 감추지 말고 털어놓아야 해요.' 그리고 이어서 말씀하셨네. '나는 대공이 내 친구가 되어주길 원해요. 하지만 그런 자리를 내주면서 당신이 집착하는 대상이 무엇인지 모르고 싶진 않군요. 내게 그것을 가르쳐주는 대가로 그 자리를 얻는 게 어떨지 잘 생각해보세요. 이틀간 여유를 주겠어요. 내게 어떤 말을 해야 할지 잘 헤아려봐요. 그리고 잊지 마세요. 만약 당신이 또 나를 속인다면 당신을 용서하지 않을 겁니다.'

왕비께서는 내 대답은 기다리지도 않고 당신 말만 하고는 가버리셨지. 자네도 상상이 되겠지만, 왕비께서 하신 말씀이 내 머릿속에 가득 차 나는 한참을 멍하니 있었네. 왕비께서 주신 이틀은 결정을 내리기에 그리 충분한 시간은 아니었네. 내가 다른 여자와 열애를 하고 있는지 알고 싶고, 또 내가 그러는 것을 바라지 않는 왕비님의 마음이 다 읽혔지. 내가 어떤 입장을 취하느냐에 따라 벌어질 일들과 그 결과가 눈에 훤히 보였네. 왕비님과, 더욱이 여전히 매력적인 왕비님과 특별한 관계를 갖는다는 데 다소 우쭐해진 것도 사실이네. 하지만 나는 테민 부인을 사랑하고 있었네. 물론 다른 여자와 일종의 바람을 피우기도 했지만 테민 부인과의 관계를 끊을 수는 없었네. 하지만 왕비님을 속이면 내가 어떤 위험에 놓이겠나. 왕비님을 속이는 게 또 얼마나 어려운 일인가. 그렇다고 내게 주어질 행운을 거절하고 싶지도 않았네. 그래서 나는 나쁜 짓이긴 하나 내가 끌리는 대로 온전히 모험을 걸기로 했네. 만나는 장소가 발각될 수 있는 그 여자와는 관계를 끊고, 테민 부인과의 관계는 숨기기로 했지.

기약한 이틀이 다할 무렵, 나는 왕비 마마의 내실로 갔네. 귀부인들이 거기 다 모여 있었는데 왕비께서 큰 소리로 깜짝 놀랄 만큼 심각한 표정으로 이렇게 말씀하시는 거야. '내가 말씀드린 그 일을 잘 생각해보셨습니까? 답이 나왔습니까?' '예, 마마. 마마께 그날 말씀드린 대로입니다.' '그래요? 그러면 오늘 저녁 내가 글 쓰는 시각에 다시 오세요.' 왕비께서는 이렇게 말씀하시더니 '그때 다시 명을 드리겠어요' 하셨네. 나는 아무런 대답도 못 하고 고개 숙여 인사만 드리고 나왔지. 그리고 말씀하신 그 시각에 맞춰 왕비님을 찾아갔네. 왕비께서는 서기와 시녀 한 분을 대동하시고 복도 서재 방에 계시더군. 왕비께서는 나를 보자마자 방구석으로 데려가시면서 '아까 내게 달리 할 말이 없다고 하셨지요? 솔직하게 말씀을 안 하시니 내가 그런 식으로 공을 대하지요'라고 하시는 게 아닌가. 나는 말했지. '아닙니다. 정말 솔직하게 말씀드린 겁니다. 마마께 달리 드릴 말씀이 없습니다. 진실로 맹세컨대, 저는 궁의 어떤 여인도 연모하지 않습니다.' 그러자 왕비께서 말씀하셨네. '그렇게 믿고 싶군요. 왜냐하면 나도 그걸 바라니까요. 내가 그걸 바라요. 왜냐하면 당신이 전적으로 내게만 매달리길 원하니까. 당신이 연애를 하면 내가 당신과의 우정에 만족하기 어렵지 않겠어요? 다른 사람과 연애를 하는 사람한테 속을 털어놓을 수는 없지요. 비밀이 보장되겠어요? 애인들은 너무 방심하고, 너무 많은 것을 공유하니까요. 애인이 첫째 관심 대상이 되면 당신은 내가 원하는 모습이 될 수 없어요. 그러니까 지금 당신이 나한테 한 말을 명심해요. 나는 당신이 다른 여자와 어떤 관계도 없기 때문에 비밀을 털어놓을 상대로 택했다는 사실을 잊지 마세요. 내가 원하는 것은 당신의 전부라는 사실도. 당신은 내 마음에 드는 사람이 아니면 어떤 친구도, 어떤 여자 친구도 두어서는 안 돼요. 나를 살피는 것 외에 다른 관심은 포기하세요. 물론 출세를 위한 행운까지 포기하라는 말은 아니에요. 그런 문제라면 당신보다 내가 더 열의를 가지고 신경을 쓰겠어요. 내가 바라는 대로만 해준다면, 내가 당신을 위해 무엇을 해주든 당신은 만족스러운 보상을 받을 거예요. 나는 내 슬픔을 당신에게 털어놓을 테니 당신은 그 슬픔을 어루만져주셔야 해요. 내 슬픔이 보통 슬픔이 아님을 알게 될 겁니다. 발랑티누아 공작부인에 대한 국왕 전하의 애정을 겉으로야 아무렇지 않은 척하지만, 정말 참을 수가 없어요. 그 여자가 전하를 지배하고, 속이고, 날 무시하고, 내 사람들을 다 자기 사람으로 만들어버렸어요. 왕세자비는, 내 며느리라는 애는, 아름답고 자신감이 넘치는 데다 숙부들까지 뒤에 있으니 며느리 노릇은 전혀 하지 않아요. 몽모랑시 원수는 전하의 주인이자 왕국의 대장 노릇을 하고 있지요. 나를 증오하고, 그 증오를 보란 듯이 드러내고 있어요. 생탕드레 대장은 젊고 대담한 충신이지만, 다른 사람들에게 하듯 나를 대할 뿐 특별한 것이 없지요. 내 불행을 세세히 다 말하면, 당신은 나를 더 가련하게 볼 거예요. 지금까지는 아무에게도 이런 속내를 털어놓지 않았어요. 오로지 당신에게만 털어놓는 거예요. 내 선택을 후회하지 않게 해줘요. 내 유일한 위로가 되어줘요.' 마지막 말을 하며 왕비 마마의 눈시울이 붉어졌지. 마마께서 보여주신 자비와 은혜에 너무나 감동해 나는 당장 마마의 발밑에 뛰어들고 싶었네. 그날 이후로 왕비께서는 내게 전적인 신뢰를 보내셨지. 나와 상의하지 않고는 그 어떤 일도 행하지 않으셨네. 그 관계는 아직까지 지속되고 있고."

3부

"한데 왕비님과의 그 새로운 관계에 여념 없이 충실하면서도 테민 부인에 대한 자연스러우면서도 걷잡을 수 없는 사랑은 어쩔 수가 없었네. 그런데 이젠 그녀가 날 사랑하지 않는 듯했지. 내가 현명했다면, 그녀의 변심을 잘 이용해 내 열병을 낫게 할 수도 있었는데, 그러기는커녕 그녀에 대한 사랑이 더욱 강해져 결국엔 왕비께서 눈치채게 되셨다네. 질투란 그 나라 사람들에겐 지극히 자연스러운 감정이고, 아마도 나에 대한 그분의 감정이 그분 자신도 생각하지 못했을 만큼 격렬했던 모양이네. 결국 내가 사랑에 빠졌다는 소문이 왕비님의 귀에까지 들어가고 말았으니 왕비님의 불안과 슬픔은 극에 달했고, 나는 그런 왕비님을 보면서 백 번은 더 죽고 싶었네. 배려와 복종과 거짓 맹세로 겨우 안심시켜드렸지. 하지만 그분을 속이는 것도 오래가지 못했네. 테민 부인의 변화에, 그러면 안 되는데 더욱 그녀 생각을 떨칠 수 없었네. 테민 부인은 나를 더 이상 사랑하지 않는다고 내게 확실히 알렸지. 나는 정말 그런 줄 알고, 이제 그녀를 그만 괴롭히고 내버려두자 했네. 그런데 얼마 후 그녀가 편지를 보내온 거야. 그게 바로 내가 잃어버린 그 편지라네. 그 편지로, 내가 다른 여자와 바람을 피운다는 걸 그녀가 알고 있었고 바로 그 때문에 그녀가 변했다는 걸 알게 되었네. 당시 왕비께선 내가 마음을 나누는 여자가 더는 없다는 사실에 충분히 만족하고 계셨지. 하지만 왕비님에 대한 내 감정은 내가 다른 연애를 못 할 만한 성질의 것은 아니었네. 사랑이 어디 의지대로 되는 일인가? 나는 마르티그 부인을 연모하게 되었지. 사실 그녀가 왕세자비를 모시던 빌몽테 양일 적부터 그녀에게 몹시 끌렸네. 그녀가 나를 싫어하지는 않는다고 믿을 만한 근거가 있었지. 내가 그녀한테 굉장히 신중한 태도를 보였기 때문이야. 사실 그녀는 그 진짜 이유는 몰라도 내 그런 조심성이 싫지는 않았던 것 같아. 왕비께서는 그녀에 대해선 아무런 의심이 없으셨네. 한데 다른 의심을 하게 되셨네. 절대 화가 덜할 일은 아니었지. 마르티그 부인이 늘 왕세자비처소에 있어서 난 평소보다 더 자주 왕세자비 처소에 드나들었네. 그러자 왕비께서는 내가 왕세자비를 사랑한다고 의심하셨지. 왕세자비는 그분과 같은 서열의 신분인 데다 젊음과 미모는 한 수 위이니 질투가 며느리에 대한 분노와 증오로 번졌고, 왕비께선 그 감정을 감추지 않으셨네. 로렌 추기경은 예전부터 왕비의 은혜를 갈망하고 있었는데, 자기가 차지하고 싶었던 자리를 내가 꿰차고 있는 걸 보고, 왕세자비와 왕비를 화해시켜주겠다는 구실하에 도리어 이간질을 시켰네.

왕비께서 화가 난 진짜 이유를 추기경이 알고 있지는 않은 것 같네만, 어쨌든 내 흠집을 내고 있을 걸세. 물론 그럴 의도가 있다는 내색은 하지 않겠지. 자, 지금까지 말한 것이 그간의 상황이네. 그러니 내가 잃어버린 편지가 어떤 결과를 초래할지 판단이 서지 않나? 테민 부인에게 돌려주려고 호주머니 속에 넣은 것이 불행이 되어 나를 조여오고 있네. 만일 왕비께서 그 편지를 보시면, 내가 그분을 속였음을 아시게 될 테고, 그와 더불어 테민 부인 때문에 그분을 속였다는 것도 아시게 될 테고, 또 다른 여자 때문에 테민 부인을 속인 일까지 다 아시게 될 걸세. 그렇게 되면 나에 대해 어떻게 생각하시겠나. 내가 무슨 말을 해도 믿어주지 않으실 걸세. 만일 왕비께서 그 편지를 아직 안 보셨다면, 난 왕비께 뭐라고 말씀드려야 하지? 왕비께선 그 편지가 왕세자비 손에 가 있는 걸 알고 계시네. 왕비께선 샤스틀라르가 왕세자비의 필체를 알아보고 그 편지가 왕세자비의 것인 줄 알고 건넸다고 믿으실 걸세. 그리고 그 편지를 읽게 되면, 편지 속 질투의 대상이 바로 자신이라고 생각하실 거야. 왕비께서는 그렇게 생각하시지 않을 리 없고, 나는 그런 왕비님의 생각을 두려워하지 않을 수 없네. 설상가상으로 나는 지금 마르티그 부인한테 빠져 있는데, 그녀가 왕세자비를 모시고 있으니 왕세자비는 분명 그 편지를 마르티그 부인에게 보여줄 테고, 부인은 그 편지가 최근에 쓰인 걸 알고는 괴로운 상상을 하겠지. 그렇게 되면 나는 제일 사랑하는 여자와 제일 두려워하는 여자 모두와 사이가 틀어지게 되네. 느무르 공, 그 편지가 자네 것이라고 거짓말을 해달라는 이유를 이제 알겠나? 제발 간청하네. 왕세자비 손에 들어간 편지를 자네 것이라고 하면서 다시 찾아다 주게."

"지금 대공께서 얼마나 큰 곤경에 처해 있는지 잘 알겠습니다." 느무르 공이 말했다. "한데 이런 말씀을 드리기는 좀 그렇지만, 그런 일을 당해 마땅하십니다. 저 역시 불성실한 애인이라고, 동시에 여러 여자를 사귄다고 비난을 받곤 합니다만, 대공께서 하신 일은 제가 상상만 할 뿐 감히 실행하지 못할 일입니다. 역시 대공은 저보다 한 수 위이십니다. 왕비님과 관계를 맺으시면서 어떻게 테민 부인까지 얻으려 하셨습니까. 왕비님과 관계를 맺으시면서 어찌 왕비님을 속일 수 있다고 생각하셨습니까. 그분은 이탈리아 분인 데다 왕비이십니다. 그러니 의심, 질투, 오만이 얼마나 대단하시겠습니까. 그리고 공의 양심 때문이라기보다는 공이 갖고 싶은 기회 때문에 관계 하나를 끊었는데, 또 새로운 관계를 맺으시다니. 그것도 어떻게 궁 한복판에서 왕비님 모르게 마르티그 부인을 사랑할 수 있다고 생각하셨는지 놀라울 따름입니다. 이런 일을 자초하신 부끄러움을 씻기 위해서라도 더 조신하셔야 합니다. 왕비께서는 대공께 열렬한 사랑을 품고 계시지 않습니까. 대공께서 조심하느라 왕비님의 사랑을 말하지 않으셨으니, 저야 아무것도 몰랐지요. 어쨌거나 왕비께서는 대공을 사랑하시고 대공을 의심하시니 모든 정황이 대공께 불리합니다."

"그러잖아도 괴로운데 날 이렇게까지 질책하나?" 대공은 느무르 공의 말을 자르며 말했다. "자네도 경험이 있으니 내 잘못에 관대할 줄 알았네. 내가 잘못한 것은 나도 잘 아네. 하지만 생각해보게나. 제발 이 심연에서 나를 좀 끌어내줄 수 없겠나? 자네가 왕세자비를 보러 가면 좋겠네. 왕세자비께서 기침하시는 즉시 자네가 잃어버린 것처럼 하고서 그 편지를 돌려달라고 부탁해보란 말일세."

"아까도 말씀드렸지만, 공의 제안은 무리입니다." 느무르 공이 대답했다. "제 개인적인 사정 때문에라도 힘듭니다. 더욱이 그 편지가 대공의 호주머니에서 떨어진 것을 본 사람이 있는데 그게 제 것이라고 하면 누가 믿겠습니까?"

"내가 이미 말한 것 같은데, 왕세자비께 가서 그게 자네 호주머니에서 떨어졌다고 말한 사람이 있다니까." 대공이 말했다.

"예? 아니, 어떻게!" 느무르 공이 버럭 소리를 질렀다. 이 한심한 일로 클레브 공작부인이 괜한 오해를 할 수도 있다는 생각이 스쳤다. "그 편지를 떨어뜨린 사람이 저라고 왕세자비께 말했다고요?"

"그렇다네. 누가 가서 그렇게 말했어." 대공이 말했다. "왜 그런 오해가 생겼느냐 하면, 우리의 옷이 놓여 있던 테니스장 내실에 왕비와 왕세자비의 신하들이 여럿 있었는데, 자네의 시종과 내 시종 들이 우리의 옷을 찾으러 그 방을 왔다갔다했다네. 그 와중에 편지가 떨어졌고, 거기 있던 왕비와 왕세자비의 신하들이 그 편지를 주워 큰 소리로 읽었지. 몇 사람은 그것이 자네 것이라고 했고, 또 몇 사람은 내 것이라고 했네. 그러다가 마지막에 샤스틀라르 공이 그 편지를 가져갔고, 아까 말했다시피 내가 이미 그에게 사람을 보내 그 편지를 달라고 부탁했지만, 벌써 왕세자비한테 드렸다는 거야. 그게 자네의 편지 같다고 하면서 말이야. 왕비께 그 말을 한 사람들은 공교롭게도 그 편지가 내 것이라고 말했고. 그러니 자네는 내가 바라는 일을 쉽게 해줄 수 있네. 내가 빠진 궁지에서 나를 빼내줄 수도 있고."

느무르 공은 항상 샤르트르 대공을 좋아했다. 더욱이 그가 클레브 공작부인과 인척지간이니 그에게는 더없이 소중한 존재였다. 하지만 그런 모험을 감행할 수는 없었다. 그 편지가 자신과 관계된 것이라는 말을 행여나 클레브 공작부인이 듣게 된다면 어찌 될 것인가. 느무르 공은 깊은 고민에 빠졌다. 대공은 느무르 공이 지금 무슨 생각을 하는지 짐작할 수 있었다.

"알겠네. 자네가 지금 무슨 걱정을 하는지. 자네 애인과 괜한 문제가 생길 것 같아서 그러지? 그 사람이 왕세자비가 아닐까 하는 생각이 들긴 하네만, 당빌 공을 그다지 질투하지 않는 걸 보면 그건 또 아닌 듯하고. 그거야 뭐 어떻든 간에, 내 안녕을 위해 자네의 안녕을 희생시킬 순 없지. 자네가 사랑하는 그 여인이 이 편지가 자네한테 온 것이 아니라 내게 온 것임을 믿게 할 수 있는 방법이 있네. 자, 이건 당부아즈 부인의 쪽지네. 당부아즈 부인은 테민 부인의 친구로, 테민 부인이 나에 대한 감정을 다 털어놓는 분이네. 그분이 이 쪽지를 내게 보내 자기 친구의 편지를, 그러니까 내가 잃어버린 그 편지를 돌려달라는 부탁을 해왔네. 이 쪽지에 내 이름이 적혀 있네. 내게 돌려달라고 요구한 편지가 바로 어제 테니스장에서 사람들이 주운 그 편지임을 증명해주는 셈이지. 이 쪽지를 자네에게 주겠네. 자네 애인에게 자네의 무죄를 증명해야 할 일이 생기면 이 쪽지를 보여주면 되네. 한시도 지체해선 안 되네. 동이 트는 즉시 왕세자비 처소로 가게나."

느무르 공은 샤르트르 대공에게 약속을 하고 그 쪽지를 받았다. 하지만 그의 계획은 좀 달랐다. 그는 왕세자비를 보러 갈 작정이 아니었다. 그보다 더 급히 해야 할 일이 있었다. 왕세자비가 벌써 클레브 공작부인한테 그 편지 이야기를 했을 수도 있었다. 자기가 미치도록 사랑하는 사람이 자기가 다른 사람과 관계를 맺고 있다고 믿는 일은 도저히 참을 수 없었다.

느무르 공은 클레브 공작부인이 일어날 시각에 맞춰 그녀의 처소로 갔다. 너무 이른 시각이라 뵙기를 청하기도 겸연쩍었지만, 너무 중대한 사안이라 부득이 찾아뵙게 되었다며 빨리 아뢰라 했다. 클레브 공작부인은 그 편지 때문에 밤새 괴로워하고 번민하느라 아직까지 침대에 있었다. 그러니 느무르 공이 뵙기를 청한다는 시종의 말에 깜짝 놀라지 않을 수 없었다. 그러나 속이 상할 대로 상해서 이것저것 생각하며 망설일 것 없이 지금 자신은 몹시 아파 그와 이야기를 나눌 수 없으니 그냥 돌아가시라 일렀다.

느무르 공은 그 거절에 상처를 입지 않았다. 그 싸늘한 태도가 바로 질투를 하고 있다는 뜻이니 기분 나쁘지 않았다. 그래서 이번에는 클레브 공작의 처소로 가 부인의 처소에 갔다 오는 길인데 면회를 거절당해 좀 당황했다고, 사실 샤르트르 대공과 관련된 중대한 사안을 부인에게 말하기 위해 왔는데 자기를 보지 않겠다고 해서 무척 유감이라고 말했다. 그리고 몇 마디를 흘려 이 사안이 얼마나 심각한지 클레브 공작이 알아차리게 했다. 그러자 클레브 공작은 당장 그를 데리고 부인의 방으로 갔다. 방이 아직 어둠에 싸여 있었기에 망정이지 느무르 공이 남편의 안내를 받아 자기 방으로 들어오는 모습을 보고 클레브 공작부인은 얼마나 놀랐는지 하마터면 표정을 들킬 뻔했다. 클레브 공작은 부인에게 어떤 편지 건인데, 샤르트르 대공의 실리를 위해 그녀의 도움이 반드시 필요하다니 느무르 공과 상의하라면서, 자신은 전하의 명이 있어 급히 입궁해야 한다고 말했다.

마침내 느무르 공은 원하던 대로 클레브 공작부인과 단둘이 있게 되었다.

"부인, 제가 이렇게 온 것은 혹시 왕세자비께서 어제 샤스틀라르 공한테 받으신 편지에 대해 부인께 말씀하셨나 해서입니다."

"뭔가 말씀하시긴 했지요." 클레브 공작부인이 대답했다. "하지만 그 편지가 제 숙부와 무슨 관계가 있는지 모르겠군요. 편지에는 제 숙부의 이름조차 거론되지 않았는데요. 그러니 안심하세요."

"맞습니다. 거론되지 않았지요." 느무르 공이 응수했다. "하지만 그 편지는 대공께 온 것이지요. 그러니 왕세자비의 손에서 그 편지를 다시 가져오는 일이 대공께는 정말 중요하지요."

"무슨 말씀인지 이해를 못 하겠어요." 클레브 공작부인이 말했다. "그 편지가 왜 눈에 띄어서는 안 되는지, 왜 그분의 이름으로 그 편지를 돌려받아야 한다는 건지."

"잠시라도 제 말씀을 들어주신다면 곧 진실을 밝혀드리겠습니다." 느무르 공이 말했다. "대공께 얼마나 중대한 일인지를, 클레브 공작께는 말하지 않은 내용을 부인께 모두 말씀드리겠습니다. 아까는 클레브 공작에게 도움을 청하지 않으면 부인을 뵐 수가 없어서 그분께 알렸던 것입니다."

"저한테 그렇게 애쓰실 필요 없어요." 클레브 공작부인이 몹시 냉랭한 말투로 말했다. "왕세자비를 뵈러 가시는 게 나을 거예요. 우회하실 것 없이 그 편지가 당신과 관련되어 있다고 말씀하세요. 그 편지가 당신한테서 나왔다고 누군가가 말했으니 이미 다 알고 계실 거예요."

클레브 공작부인의 독설에 느무르 공은 지금껏 한 번도 느껴보지 못한 짜릿한 기쁨을 느꼈고, 당장 자신의 무죄를 입증하고 싶어서 안 달이 났다.

"왕세자비께서 뭐라고 말씀하셨는지는 몰라도 저는 그 편지와 아 무 상관이 없습니다." 느무르 공이 말했다. "그 편지는 샤르트르 대공 한테 온 편지입니다."

"그럴지도 모르지요." 클레브 공작부인이 말했다. "하지만 왕세자 비께서는 다르게 들으신 듯한데요. 대공의 편지가 당신 호주머니에서 떨어졌다고 하면, 왕세자비께서 믿으시겠어요? 당신이 왕세자비께 진실을 숨겨야 할 몇 가지 이유가 있다 하더라도, 물론 저는 그 이유 가 무엇인지 전혀 모르지만, 고백하시는 게 낫다고 충고해드리고 싶 네요."

"고백할 게 하나도 없습니다." 느무르 공이 다시 말했다. "그 편지 는 제게 온 것이 아닙니다. 그리고 이런 진실을 믿게 하고 싶은 사람 이 있다면, 그 사람은 왕세자비가 아닙니다. 부인, 이 일은 대공의 운 명과 관련된 일입니다. 지금부터 제가 부인께 몇 가지를 말씀드리면 부인의 궁금증이 다 풀리실 겁니다."

클레브 공작부인은 이야기를 들어줄 준비가 되어 있다는 듯 아무 말 없이 가만히 있었다. 그리고 느무르 공은 가능한 한 간략하게 핵심 만 추려 대공에게서 들은 이야기를 모두 했다. 그 이야기는 정말 대경 실색할 만하고, 주의를 기울여 듣지 않을 수 없을 법한데도 클레브 공 작부인이 어쩌나 냉담하게 듣는지 그 이야기를 믿지 않거나 무심해 보일 정도였다. 그녀의 태도는 느무르 공이 당부아즈 부인의 쪽지 이 야기를 할 때까지도 변함없었다. 샤르트르 대공에게 쓴 그 쪽지는 그의 말이 모두 사실임을 증명해줄 만한 것이었다. 클레브 공작부인은 당부아즈 부인이 테민 부인의 친한 친구라는 걸 알고 있었고, 느무르 공이 하는 말이 겉보기에도 분명 진실임을 알 수 있었기에, 그 편지가 느무르 공에게 간 편지가 아닐 수도 있다는 생각이 들었다. 이런 생각은 지금껏 유지해온 냉담함에서 그녀를 풀어주었다. 느무르 공은 자신을 변호해줄 그 쪽지를 그녀에게 읽어준 다음, 직접 읽어보라며 건넸다. 그리고 혹시 필체를 알아보겠냐고 물었다. 부인은 마지못해 그 쪽지를 건네받고는 우선 정말 샤르트르 대공 앞으로 온 쪽지인지 보려고 맨 윗부분을 들여다보았고, 그 쪽지에서 돌려달라고 요구하는 편지가 지금 자기 수중에 있는 편지와 동일한 것인지를 판단하기 위해 전문을 꼼꼼히 읽었다. 느무르 공은 그녀에게 믿음을 주기 위해 몇 가지를 보충 설명했다. 사실을 믿게 하는 것은 쉬운 일이므로, 느무르 공은 그 편지가 자신과 아무런 상관이 없음을 클레브 공작부인에게 확실히 입증했다.

그제야 비로소 부인도 대공이 처한 난관과 위험에 대해 느무르 공과 같이 생각도 해보고, 그런 처신을 한 숙부를 비난도 해보고, 숙부를 도울 방안을 찾아나설 생각도 하게 되었다. 왕비가 어떤 결단을 내릴지 생각하니 너무 끔찍해 결국 자신이 그 편지를 갖고 있음을 느무르 공에게 고백하고 말았다. 그리고 이제 그의 결백을 안 이상, 듣지 않는 척했던 태도를 바꿔 침착하고 열린 마음으로 그의 말을 들었다. 결국 두 사람은 그 편지를 왕세자비에게 돌려주지 않기로 했다. 왕세자비가 그 편지를 마르티그 부인한테 보여줄 수도 있고, 또 마르티그 부인은 테민 부인의 필체를 알고 있으니 샤르트르 대공에 대한 관심 때문에라도 그 편지가 대공의 것임을 금세 알아차릴 수 있었다. 그리고 왕비와 관련된 이 모든 일도 왕세자비에게 함구하기로 했다. 숙부를 위해서라는 구실을 대긴 했지만, 클레브 공작부인은 느무르 공이 알려준 모든 비밀을 그와 공유하는 데 묘한 기쁨을 느꼈다.

느무르 공은 클레브 공작부인과 대공 이야기만 하고 싶지는 않았다. 모처럼 그녀와 단둘이 있게 되었으니 아직 감히 해보지 못한 어떤 대담한 일을 시도해보고 싶었다. 그런데 하필 그때 왕세자비께서 부인을 급히 모셔오라고 했다며 시녀 하나가 방으로 들어왔다. 느무르 공은 부인의 처소에서 나올 수밖에 없었다. 그리고 보고를 하기 위해 샤르트르 대공의 처소로 갔다. 대공과 헤어진 후, 왕세자비께 곧장 가기보다는 조카딸이신 클레브 공작부인을 먼저 만나보는 편이 여러모로 낫겠다는 생각이 들어 그렇게 했다며, 모두 일을 성공시키기 위해서였다며, 자기의 행동을 대공이 인정할 수밖에 없도록 몇 가지 이유를 둘러대는 것도 잊지 않았다.

한편 클레브 공작부인은 왕세자비 처소에 가기 위해 부지런히 옷을 갈아입었다. 그녀가 왕세자비 처소에 들어서기 무섭게 왕세자비는 가까이 오라고 손짓하더니 낮은 목소리로 이렇게 말했다.

"당신을 기다린 지 두 시간이나 됐어요. 진실을 감추느라 오늘 아침처럼 당황해본 적이 없어요. 제가 어제 당신에게 준 편지 이야기를 왕비께서 들으셨어요. 왕비께서는 그 편지를 떨어뜨린 사람이 샤르트르 대공이라고 믿으시나봐요. 왕비께서 대공께 관심이 있는 것 아시죠? 왕비께서는 그 편지를 찾아오라고 명하셨대요. 그래서 샤스틀라르 공한테까지 사람을 보내 물으셨고, 샤스틀라르 공은 그 편지를 제게 줬다고 말했고요. 왕비께서는 제게 사람을 보내 그 재미난 편지에 관심이 있으니 좀 보셨으면 한다고 전하셨어요. 하지만 당신이 갖고 있다는 말은 꺼내지도 못했어요. 그렇게 말했다가는 제가 그 편지를 당신에게 준 것은 그 편지가 당신의 숙부인 샤르트르 대공과 관련이 있기 때문이라고 상상하실 게 뻔하니까요. 그렇게 되면 왕비께서는 대공과 저 사이에 모종의 공모가 있다고 오해하실 거예요. 저는 대공이 저를 자주 보러 오는 것을 왕비께서 몹시 속상해하신다는 걸 이미 눈치챘거든요. 그래서 그 편지는 어제 제가 입은 옷 속에 있다고, 그런데 지금 옷방 열쇠를 가진 사람들이 외출했다고 둘러댔어요." 왕세자비는 덧붙였다. "어서 그 편지를 줘요. 왕비께 보내야 하는데, 보내기 전에 제가 한번 읽어봐야겠어요. 누구 필체인지 살펴봐야겠어요."

클레브 공작부인은 생각보다 일이 커진 것을 알고 무척이나 당황해서 말했다.

"마마, 어떡하죠? 실은 제가 그 편지를 클레브 공작에게 읽어보라고 주었는데, 느무르 공이 오늘 새벽부터 와서 마마께 부탁해서 그 편지를 돌려달라고 애원을 하는 바람에 클레브 공작이 느무르 공에게 줘버렸어요. 클레브 공이 경솔하게도 그 편지를 가지고 있다고 말해버렸고, 느무르 공이 너무 간절히 부탁하는 바람에 마음이 약해져서 그만 주고 말았나봐요."

"뭐라고요! 이런 난처한 일은 난생처음이에요. 지금 당신이 저를 얼마나 곤경에 빠뜨렸는지 아세요?" 왕세자비는 화를 내며 말했다. "그 편지를 느무르 공한테 준 건 분명 당신 잘못이에요. 그 편지를 당신에게 준 건 나예요. 그러니 내 허락 없이는 그 누구에게도 절대 줘서는 안 되는 거라고요. 제가 왕비께 뭐라고 하겠어요? 왕비께서 무슨 상상을 하시겠어요? 그분 성정에? 분명 그 편지가 저와 상관이 있다고 믿으실 거라고요. 대공과 제가 무슨 관련이 있는 줄 아실 거예요. 그 편지가 느무르 공의 것이라고 말씀드려도 절대 믿지 않으실 거예요."

"정말 송구해요. 마마께서 이렇게 곤경에 처하실 줄 미처 몰랐어요." 클레브 공작부인은 몸 둘 바를 몰라하며 말했다. "이게 얼마나 큰일인지 잘 알아요. 하지만 제 잘못이라기보다는 클레브 공작 잘못이에요."

"당신 잘못이에요." 왕세자비가 쐐기를 박듯 말했다. "그 편지를 남편에게 준 당신 잘못이라고요. 자기가 알고 있는 걸 남편에게 죄다 털어놓는 여자는 세상에 당신밖에 없을 거예요."

"예, 제가 잘못한 것 같네요." 클레브 공작부인이 말했다. "하지만 마마, 제 부주의로 인한 실수를 어떻게든 만회할 방법이 있지 않을까요?"

"편지에 뭐라고 적혀 있었는지 기억나요? 조금이라도, 비슷하게라도?" 왕세자비가 물었다.

"예!" 클레브 공작부인이 대답했다. "기억할 수 있어요. 몇 번이나 읽었거든요."

"그렇다면 지금 당장 당신 손으로, 다른 필체로 그 편지를 다시 써봐요. 왕비께 그 편지를 드리면 돼요. 왕비께선 우리가 다시 쓴 편지를 그 편지를 본 사람들한테 보여주진 않으실 거예요. 혹 왕비께서 의심하시면, 샤스틀라르 공이 제게 준 것이 바로 그 편지라고 계속 우기면 돼요. 샤스틀라르 공도 딴 이야기는 안 할 거예요."

클레브 공작부인은 바로 수습 작전에 들어갔다. 우선 편지를 받기 위해 느무르 공에게 사람을 보내야겠다고 생각했다. 한 단어 한 단어 그대로 베끼고 필체도 비슷하게 흉내 내면 왕비가 반드시 속아넘어갈 거라고 생각했다. 집에 돌아오자마자 남편에게 왕세자비가 처한 난국을 이야기해주고, 느무르 공을 어서 데려와야 한다고 말했다. 사람을 보내자 그는 곧장 달려왔다. 클레브 공작부인은 남편에게 이미 한 말을 다시 그에게 하고는 편지를 달라고 했다. 한데 느무르 공 말이, 편지는 이미 샤르트르 대공에게 돌려줬고, 대공은 그 편지를 되찾아 위험으로부터 벗어나게 된 것이 너무 기뻐 당장 테민 부인의 그 친구분을 통해 테민 부인에게 편지를 보내버렸다는 것이었다. 클레브 공작부인은 또다시 곤경에 처했다. 여러 궁리 끝에 결국 기억에 의존해 그 편지를 다시 쓰는 수밖에 없다고 결론지었다. 그들은 그 일을 하기 위해 방 안에 틀어박혔다. 방에 아무도 들이지 말라는 명을 내렸고, 느무르 공의 시종들도 모두 돌려보냈다. 이 기묘하고도 비밀스러운 분위기에 느무르 공은 물론 클레브 공작부인 역시 범상하다 할 수 없는 미묘한 기분을 느꼈다. 남편의 가담하에 숙부인 샤르트르 대공의 일로 느무르 공과 함께 있는 것이니 클레브 공작부인은 도덕적 가책이 덜했다. 오로지 느무르 공을 보는 기쁨뿐이었다. 태어나서 지금까지 한 번도 느껴보지 못한 무엇 하나 섞이지 않은 정말 순수한 쾌감이었다. 그런 기쁨은 그녀에게 자유와 쾌활함까지 주었으니, 느무르 공은 그동안 한 번도 보지 못한 그녀의 또 다른 모습에 그녀가 더없이 사랑스러워 죽을 것만 같았다. 그 역시 이토록 행복한 순간을 지금껏 한 번도 느껴보지 못했기에 더없이 활기에 넘쳤다. 편지의 내용을 기억해 다시 써야 했으므로 클레브 공작부인은 집중하려고 애썼다. 한데 느무르 공은 진지하게 돕는 게 아니라 자꾸 우스갯소리를 하며 그녀를 방해했다. 클레브 공작부인도 그것이 싫지만은 않아서 그의 장난을 받아주며 웃었다. 그러다 보니 둘이 한방에 있은 지도 한참이나 지났고, 그사이 서둘러 편지를 끝마치라는 왕세자비의 전갈을 가지고 시종이 두어 번씩이나 왔다 갔다. 하지만 편지는 채 반도 완성되지 않았다.

느무르 공은 이토록 즐거운 시간을 최대한 연장하고 싶었다. 대공 일도 이미 잊었다. 클레브 공작부인도 마찬가지였다. 그 시간이 조금도 지겹지 않았고, 숙부 일도 까맣게 잊었다. 네시가 되어서야 편지가 겨우 완성되었는데, 부인은 난감하기 짝이 없었다. 베낀 필체가 원래 흉내 내려고 했던 필체와 별로 닮지 않았던 것이다. 결국 왕비는 애쓰지 않고도 알아서는 안 될 진실을 밝혀낼 수 있었다. 그 편지가 느무르 공한테 온 편지라고 아무리 설득을 해봐도 믿지 않았다. 왕비는 확신했다. 그 편지가 샤르트르 대공에게 온 것일 뿐만 아니라 왕세자비가 그 일에 관련이 있다고, 그들 사이에 어떤 내통이 있다고 믿었다. 한번 든 생각은 점점 자라나 며느리에 대한 증오심은 극에 달했고 절대 용서하지 않으리라 마음먹었다. 왕비는 왕세자비를 계속 괴롭히다가 결국에는 프랑스를 떠나게 만들었다.*

샤르트르 대공은 어찌 되었느냐 하면, 결국 왕비의 총애를 잃고 말았다. 로렌 추기경이 이미 왕비의 마음에 들어와 있어서였는지, 아니

---

* 1560년 12월, 남편 프랑수아 2세가 즉위한 지 일 년 만에 사망하자 메리 스튜어트는 스코틀랜드로 돌아간다.

면 이 편지 사건이 계기가 되어 자신이 속았다는 걸 알게 되고, 대공이 그전에 저지른 배신 행위까지 모조리 알게 되어 그랬는지는 몰라도, 대공은 더 이상 왕비와 특별하고 진지한 관계를 유지할 수 없었다. 그들의 관계는 끝이 났다. 그리고 대공이 연루된 앙부아즈 음모 사건 때, 왕비는 그를 완전히 저버렸다.

왕세자비에게 편지를 보낸 후, 클레브 공작과 느무르 공은 함께 밖으로 나갔고 클레브 공작부인은 혼자 남았다. 그녀는 사랑하는 이가 바로 눈앞에 있었던 기쁨을 주체할 수 없었다. 마치 꿈을 꾼 것 같았다. 그녀는 방금 전 그와 함께 있을 때와 그전에 혼자 속병을 앓던 때의 마음이 너무도 달라 스스로도 놀랐다. 테민 부인의 편지가 느무르 공에게 온 것인 줄 알았을 때 느무르 공에게 보인 자신의 냉정하고도 독기 어린 모습이 눈앞에 선했다. 그 편지가 느무르 공과 아무 상관이 없다는 걸 확신하고 나서 찾아온 평화와 고요는 또 어떤가. 자기 연민 때문에 그에게 예민하게 군 일로 죄를 지은 듯했다. 열정의 증거이기도 한 질투의 감정을 독설로 고스란히 드러내 보이다니 자신이 왜 그랬는지 알 수가 없었다. 자기가 느무르 공을 사랑한다는 걸 느무르 공 역시 알고 있다는 사실을 생각해보았다. 그렇게 서로의 마음을 알고 있으면서, 남편이 있는 데서 그를 박대하지 않고 오히려 지금껏 한 번도 보인 적 없는 사랑스러운 눈길로 그를 쳐다보았으니. 더욱이 클레브 공작에게 부탁해 그를 불러오게 한 것도, 늦은 오후 시간을 함께 보내자고 그를 불러들인 것도 바로 자신이었으니, 지금 그녀는 느무르 공과 내통을 하면서 절대 속여서는 안 될 세상에서 가장 훌륭한 남편을 속이고 있으며, 이런 자신의 태도가 사랑하는 이의 눈에도 그다지 좋아 보이지 않을 거라고 생각하니 돌연 수치심이 들었다. 하지만 무엇보다 참기 힘든 것은 느무르 공한테 다른 애인이 있고, 자기가 그에게 속은 것 같아 속이 상해 한숨도 못 자고 밤을 지새운 그날 밤, 그때의 기분에 대한 기억이었다.

그녀는 그때까지 시기와 질투로 인한 치명적 불안을 모르고 있었다. 느무르 공을 사랑해서는 안 된다는 생각만 했을 뿐, 그가 다른 여자를 사랑하는 것이 싫다는 생각은 아직 해보지 않았던 것이다. 편지로 인한 의심은 해소되었지만, 또 속을 수도 있으니 의심의 눈은 언제든 다시 열릴 수 있었고, 여태 한 번도 느껴보지 못한 시기와 질투를 느껴야 할 수도 있었다. 클레브 공작부인은 여자들을 가볍게 사귀는 느무르 공 같은 남자가 진지하고 오래가는 사랑을 하는 일이 얼마나 그럴 법하지 않은지를 자신이 한 번도 생각해보지 않았다는 데 놀랐다. 그녀 자신은 그의 사랑에 만족할 수는 없을 것 같았다. 그 순간이 과연 언제일까? 클레브 공작부인은 생각을 하고 또 했다. 난 무엇을 하고 싶은 걸까? 내 사랑을 고통스럽게 만들고 싶은 걸까? 그것에 응하고 싶은 걸까? 나도 비로소 속물적인 연애 세계에 발을 들여놓는 것일까? 클레브 공작을 모욕하려는 걸까? 나 자신을 모욕하려는 걸까? 결국 사랑이 가져올 잔인한 후회와 극심한 고통 속에 나를 몰아넣으려는 걸까? 아무리 버텨보려 해도 버틸 수 없는 걷잡을 수 없는 사랑에 결국 무너지고 마는가? 이 모든 결심이 다 무슨 소용일까? 오늘 나의 생각은 다 어제의 생각이다. 그리고 나는 어제 결심한 것과 정반대로 행동하고 있다. 느무르 공이 나타나는 곳에 내가 없어야 한다. 시골로 가야 한다. 이런 내 행동이 이상하게 보일지라도. 만일 남편이 고집을 피우며 만류하고, 그 이유를 집요하게 묻는다면, 이유를 다 말해버리리라. 아마도 그는 아파할 테고, 나 역시 그렇겠지만. 그녀는 한동안 그렇게 있었다. 대공의 가짜 편지가 어떻게 되었는지 물으러 왕세자비께 가봐야 했지만 가지 않고 저녁 내내 집에만 있었다.

남편이 귀가하자 그녀는 시골로 가겠다고, 몸이 좋지 않아 시골 공기를 쐬어야 할 것 같다고 말했다. 클레브 공작의 눈에는 부인이 여전히 아름다웠으므로, 부인이 정말 아프다고는 생각되지 않아 그런 여행 제안을 귀담아듣지도 않았다. 그는 공주들의 결혼식과 무술 시합이 얼마 안 남았는데 무슨 소리냐며, 그날 다른 부인들처럼 멋지고 화려한 모습을 보여주려면 준비할 시간이 턱없이 부족하다면서 오히려 그녀를 책망했다. 남편이 당연한 이유를 댔음에도 클레브 공작부인은 마음을 바꾸지 않았다. 클레브 공작이 국왕 전하와 함께 콩피에뉴에 가면, 그때 자신은 쿨로미에에 가 있겠다고 했다. 파리에서 한나절이면 갈 수 있는 그곳에 부부가 정성 들여 마련한 아름다운 별장이 있었다. 클레브 공작은 하는 수 없이 동의했다. 그녀는 바로 돌아오지는 않을 계획으로 그곳에 갔다. 그리고 국왕 일행은 며칠 예정으로 콩피에뉴로 출발했다.

한편 느무르 공은 그녀와 함께 행복한 시간을 보낸 후 열망이 더 커졌다. 그런데 부인을 다시 볼 수 없게 되자 고통스러웠다. 그녀를 다시는 볼 수 없다는 생각만 해도 가만히 있을 수가 없었다. 그래서 왕이 파리로 돌아오자 누이인 메르쾨르 공작부인 집에 가기로 했다. 메르쾨르 공작부인의 집이 쿨로미에에서 멀지 않은 시골에 있었다. 그는 샤르트르 대공에게 함께 가자고 제안했고, 대공은 흔쾌히 동의했다. 대공과 함께라면 느무르 공이 클레브 공작부인의 별장에 가도 이상하게 보일 리 없었다.

메르쾨르 공작부인은 한껏 들떠 그들을 반기며 두 사람을 즐겁게 해줄 거리를 찾느라 정신이 없었다. 공작부인은 시골에서 누릴 수 있는 온갖 오락거리를 제공했다. 사슴 사냥도 갔는데, 느무르 공은 그만 숲에서 길을 잃고 말았다. 돌아가기 위해 이리저리 길을 찾던 중 그곳이 쿨로미에에서 꽤나 가까운 곳임을 알게 되었다. 길을 가르쳐주는 사람 입에서 쿨로미에라는 단어가 나오자, 다른 생각은 할 것도 없이 무작정 그 사람이 가리킨 방향으로 출발했다. 숲에 도착하니 정성스레 난 길이 보였고, 길의 상태로 보아 분명 성으로 향하는 길이라 여겨져 요행을 믿어보기로 했다. 길 끝에 정자처럼 지어진 별채가 하나 보였다. 일층에는 내실 두 개가 딸린 커다란 살롱이 있었는데, 내실 하나는 꽃이 만발한 정원에 면해 있었다. 정원 끝에는 울타리가 있었고, 그 너머로는 숲으로 통하는 길이 나 있었다. 또 다른 내실은 정원으로 이어지는 오솔길에 면해 있었다. 느무르 공은 별채 안으로 들어갔다. 그리고 아름다운 내실 장식을 한참 동안 넋을 잃고 구경했다. 그런데 바로 그때 오솔길을 따라 시종들을 대동하고 걸어오는 클레브 공작 부부가 보였다. 클레브 공작은 국왕과 함께 있는 줄 알았는데 여기서 보다니, 예기치 않은 일에 느무르 공은 적잖이 당황했고, 그래서 일단 몸부터 숨겼다. 그는 우선 문이 정원으로 통하는 내실로 들어갔다. 그 문을 통해 나가면 숲으로 달아날 수 있을 것 같았다. 그런데 클레브 공작 부부가 별채 현관으로 다가오더니 안으로 들어오지는 않고 돌바닥에 앉았고, 시종들은 그런 공작 부부의 행동에 맞춰 정원에서 대기하고 있었다. 시종들이 그가 있는 내실까지 오려면 클레브 공작 부부 앞을 지나가야만 했다. 그는 부인을 보고 싶어 미칠 것 같았고, 그의 최대 연적인 클레브 공작한테 질투가 나서 그가 부인과 무슨 대화를 하는지 엿듣고 싶은 욕구를 참을 수 없었다.

클레브 공작의 목소리가 들렸다.

"정말 파리로 돌아오지 않을 거요? 당신을 이 시골에 머물고 싶게 만드는 사람이 있는 거요? 당신이 얼마 전부터 혼자만 있고 싶어 하니 좀 놀랍고 마음이 아프오. 우리가 떨어져 지내야 하지 않소. 당신은 평소보다 더 슬퍼 보이기까지 하오. 당신이 상심하는 다른 이유가 있는 건 아닌지 걱정이오."

"다른 고민이 있는 건 아니에요." 클레브 공작부인은 당황해서 대답했다. "궁은 너무 소란스럽고 우리 처소만 해도 매일 사람들이 드나드니 몸과 마음을 편히 쉴 수가 없어서 그래요."

"쉬다니!" 공이 반박했다. "휴식 같은 건 당신 나이에 어울리지 않소. 게다가 당신은 궁에 처소까지 있어요. 물론 궁 안이니 무작정 편할 수는 없겠지만. 혹시 나와 떨어져 있고 싶어서 그러는 건 아니오?"

"그런 생각을 하시다니 부당해요." 클레브 공작부인은 아까보다 더 당황해서 대답했다. "제발 그냥 여기 있게 해줘요. 당신도 여기 있을 수 있다면, 좀 쉬실 수 있다면 저야 더없이 기쁘죠. 궁에서는 수많은 사람들에 둘러싸여 한시도 조용히 계실 수가 없잖아요."

"아, 부인, 알겠소." 클레브 공작이 큰 소리로 말했다. "당신의 태도와 말투를 보니 혼자 있고 싶은 이유가 정말 있는 것 같소. 한데 그게 도대체 무엇인지 알 수가 없으니, 제발 내게 그 이유를 말해줄 수 없겠소?"

클레브 공작은 실토하라고 명령하지는 않으면서도 실토하지 않을 수 없도록 집요하게 물었다. 그래도 부인이 아무 말도 하지 않자 그의 호기심은 배가되었고, 부인은 눈을 내리깐 채 한동안 깊은 침묵에 빠졌다. 부인이 갑자기 그를 바라보며 말을 꺼냈다.

"여러 차례 마음을 먹었지만 도저히 당신에게 고백할 수 없었어요. 그러니 제가 고백하게 만들지 마세요. 다만 당신이 신중했다면, 아무리 품행이 바른 여자라도 저 같은 나이의 여자를 궁 사교계의 한복판에 있게 해서는 안 되었어요."

"당신, 내가 무슨 상상을 하게 만드는 거요!" 클레브 공작이 소릴 질렀다. "나는 당신이 불쾌해할까봐 감히 그런 말을 하지 못했는데……"

클레브 공작부인은 아무 대답도 하지 않았다. 부인의 침묵이 계속되자 클레브 공작은 자신의 생각에 확신이 들었다.

"당신, 나한테 아무 말도 하지 않는군. 그것은 내가 틀리지 않았다는 뜻이오?" 클레브 공작이 물었다.

"아!" 클레브 공작부인은 남편의 무릎에 몸을 던지며 말했다. "아 내가 남편에게 절대 말하지 않는 걸 당신에게 고백하겠어요. 하지만 제 의도와 행동이 순결하기 때문에 고백할 수 있는 거예요. 궁을 떠나 있고 싶은 이유가 있는 게 사실이에요. 제 또래 여자라면 몇 번은 만나게 될 위험을 피하고 싶어서요. 만일 당신이 궁을 멀리할 수 있는 자유를 제게 주셨다면, 아니, 제가 올바르게 처신할 수 있도록 도와줄 어머니가 계셨다면, 저는 절대 약한 모습을 보이지 않았을 테고, 설령 그렇다고 해도 두려워하지 않았을 거예요. 제 선택에 어떤 괴로움이 있더라도 당신의 바람직한 아내가 되기 위해 기꺼이 그럴 결심을 했을 거예요. 이런 제 마음이 당신의 마음에 들지 않는다면 천 번이고 용서를 구하겠어요. 하지만 당신 마음에 들지 않는 일은 절대 하지 않을 거예요. 제가 하고자 하는 일을 하기 위해서는 당신의 더 큰 우정과 존중이 필요해요. 저를 이끌어줘요. 저를 가엾게 봐줘요. 그래도 절 사랑해줘요."

클레브 공작은 부인와 말을 듣는 내내 거의 넋이 나가 두 손으로 머리를 받친 채 자기 무릎에 몸을 파묻고 있는 부인을 다시 일으켜줄 생각조차 못했다. 그녀의 말이 끝난 뒤에야 눈길을 돌려 눈물로 뒤덮인, 그래도 여전히 아름다운 그녀의 얼굴을 바라보았다. 그는 그녀를 일으켜 안으며 고통으로 죽을 것만 같았다.

"오히려 당신이 날 가엾게 봐줘야 하오." 클레브 공작이 말했다. "그럴 만하지 않소? 나는 너무 큰 충격을 받아서 당신의 고백에 대해 뭔가 말을 해야 하는데 그만 아무 말도 하지 못했소. 내게 당신은 세상에서 가장 큰 찬사와 존경을 받아 마땅한 여자였소. 한데 이제 난 세상에서 가장 불쌍한 남자요. 나는 당신을 처음 보자마자 사랑에 빠졌소. 당신의 냉정함과 엄격함도 내 사랑의 불길을 꺼버릴 수는 없었소. 지금도 그 불길은 여전하오. 나는 아직 당신에게 사랑을 온전히 주지 못했소. 한데 지금 당신은 그 사랑을 다른 사람한테서 받을까봐 두려워하고 있으니 도대체 그게 누구요? 당신을 두려워하게 만든 그 행복한 남자가 누구요? 언제부터 그가 마음에 들었소? 그 남자가 도대체 무엇을 했기에 당신을 그렇게 사로잡았소? 도대체 그가 당신 마음에 이르는 어떤 길을 발견한 거요? 그동안 나는 어느 누구도 당신 마음에 닿을 수 없다고 생각하면서 내 상황을 그나마 위로했소. 한데 내가 못 하는 일을 다른 자가 하고 말았군. 나는 남편으로서의 질투, 애인으로서의 질투를 모두 느끼오. 당신이 이런 고백을 했으니 이제 남편으로서의 질투는 불가능하겠지. 당신의 고백은 너무나 고결해서 나로서는 당신을 전적으로 믿을 수밖에 없소. 심지어 내가 당신의 애인인듯 위로가 되오. 나에 대한 당신의 신뢰와 진실함은 값을 매길 수 없을 거요. 당신은 내가 당신의 고백을 기화로 당신을 비난하지는 않을 거라 믿을 만큼 나를 존중하는 게 아니겠소. 맞소, 그건 당신이 맞소. 나는 절대 그러지 않을 거요. 당신을 사랑하는 마음이 덜하지도 않을 거요. 당신은 그 어떤 아내도 남편에게 보이기 힘든, 가장 위대한 정직을 보여주었고, 그래서 나를 가장 불행한 남자로 만들어버렸소. 하지만 부인, 당신의 고백을 마저 해보시오. 당신이 그렇게 피하는 자가 도대체 누구인지 말해달란 말이오."

"제발 그것만은 묻지 말아주세요." 클레브 공작부인이 대답했다. "그것만은 말하지 않겠다고 결심했어요. 그 사람의 이름을 말하지 않는 게 옳다고 믿고 있어요."

"걱정 마시오, 부인." 클레브 공작이 다시 말했다. "나는 남편을 생각해서 남편이 있는 여자와 사랑에 빠져서는 안 된다고 말할 만큼 고지식한 사람은 아니오. 그자를 미워해야겠지만, 불평해서는 안 되지. 그러니 제발 알려주시오."

"당신은 공연히 절 밀어붙이고 있어요." 클레브 공작부인이 말했다. "저는 말하면 안 된다고 믿는 걸 절대 말하지 않을 힘이 있어요. 당신에게 이런 고백을 한 것은 제가 약해서가 아니에요. 진실을 숨기는 일보다 진실을 고백하는 일에 더 큰 용기가 필요해요."

느무르 공은 두 사람의 대화에 그만 할 말을 잃었다. 클레브 공작부인이 한 말은 그녀의 남편 못지않게 그에게도 질투를 불러일으켰다. 느무르 공은 클레브 공작부인을 미치도록 사랑하면서도 다른 남자들도 그녀에게 비슷한 감정을 느낄 거라 생각하고 있었다. 실제로 그에게는 경쟁자들이 여럿 있었다. 그러나 그는 훨씬 더 많은 걸 상상했다. 클레브 공작부인이 말하는 사람이 누구인지 찾느라 그의 머릿속은 온통 까매졌다. 부인이 자기를 싫어하지는 않는다고 이미 여러 번 생각했지만, 왠지 이 순간만큼은 그 근거가 너무 빈약해 보였다. 아예 남편에게 고백해버리는 놀라운 해결책을 찾게 만들 만큼 자신이 그녀에게 격렬한 사랑을 주었던가 생각해보는 수밖에 없었다. 느무르 공은 너무나 혼란스러워 지금 눈앞에서 벌어지는 이 상황을 도무지 이해할 수가 없었다. 숨기고 있는 그 이름을 발설하도록 그녀를 더 집요하게 밀어붙이지 못하는 클레브 공작이 답답하고 밉기까지 했다.

클레브 공작은 그 이름을 알아내기 위해 갖은 애를 썼지만 헛일이었다.

"당신은 제 정직함에 만족하셔야 할 거예요." 클레브 공작부인이 말했다. "그 이상은 묻지 마세요. 제가 한 일을 후회하게 만들지 마세요. 제가 확실히 안심시켜드릴 테니 그것에 만족하세요. 저는 어떤 행동으로도 제 감정을 내비치지 않았어요. 제 감정이 상할 수 있는 어떤 말을 그가 제게 하도록 만들지도 않았고요."

"아, 그건 아니오." 클레브 공작이 갑자기 아내의 말을 막았다. "지금 그 말은 못 믿겠소. 당신의 초상화를 잃어버렸던 날, 당신은 무척 당황했소. 당신이 준 거요. 나한테 그토록 소중하고 원래 내 것인 것을 당신이 그자한테 준 거요. 당신은 감정을 숨길 수 없었던 거요. 당신은 그자를 사랑하오. 하지만 지금까지는 당신의 부덕 관념 때문에 그 이상까지 나아갈 수 없었던 거지."

"당신 어쩌면 그러실 수 있어요?" 클레브 공작부인이 소리를 질렀다. "제 고백에 거짓이 있다는 거예요? 저는 당신에게 그럴 이유가 하나도 없어요. 제 말을 믿으세요. 저는 비싼 대가를 치르고 당신에게 신뢰를 부탁하는 거예요. 제발 믿어주세요. 저는 제 초상화를 절대 주지 않았어요. 그걸 가져가는 걸 본 것은 사실이에요. 하지만 전 보았다는 내색을 하지 않았어요. 그러면 그 사람이 아직 제게 말하지 않은 것을 고백하는 상황에 처할까 두려워서요."

"그렇다면 어떻게, 도대체 어떻게 그자가 당신을 사랑한다는 걸 나타냈다는 거요?" 클레브 공작이 흥분하며 물었다. "도대체 당신에게 어떤 사랑의 표시를 했다는 거요?"

"저를 그만 고통스럽게 하세요. 그 세세한 것까지 당신에게 말하면 그에 주목한 제 자신이 부끄러워지고, 그 생각을 하면 제가 얼마나 나약한 사람인지 스스로 인정하게 되니까요."

"당신이 맞소." 클레브 공작이 말했다. "내가 부당했소. 내가 또 비슷한 질문을 하면 거절해도 좋소. 하지만 내가 또 묻더라도 너무 화를 내진 마시오."

바로 그때 오솔길에 대기하고 있던 클레브 공작의 시종들이 다가와서, 전하께서 오늘 저녁 파리에서 뵙자 하셔서 왕의 신하 한 분이 공작을 모시러 왔다고 전했다. 클레브 공작은 당장 출발해야 했기에 더는 부인과 이야기할 수 없었다. 다만 내일 파리로 와달라는 것과 자기가 비록 상처를 받긴 했지만 그녀에 대한 애정과 존경심은 여전하니 걱정하지 말라고 말했다.

공이 떠나고 클레브 공작부인은 혼자 남게 되었다. 방금 자신이 한 일을 돌이켜보니 너무 겁이 났다. 정말 일을 저지르고 말았다는 생각이 들기 시작했다. 이제 남편의 애정과 신뢰도 기대할 수 없을 것이다. 결코 빠져나올 수 없는 심연의 구덩이를 먼저 파버린 것 같았다. 어쩌자고 이렇게 대담한 일을 벌였는지 의아했다. 구체적인 계획도 없이 그냥 저지른 꼴이 되고 말았다. 전에 한 번도 들어본 적 없는, 비슷한 사례가 없는 기이한 고백이었으니 앞으로 어떤 위기가 찾아올지 한눈에 보였다.

그러나 이 해결책이 비록 세긴 했지만 느무르 공으로부터 자신을 지킬 수 있는 유일한 방법이라는 생각이 다시 들었다. 그러니 결코 후회해서도 안 되고 너무 경솔한 짓을 했다고 자책할 필요도 없었다. 그녀는 의심과 불안과 동요로 가득 찬 밤을 보냈으나 이윽고 마음이 진정되었다. 늘 우정과 존중을 갖고 자신을 대하는 그토록 올바른 남편에게 자신의 정절을 증명했다는 생각에 마음이 한결 누그러지기까지 했다. 그녀의 고백을 받아들이는 태도에서도 남편의 성정은 여실히 드러나지 않았던가.

한편, 두 사람의 대화를 마지막까지 다 들은 느무르 공은 벅찬 가슴으로 한달음에 내실을 빠져나와 숲속으로 향했다. 클레브 공작부인이 초상화를 언급한 덕에 그녀가 도저히 미워할 수 없는 그 사람이 바로 자기라는 걸 알게 됐으니 가슴이 터질 것만 같았고, 새로 태어난 것 같았다. 우선은 그 기쁨을 만끽했다. 하지만 그 기쁨은 오래가지 않았다. 클레브 공작부인의 마음에 자기가 있음을 알게 해준 그 말을 다시 곰곰이 생각해보니, 이제 그런 애정을 다시는 받을 수 없다는 뜻이기도 했다. 그런 엄청난 해결책에 도움을 청한 여인과 관계를 갖는다는 건 실로 불가능한 일이었다. 그러나 그런 불길한 예감을 애써 누르며 지금 이 순간만큼은 희열을 즐기고 싶었다. 다른 여자들과는 너무나 다른 이 대단한 여인의 사랑을 받다니 영광이었다. 그러니 백배로 행복하고, 백배로 불행했다. 주변을 둘러본 그는 깜짝 놀랐다. 숲은 이미 어둠에 싸여 있었다. 이미 한밤중이라 메르쾨르 공작부인의 집까지 돌아가는 길을 찾느라 애를 먹었다. 결국 동이 틀 무렵에야 겨우 도착했고, 그토록 늦은 까닭을 설명하기가 여간 궁색한 것이 아니었다. 그는 대충 둘러댄 다음, 그날 바로 샤르트르 대공과 함께 파리로 올라갔다.

느무르 공은 사랑에 취한 데다 자기가 들은 이야기가 아직도 믿기지 않아 누구나가 흔히 범하는 부주의한 실수를 저지르고 말았다. 자기만의 그 특별한 감정을 일반적인 표현들에 담아 흘려버린 것이다. 즉 다른 이름을 빌려 자기 이야기를 다른 사람의 이야기인 양 해버린 것이다. 파리에 돌아오고 나서 그는 모든 화제를 사랑 이야기로 돌렸다. 그는 사랑받을 만한 사람으로부터 사랑받는 기쁨을 과시했다. 그런 뜨거운 열정의 기묘한 효과에 대해 이야기했고, 마침내 클레브 공작부인의 놀라운 고백을 자기 혼자 감당할 수가 없어서 그게 누구인지 이름을 밝히지는 않았지만, 또 자기는 그 이야기와 전혀 상관이 없다고 덧붙였지만, 그 모든 내용을 샤르트르 대공에게 전하고 말았다.

그가 어찌나 흥분하고 감탄하면서 이야기를 하던지, 대공은 그게 느무르 공과 관련된 이야기임을 쉽게 눈치챌 수 있었다. 그래서 다 고백하라고 몰아붙였다. 그가 누군가를 열렬히 사모하는 걸 진작부터 알고 있었다고, 자기는 인생이 걸린 비밀을 다 털어놓았는데 아무것도 말해주지 않는다면 불공평하다고 했다. 느무르 공은 너무나 깊은 사랑에 빠져 있어서 차마 고백할 수 없었다. 아무리 대공이 그가 궁에서 제일 좋아하는 사람이라 해도 말할 수 없었다. 그는 자기 친구 중 하나가 들려준 이야기라며, 절대 다른 사람들에게 말하지 않겠다고 그 친구와 약속했고, 비밀을 지키기로 맹세했다고 말했다. 대공은 절대 말하지 않을 테니 걱정하지 말라고 했다. 그래도 느무르 공은 괜히 말했다 싶은 후회가 들었다.

　한편 클레브 공작은 국왕을 보러 가면서 죽을 것 같은 고통으로 가슴이 찢어질 듯했다. 어떤 남편도 아내에게 그렇게 열렬한 애정을 가질 수 없을 것이고, 그렇게 존중할 수도 없을 것이다. 이제 알게 된 사실로 인해 그녀를 존중하지 않는 것은 아니나 지금까지와는 다른 무언가가 생겼다. 그의 머릿속에는 온통 그녀가 좋아하는 남자가 도대체 누구일까 하는 생각뿐이었다. 가장 먼저 떠오른 사람은 느무르 공이었다. 궁 제일의 미남으로 뭇 여성의 사랑을 받고 있으니 당연한 일이었다. 그다음은 기즈 기사와 생탕드레 대장이었다. 두 사람은 그녀의 마음에 들고 싶어 여전히 상당한 공을 들이고 있었다. 셋 중 하나일 거라고 믿고 일단 거기서 생각을 멈추었다. 그는 루브르로 갔다. 왕은 그를 내실로 데려가더니 엘리자베트 공주를 모시고 에스파냐에 가는 임무를 수행할 자로 그를 선택했다고 말했다. 그 임무를 그보다 더 잘 수행해낼 자가 없으며, 클레브 공작부인만큼 프랑스의 명예를 빛내줄 부인은 없을 것 같다고 했다. 클레브 공작은 이 명예로운 임무를 황송하게 받들었다. 더욱이 이 일은 어떤 변화를 보이지 않으면서도 부인을 궁에서 자연스럽게 떨어뜨려놓을 수 있는 좋은 기회였다. 그래도 지금 그가 겪고 있는 고통의 치료제가 되기에는 출발 날짜가 아직 멀었다. 게다가 왕의 하명을 부인에게 알리기 위해 바로 편지를 써야 했다. 반드시 파리로 돌아와야 한다고 그는 편지에 다시 한번 강조했다. 그녀는 부득이하게 돌아올 수밖에 없었고, 부부가 다시 만났을 때는 심각한 슬픔 속에서 서로를 바라봐야 했다.

클레브 공작은 세상에서 가장 정직한 남자로서, 클레브 공작부인이 보여준 성실함에 가장 자격 있는 남자로서 그녀에게 말했다.

"나는 당신의 행동에 대해 조금도 불안하지 않소. 당신은 당신이 생각하는 것보다 더 강한 힘과 더 많은 덕을 지녔소. 미래에 대한 두려움 때문에 내가 아픈 것이 아니오. 내가 당신에게 줄 수 없는 감정을 다른 사람에게서 느끼는 당신을 보는 일이 괴로울 뿐이오."

"저는 당신에게 이런 말밖에 하지 못해요." 그녀가 말했다. "이 말을 하면서도 수치스러워서 죽고 싶어요. 그러니 그런 잔인한 대화는 이제 그만해요. 제 일을 해결해주세요. 아무도 보지 않게 해줘요. 제 부탁은 이것뿐이에요. 당신에게 결례가 되고 제게 수치가 되는 일은 그만 말하는 게 좋겠다는 생각이 들지 않나요?"

"당신 말이 맞소." 그가 대답했다. "내가 당신의 다정함과 신뢰를 남용하는지도 모르지. 하지만 당신이 나를 어떤 상태로 만들었는지에 대해서는 연민을 좀 가져주시오. 당신이 무슨 말을 했든 간에 당신은 내가 계속 궁금해할 수밖에 없는 그 이름을 숨기고 있소. 그 궁금증이 남아 있는 한 내가 어떻게 살아가겠소? 그 궁금증을 당장 풀어달라고는 하지 않겠소. 하지만 내가 부러워해야 할 자가 누구인지 내가 생각하는 바를 당신에게 말해도 좋겠소? 생탕드레 대장, 아니면 느무르 공, 아니면 기즈 기사 아니오?"

"저는 어떤 대답도 하지 않겠어요." 그녀는 상기된 얼굴로 말했다. "제 대답으로 당신의 의심이 덜해지거나 더해질 어떤 여지도 드리지 않겠어요. 만일 당신이 저를 관찰하면서 밝혀보려고 하신다면 당신은 저를 곤혹스럽게 만들 테고, 그게 다른 사람들 눈에도 보일 거예요. 그러니 병을 핑계로 제가 아무도 만나지 않게 해줘요."

"아니오, 부인." 그가 응수했다. "아프다고 말해도 다 꾸며낸 핑계임이 금세 밝혀질 거요. 더욱이 난 오로지 당신만 믿소. 내 마음이 택하라고 조언하는 것은 바로 그 길이오. 내 이성도 그렇게 하라고 말하고 있소. 당신 성격을 보아도 당신을 자유롭게 놔두는 것이 내가 할 수 있는 최선의 일이오. 내가 당신에게 명령을 내릴 수는 없소."

클레브 공작의 말은 틀리지 않았다. 그가 부인에게 증명한 신뢰는 느무르 공을 밀어내는 데 있어 그녀를 더욱 강인하게 만들었고, 그 어떤 강요로도 할 수 없었던 결심을 더욱 혹독하게 하도록 만들었다. 그래서 그녀는 루브르 궁으로 갔고, 보통 때처럼 왕세자비 처소로 갔다. 그러나 느무르 공과의 동석도, 느무르 공의 시선도 교묘하게 피해 그녀의 사랑을 받고 있다고 믿었던 느무르 공을 절망에 빠뜨렸다. 아닐 거라고 자신을 애써 설득해보아도 그녀의 행동에는 별다른 점이 없었다. 자신이 들은 이야기가 꿈이었나 하는 생각이 들 정도였다. 그가 잘못 듣지 않았다고 확신할 수 있는 유일한 근거는 아무리 감추려 해도 감춰지지 않는 클레브 공작부인의 슬픈 표정뿐이었다. 물론 호의적인 시선이나 말보다 그런 준엄한 행동이 느무르 공의 마음을 더 달아오르게 했을 수도 있다.

클레브 공작 부부가 왕비 처소에 있던 어느 날 저녁, 국왕께서 엘리자베트 공주를 에스파냐에 모셔갈 또 한 사람을 임명했다는 말이 나왔다. 기즈 기사 혹은 생탕드레 대장일 거라는 추측이 나돌았다. 바로 그때, 클레브 공작은 부인을 유심히 쳐다보았다. 둘 가운데 하나와 같이 여행하게 되는 사안인데, 부인은 그 두 이름을 듣고도 특별히 동요하지 않았다. 그래서 그 두 사람은 아니라고 생각했고, 의혹을 다 밝혀볼 심산에서 왕비의 내실로 들어갔다. 내실에는 왕이 함께 있었다. 클레브 공작은 그곳에 잠시 머물다가 다시 부인 옆으로 돌아와 낮은 목소리로 방금 왕의 내실에서 듣고 온 이야기인데, 우리와 함께 에스파냐에 갈 사람은 그 두 사람이 아닌 느무르 공이 될 모양이라고 말했다.

느무르 공이라는 이름에, 그리고 그 긴 여행 동안 남편이 있는 가운데 매일 그를 봐야 한다는 생각에 클레브 공작부인은 동요하지 않을 수 없었다. 그렇다고 그가 가지 말았으면 하는 이유를 내색할 수도 없어서 괜히 다른 이유들을 둘러댔다.

"그 공작이라면 당신께는 별로 좋지 않은 선택이네요. 모든 영광을 그 사람과 나눠 가져야 하잖아요. 다른 사람이 뽑히도록 해보세요."

"영광 때문이 아니오." 클레브 공작이 응수했다. "느무르 공이 우리와 함께 가는 걸 당신이 염려하는 이유는 영광의 문제가 아니오. 다른 이유가 있는 거지. 사실 기뻐할 일인데 기뻐하지 않다니. 하지만 걱정

마시오. 내가 지금 당신에게 한 말은 사실이 아니니까. 내가 이미 확신하고 있는 걸 마지막으로 확인하기 위해 꾸며낸 것이니까."

클레브 공작은 자신의 말에 그녀가 어떤 얼굴을 할지 차마 볼 수가 없어 이 말만 하고는 자리를 떠났다.

바로 그때 느무르 공이 들어왔다. 그리고 클레브 공작부인의 심상치 않은 얼굴을 보았다. 그는 그녀에게 다가가 낮은 목소리로 말을 걸었다. 예의상 무슨 생각에 그리 잠겨 있는지를 감히 물어볼 수는 없었지만. 느무르 공의 목소리에 클레브 공작부인은 얼른 정신을 차렸다. 하지만 여전히 생각에 골똘히 빠진 채로, 행여나 느무르 공이 그녀 옆에 있는 모습을 남편이 보지나 않을까 하는 두려움에 방금 그가 무슨 말을 했는지도 모른 채 그를 멍하니 바라보며 입을 뗐다.

"제발 저를 좀 내버려둬요."

"예?" 느무르 공이 당황하여 물었다. "나는 당신에게 아무것도 하지 못했어요. 그런 나를 무엇 때문에 원망하는 겁니까? 나는 감히 당신에게 말을 건네지도 못해요. 당신을 쳐다보지도 못해요. 떨려서 당신에게 가까이 가지도 못해요. 그러니 당신의 말이 제게는 이상할 수밖에요. 왜 당신의 슬픔에 제가 관련이 있는 듯 말씀하시는 겁니까?"

클레브 공작부인은 느무르 공에게 자기 생각을 공공연하게 설명할 기회를 준 것 같아 괜스레 화가 났다. 그래서 아무 대답도 하지 않고 자리를 떠 바로 집으로 돌아왔다. 마음이 이토록 심란한 적은 처음이었다. 클레브 공작은 부인이 무척 당혹해하고 있음을 바로 눈치챘다. 지금껏 있었던 일을 그가 다시 말하지 않을까 두려워하는 기색이 역력했다.

"날 피하지 마시오." 그가 말했다. "당신을 언짢게 할 말은 절대 하지 않겠소. 아까는 놀라게 해서 미안하오. 난 지금 내가 알게 된 사실만으로도 충분히 괴롭소. 느무르 공은 내가 세상에서 가장 두려워하는 사내요. 당신이 처한 위험을 이제야 모두 알겠소. 당신 자신에 대한 사랑으로, 그리고 가능하다면 나에 대한 사랑으로 잘 이겨내주시오. 이건 남편으로서 부탁하는 게 아니오. 당신을 정말 행복하게 해주고 싶은 한 남자로서, 당신이 사랑하는 그 사내보다 더 따뜻하고 격렬한 사랑으로 당신을 사랑하는 한 남자로서 부탁하는 것이오."

클레브 공작은 자기 연민에 싸여 이 말을 꺼냈고, 겨우 말을 마쳤다. 클레브 공작부인은 마음이 아파 눈물을 흘리면서 그리고 자신의 상태와 별반 다르지 않은 상태로 남편을 몰아넣은 미안함에 남편을 따뜻하게, 고통스럽게 껴안았다. 두 사람은 얼마 동안 아무 말도 하지 않고 가만히 있었다. 그리고 더는 말할 기운이 없어 각자 자기 방으로 갔다.

공주의 결혼식을 위한 준비가 끝났다. 알바 공작이 결혼식을 위해 당도했다. 알바 공작은 신랑 펠리페 2세를 대신해서 왔다.* 공작은 전례 없는 성대한 대접을 받았다. 왕은 콩데 공, 로렌 및 기즈 추기경, 로렌 공작들, 페라라 공작, 도말 공작, 부이용 공작, 기즈 공작, 그리고 느무르 공 등을 앞서 보냈다. 여러 가신과 각 가문의 대표색으로 옷을 맞춰 입은 여러 시동들이 이들의 뒤를 따랐다. 왕은 몽모랑시 원수를 앞세우고 이백여 명의 신하들을 거느리고 루브르 궁 제1문에서

---

* 당시에는 외교적 정략결혼이 많아 군주가 직접 결혼식에 오지 않고 대리인이 참석하여 식을 치르기도 했다.

알바 공작을 기다렸다. 왕 가까이로 온 알바 공작은 무릎을 구부리고 인사를 올리려 했으나, 왕은 이를 사양하고 나란히 걷기를 청하며 왕비와 공주의 처소까지 안내했고, 알바 공작은 에스파냐 왕이 보낸 화려한 예물을 전달했다. 이어서 왕의 누이인 마르그리트 공주의 처소로 가서 사부아 공작의 인사와 그의 도착이 임박했다는 소식을 전했다. 궁에서는 알바 공작과 그를 수행한 오랑주 공작에게 루브르 궁의 아름다움을 보여주기 위한 대연회가 열렸다.

클레브 공작부인은 그 자리에 가고 싶지 않았지만, 꼭 참석해야 한다고 남편이 신신당부했기에 그의 신경을 거스를 수 없어서 어쩔 수 없이 참석했다. 사실 그녀가 가기로 결심한 더 큰 이유는 느무르 공이 없었기 때문이다. 느무르 공은 사부아 공작을 마중 나갔고, 사부아 공작이 궁에 당도한 후에는 거의 항상 그의 옆을 지키며 결혼식과 관련된 모든 일을 도와야 했다. 그래서 보통 때에 비해 느무르 공과 마주칠 일이 적었다. 부인에게는 일종의 휴식 같았다.

한편 샤르트르 대공은 일전에 느무르 공과 나눈 대화를 잊지 않고 있었다. 느무르 공이 해준 이야기가 느무르 공 자신의 이야기일 거라는 생각이 계속 들었고, 그래서 그를 유심히 관찰하면 진실을 밝혀볼 수도 있겠다고 생각했다. 그런데 알바 공작과 사부아 공작이 당도하는 바람에 궁정 일이 너무 바빠 돌아가 그 기회를 놓쳐버렸다. 사실을 규명해보고 싶은 욕심에, 아니, 그보다는 자기가 알고 있는 것을 좋아하는 사람에게 다 이야기하게 되는 자연스러운 경향 탓에 그는 마르티그 부인한테 남편 아닌 다른 사람을 사랑하고 있다는 고백을 남편에게 한 어떤 여자의 놀라운 행동에 대해 이야기해주었다. 그리고 그

격렬한 사랑의 대상이 바로 느무르 공일 거라고 귀띔한 뒤 그를 관찰하는 일을 도와달라고 했다. 마르티그 부인은 대공에게 그 이야기를 들어 기쁘기까지 했다. 느무르 공과 관련된 일이라면 왕세자비가 항상 예의 주시한다는 걸 잘 알고 있는 마르티그 부인은 호기심이 동하여 그 애정 행각의 진실을 파헤쳐보고 싶어졌다.

결혼식을 며칠 앞둔 어느 날, 왕세자비는 시아버지인 국왕과 발랑티누아 공작부인을 저녁 식사에 초대했다. 클레브 공작부인은 치장을 하느라 평소보다 늦게 루브르 궁에 갔다. 궁으로 가는 도중, 자신을 급히 모시러 온 왕세자비의 시종 한 사람과 마주쳤다. 왕세자비 방에 들어가니, 왕세자비는 침대에서 몸을 일으키며 눈이 빠지도록 기다렸다고 큰 소리로 말했다.

"기다리시게 해서 죄송합니다. 한데 저 때문이 아니라 뭔가 다른 이유가 있으신 거죠?" 클레브 공작부인이 말했다.

"맞았어요." 왕세자비가 대답했다. "저한테 고마워해야 할 걸요? 부인께 해줄 이야기가 있어요. 부인도 알면 정말 재미있어할 거예요."

클레브 공작부인은 왕세자비의 침대 앞에 무릎을 꿇고 앉았다. 그리고 다행히도 부인의 얼굴에는 빛이 비치지 않았다.

"아시겠지만, 느무르 공에게 일어난 변화의 이유를 우리 모두가 궁금해했잖아요. 그 이유를 이제 알 것 같아요. 당신도 정말 놀랄 거예요. 느무르 공이 우리 궁에서 제일가는 미녀를 열렬히 사랑하는데, 그녀 역시 느무르 공을 몹시도 사랑한다는군요."

클레브 공작부인은 그 말이 자기를 두고 하는 말인 줄은 몰랐다. 왜냐하면 자기가 공작을 사랑하는 사실을 누가 알고 있으리라고는 생각지도 못했기 때문이다. 오히려 다른 여자가 있다고 상상하니 괴로움이 밀려왔다.

"그분 나이의 남자가 그런 사랑을 하는 것이 그렇게 놀랄 일은 아닌 것 같은데요." 클레브 공작부인이 대답했다.

"놀랄 일이 아닐 수도 있지요. 한데 이걸 알면 정말 놀랄 걸요? 느무르 공을 사랑하는 그 여인은 느무르 공에게 좋아한다는 표시를 한 번도 한 적이 없다는 거예요. 자기 열정을 주체하지 못할까봐 두려워서죠. 그래서 궁에서 나가게 해달라고 부탁하기 위해 그 사실을 남편에게 다 고백했다는 거예요. 이건 느무르 공이 직접 한 얘기래요!"

처음에 클레브 공작부인은 그 사랑 이야기가 자기 이야기가 아니라는 생각에 괴로웠지만, 왕세자비의 말을 다 듣고 보니 확인이 필요 없는 명명백백한 자기 이야기라 이제는 절망이 몰려왔다. 아무 대답도 할 수가 없었다. 그녀는 머리를 침대 쪽으로 기울인 채 가만히 있었다. 왕세자비는 자기 이야기에 심취해 그녀의 당혹감을 눈치채지 못하고 이야기를 계속했다. 클레브 공작부인은 애써 정신을 차리고 말했다.

"듣고 보니 그 이야기는 있을 법하지 않은데요. 마마께 그 이야기를 해준 사람이 누구인지 궁금하네요."

"마르티그 부인이에요." 왕세자비가 대답했다. "마르티그 부인은 샤르트르 대공한테 들었다고 하고요. 아시죠? 대공이 부인과 열애 중인 것. 비밀이라면서 말해준 거래요. 대공이 느무르 공에게 직접 들었다던데, 대공은 그게 느무르 공 본인의 이야기라고 믿고 있어요. 물론 느무르 공은 그 부인의 이름도 발설하지 않았고, 그 여인의 사랑을 받는 남자가 본인이라고 말하지도 않았지만, 샤르트르 대공은 그게 느무르 공 자신의 이야기라고 믿어 의심치 않는대요."

왕세자비가 이 말을 막 끝내는데 누군가 침대 쪽으로 다가오는 기척이 났다. 클레브 공작부인은 문을 등지고 있어서 그 사람이 누구인지 볼 수 없었다. 하지만 왕세자비가 놀라며 탄성을 지르는 걸 보니 그게 누구인지 어렵지 않게 짐작할 수 있었다.

"당사자가 왔네요. 바로 물어보면 되겠어요."

클레브 공작부인은 왕세자비 곁으로 바싹 다가가 작은 소리로 느무르 공이 대공에게만 털어놓은 일인데 그 이야기에 대해 느무르 공에게 직접 묻는 건 좋지 않겠다고 말했다. 괜히 말했다가 두 사람 사이가 틀어질 수도 있는 일 아니냐고. 그러자 왕세자비는 웃으면서 부인은 너무 신중한 것 같다고 답하고는 방에 들어선 느무르 공을 쳐다보았다. 저녁 모임을 위해 근사하게 옷을 차려입고 온 느무르 공은 그에게는 너무나 자연스러운 세련된 말투로 말했다.

"무모한 언사인지 모르겠사오나, 제가 들어올 때 마마께서 제 이야기를 하고 계셨고, 제게 궁금한 점이 있어서 묻자 하셨는데, 클레브 공작부인께서 그러지 말라고 하셨지요?"

"맞아요. 그러나 오늘만큼은 부인에게 호의를 베풀지 않을 거예요. 제가 들은 이야기가 사실인지 아닌지 공께 직접 듣고 싶군요. 당신을 사랑하는 마음을 당신에게 애써 감추고 있다가 자기 남편에게 고백한 여인이 있다던데, 그 여인을 사랑하는 사람이, 그리고 그 여인의 사랑을 받는 사람이 정말 당신인지 알고 싶어요."

클레브 공작부인의 당황과 동요는 상상을 초월했다. 그 상황에서 자신을 빼내줄 수 있는 것이 죽음뿐이라면 차라리 죽음을 택하고 싶었다. 하지만 느무르 공 역시 몹시 당황할 노릇이었다. 왕세자비가 클레브 공작부인이 있는 앞에서 꺼낸 말은 적어도 클레브 공작부인이 자신을 미워하지는 않는다고 생각할 수 있는 여지를 주었기 때문이다. 왕세자비는 클레브 공작부인을 신뢰하고, 클레브 공작부인 또한 왕세자비를 신뢰하니 그런 이야기를 서로 주고받았을 것이라 여겨져 별의별 생각들로 뒤죽박죽된 느무르 공은 어떤 표정을 지어야 할지 난감했다. 자기 잘못으로 부인을 난처하게 만들었으니 이제는 그녀가 자기를 정말 미워할 거라는 생각이 들었고, 그래서 어떻게 대답해야 할지 몰랐다. 이러지도 저러지도 못하는 상황에 처한 느무르 공을 보며 왕세자비가 클레브 공작부인에게 말했다.

"느무르 공 좀 봐요! 저 표정 좀 봐요. 정말 자기 이야기가 맞나봐요!"

느무르 공은 처음의 동요를 떨치고, 이 위험한 상황에서 어떻게든 빠져나가야 한다는 생각에 얼른 표정을 고쳐 말했다.

"마마, 이렇게 놀랍고 슬픈 일은 다시 없을 겁니다. 제가 샤르트르 대공에게 제 친구 이야기를 해주었는데, 대공께서는 저를 못 믿을 사람으로 만들어버렸으니 말입니다. 저도 복수하려면 할 수 있습니다." 느무르 공은 회심의 미소를 지었다. 이렇게 말하면 왕세자비가 품은 의혹을 거의 다 걷어낼 수 있기 때문이었다. "대공께서도 결코 범상하다 할 수 없는 비밀을 제게 털어놓으셨으니까요. 그런데 물론 제게는 영광스러운 일이나, 마마께서 어떻게 그 사랑 이야기가 저와 연관이 있다고 생각하셨는지 모르겠습니다. 대공은 그것이 제 이야기라고 말하면 안 됩니다. 왜냐하면 제가 그렇게 말하지 않았으니까요. 사랑

에 빠진 남자라면 모를까 사랑을 받는 남자라. 그런 자질이 제게 있다
고 믿으시다니 의외로군요."

느무르 공은 왕세자비가 품을 수도 있는 의심을 떨쳐놓을 심산으로
한때 자신이 왕세자비에게 보였던 감정을 암시하며 말했다. 왕세자비
는 느무르 공이 암시하는 바를 알았다. 하지만 그에 대한 대답 대신
그가 그토록 당황하는 까닭을 물었다.

"제가 당황한 것은 사실입니다." 느무르 공이 대답했다. "제 친구
때문이지요. 친구는 제게 자신의 인생에서 가장 소중한 비밀을 말해
줬는데 제가 그만 발설하고 말았으니, 친구에게 받을 비난이 어찌 염
려되지 않겠습니까. 하지만 제 친구는 반밖에 털어놓지 않았습니다.
자신이 사랑하는 사람의 이름은 말해주지 않았어요. 제가 아는 것은
그 친구가 세상에서 가장 열렬한 사랑에 빠졌고, 그래서 세상에서 가
장 불쌍한 남자라는 것입니다."

"그게 그렇게 불쌍히 여길 일이에요?" 왕세자비가 대꾸했다. "그
사람은 사랑을 받는데요?"

"그가 사랑받는다고 보십니까?" 느무르 공이 반문했다. "진정 그
사람을 사랑하는 여인이라면 그 사랑을 남편에게 알릴 리가 있겠어
요? 그 여인은 분명 사랑을 모르는 겁니다. 자신을 연모해주는 데 대
한 가벼운 감사 정도로 그를 대하는 거지요. 그러니 제 친구는 어떤
희망도 걸 수 없습니다. 그는 무척이나 불행합니다. 그러나 적어도 그
녀에게 그를 사랑하는 두려움을 느끼게 했다는 것만으로도 그는 행복
할 수 있겠죠. 그러니 자신의 상황을 세상에서 가장 행복한 애인의 그
것과 바꾸지는 않을 겁니다."

"당신 친구분은 쉽게 만족하는 사랑을 하시는군요." 왕세자비가 말했다. "당신 말씀을 들으니 그게 당신 이야기가 아니라는 생각이 드네요. 하지만 클레브 공작부인과 의견이 달라서는 안 되겠는데요? 클레브 공작부인은 그 이야기가 사실이 아닐 거라고 했거든요."

"저는 사실일 리가 없다고 생각해요." 침묵하고 있던 클레브 공작부인이 말했다. "설령 그게 사실이라 해도 어떻게 그 고백을 알 수 있겠어요? 그 힘든 고백을 한 여자가 다른 사람에게 그 이야기를 할 리 없지요. 그 남편도 그럴 거고요. 만일 그랬다면 그런 고백을 받을 자격이 없는 남편이겠지요."

클레브 공작부인이 남편을 의심하고 있다는 걸 눈치챈 느무르 공은 부인의 의심을 더 부추겨야겠다는 생각이 들었다. 그녀의 남편이야말로 그가 없애야 할 최고의 적수가 아닌가. 느무르 공은 말했다.

"질투 그리고 호기심. 누가 알려준 것보다 더 많이 알려고 하는 호기심이 남편을 신중하지 못하게 만들 수도 있지요."

클레브 공작부인은 마지막 힘과 용기를 발휘해 이 모든 대화를 들었지만 더 이상은 참을 수 없었다. 그래서 몸이 좋지 않아 이만 가봐야겠다고 말하려고 하는데, 발랑티누아 공작부인이 들어와 왕세자비에게 전하께서 곧 도착하실 거라고 전했다. 왕세자비는 옷을 챙겨 입으러 내실로 들어갔다. 그러자 느무르 공이 클레브 공작부인한테 급히 다가섰고, 당황한 클레브 공작부인은 왕세자비를 따라가려고 했다.

"부인, 제 목숨을 드리겠습니다. 제발 잠시만 제 이야기를 들어주세요. 당신에게 드릴 말씀 중 중요하지 않은 말이 없지만, 지금 이보다 더 중요한 말은 없을 것입니다. 이것만은 믿어주십시오. 아까 제가 왕세자비를 암시하듯 했던 말은 사실 그분과는 아무런 상관이 없습니다. 다른 이유 때문에 제가 그렇게 말한 것을 잘 아시지요?"

클레브 공작부인은 느무르 공의 말을 듣지 않는 척했다. 그를 바라보지도 않고 슬쩍 비켜서서 막 들어온 국왕을 뒤따르기 시작했다. 갑자기 방 안이 사람들로 북적댔고 부인은 치마가 밟히는 바람에 그만 발을 헛디디고 말았다. 도저히 더는 있을 수 없어 발목이 아프다는 핑계를 대고 얼른 집으로 돌아와버렸다.

궁에 도착한 클레브 공작은 부인이 없는 걸 알고는 놀랐다. 누군가가 부인에게 일어난 일을 말해주었다. 클레브 공작은 걱정이 되어 얼른 집으로 가보았다. 부인은 침대에 있었지만, 그리 많이 다치지는 않은 것 같았다. 잠시 옆에 같이 있는데, 부인의 얼굴에 수심이 가득해 클레브 공작은 적잖이 놀랐다.

"무슨 일이오, 부인?" 공작이 물었다. "아픈 것 말고 뭐 다른 일이 있는 것 아니오?"

"이렇게 비참했던 적이 없어요." 공작부인이 대답했다. "제가 당신에게 한 그 엄청난 고백, 아니, 미친 고백이라고 해야겠지요. 그것을 어떻게 그렇게 이용하실 수가 있어요? 그 비밀이 지켜질 가치가 없었나요? 저를 위해서가 아니더라도 당신을 위해서도 좋을 게 없잖아요. 제가 당신에게 말하지 않은 그 이름이 궁금해 다른 사람에게 그 비밀을 발설하시다니. 그렇게 해서라도 그 이름을 알아내고 싶으셨나요? 호기심 때문에 그런 경솔한 일을 해요? 그다음에 어떤 곤혹스러운 일이 생길지는 생각 안 하셨어요? 그 이야기가 다 알려졌다고요. 제가 당사자인 줄도 모르고 그 이야기를 저한테 다 하더라고요."

"아니, 그게 무슨 말이오?" 클레브 공작이 놀라서 물었다. "내가 당신과 나 사이에 있었던 일을 다른 사람한테 이야기했다고 날 비난하는 거요? 그 이야기가 사람들에게 알려졌다고 나한테 말해주는 거요? 그러지 않았다고 변명할 가치도 없소. 당신 그 말을 믿소? 혹시 다른 사람 이야기를 당신 이야기라고 오해한 것 아니오?"

"제 이야기와 비슷한 이야기가 또 있을 수 있겠어요!" 클레브 공작부인이 응수했다. "그런 고백을 할 수 있는 여자가 또 있을까요? 우연히 지어냈으면 모를까 상상조차 할 수 없는 이야기예요. 그런 생각은 제 머릿속에서나 나올 수 있는 거예요. 왕세자비께서 다 이야기해줬어요. 왕세자비는 샤르트르 대공을 통해 들었고, 대공은 느무르 공을 통해 들었대요."

"느무르 공?" 클레브 공작은 흥분한 듯 절망한 듯 소리쳤다. "뭐요, 그러니까 당신이 느무르 공을 사랑한다는 걸 느무르 공이 안다는 거요? 그리고 내가 그걸 안다는 것도?"

"당신은 계속 그 사람이 느무르 공이라고 보시는군요. 다른 사람이 아니라." 클레브 공작부인이 반박하듯 말했다. "당신의 그 의심에 대해서는 절대 말하지 않겠다고 이미 말씀드렸어요. 당신이 전한 그 이야기가 저와 관련된 이야기라는 걸 느무르 공이 아는지 모르는지는 저도 몰라요. 아무튼 그는 자신의 친구 이야기라면서 그 이야기를 샤르트르 대공에게 해주었고, 그 친구 이름은 언급하지 않았어요. 느무르 공의 그 친구는 아마 당신 친구들 가운데 하나일 거예요. 당신은 당신이 궁금해하는 그 이름을 알아내기 위해 그 친구에게 우리 이야기를 다 털어놓았을 테고요."

"친구한테 그런 이야기를 하는 사람이 세상에 어디 있겠소?" 클레브 공작이 말했다. "의혹을 해결하기 위해 자신에게조차 감추고 싶은 비밀을 다른 사람에게 털어놓는다고? 부인, 부인이 혹시 다른 사람에게 말한 건 아니오? 그 비밀이 새어나갔다면, 나보다는 당신을 통해 새어나가는 게 더 있을 법한 일 아니오? 당신은 고민을 혼자 감당하기가 힘들었겠지. 그래서 누군가에게 털어놓으며 마음을 달래려 했는데 그 친구가 당신을 배신한 거지."

"그만! 제발 그만해요." 클레브 공작부인이 소리 질렀다. "당신이 한 잘못을 나한테 뒤집어씌우며 비난하다니 정말 가혹하네요. 내가 당신에게 말할 수 있었으니 다른 사람에게도 말할 수 있다고 보는 거예요?"

클레브 공작부인은 남편에게 한 고백은 진지함의 표시였고, 지금 클레브 공작이 한 말은 억측일 뿐이라고, 자신은 아무에게도 말하지 않았다고 강력하게 부인했다. 아무리 생각해도 다른 사람이 옮길 수 없는 이야기였다. 누가 짐작하려고 해도 할 수 없는 이야기였다. 그런데 어떻게 그 이야기가 알려질 수 있단 말인가. 발설한 사람은 둘 중 하나일 수밖에 없었다. 어쨌든 그 비밀이 다른 사람 손에 들어가 있으니 곧 퍼져 나갈 게 불 보듯 뻔한 일이라, 클레브 공작은 몹시 괴로웠다.

클레브 공작부인도 비슷한 생각을 하고 있었다. 남편이 말을 하는 것도, 말을 하지 않는 것도 불가능해 보였다. 클레브 공작부인은 느무르 공의 말처럼 호기심이 결국 남편을 부주의하게 만들었고, 그러다 우연히 그 말을 해버렸을 거라고 생각할 수밖에 없었다. 그럴 가능성이 충분한 이상 자기가 한 고백을 남편이 남용한 거라고 거의 결론을 내렸다. 두 사람은 각자 생각에 빠져 한동안 아무 말도 하지 않다가 겨우 침묵에서 빠져나와 이미 여러 번 했던 말을 되풀이했다. 두 사람의 마음은 그 어느 때보다도 멀어져 있었다.

그들이 그날 밤을 어떤 상태로 보냈을지는 쉽게 상상이 되었다. 클레브 공작은 자기가 그토록 좋아하는 아내가 다른 남자에 대한 열정에 사무쳐 있는 걸 바라봐야만 하는 불행을 곱씹고 곱씹느라 진이 빠져 있었다. 이제 아무런 용기도 나지 않았다. 자신의 명예와 자존심이 이렇게까지 다칠 일은 없다고 생각했다. 아내에 대한 생각 말고 다른 생각은 할 수가 없었다. 앞으로 그녀를 어떻게 해야 할지, 자신이 어떻게 해야 할지 알 수 없었다. 사방이 낭떠러지이고 심연이었다. 그렇게 한참을 동요와 불확신 속에 있다가 곧 에스파냐에 가야 한다는 걸 떠올렸고, 자기의 의심을, 혹은 자기의 불행에 대한 인식을 더 키울 일은 더 이상 하지 않는 편이 좋겠다고 생각했다. 그는 아내를 보러 갔고, 지금 둘 중 누가 비밀을 누설했는가를 밝히는 것이 중요한 게 아니라고 했다. 그 이야기가 지어낸 이야기이며, 부인은 그 이야기와 관련이 없는 것처럼 보이게 만드는 게 중요하다고 했다. 특히 부인이 느무르 공을 비롯한 다른 사람들로 하여금 그렇게 믿게 만드는 일이 중요하니 그녀가 할 수 있는 일은 그녀에게 사랑을 증명한 남자에게 엄격하고 차갑게 대하는 일뿐이라고 했다. 그렇게 하면 그 남자는 그녀가 자신에게 끌리고 있다는 생각을 하지 못할 거라 했다. 그가 품을 수 있는 모든 생각에 마음이 흔들리면 절대로 안 된다고 했다. 그녀가 약한 모습을 보이지만 않으면, 그의 믿음도 허물어질 거라고 했다. 그러니 평소처럼 아무 일 없다는 듯 루브르 궁에도 가고 회합에도 나가야 한다고 말했다.

클레브 공작은 부인의 대답을 기다릴 것도 없이 이 말을 남기고는 밖으로 나갔다. 클레브 공작부인은 남편의 말이 타당해 보였다. 느무르 공에게도 화가 나 있었기에 행동으로 옮기는 일이 어렵지 않을 것 같았다. 하지만 왕실 결혼식의 모든 행사마다 침착한 얼굴로, 편한 마음으로 참석하기는 어려울 것 같았다. 결혼식 날 왕세자비의 드레스를 잡아주는 사람으로 다른 공작부인들을 제치고 특별히 그녀가 선택되었는데, 다른 이유를 들며 거절하면 이상한 소문이 날 것 같아 마지못해 받아들였다. 그리고 모든 것을 애써 참아보기로 했다. 그러나 준비를 하는 동안 온갖 복잡한 심정이 클레브 공작부인을 뒤흔들어놓았다. 그래서 그녀는 내실에 혼자 틀어박혔다. 느무르 공을 원망해야 한다는 것, 그를 변호할 방법이 전혀 없다는 사실에 마음이 격해져 힘이 들었다. 정황이 어찌 됐든 느무르 공이 샤르트르 대공에게 그 이야기를 했다고 볼 수밖에 없었다. 분명 그가 대공에게 털어놓은 것이다. 그의 말투로 보아 그는 그 이야기가 그녀와 관련된 것임을 분명히 알고 있었다. 틀림없었다. 그 엄청난 경솔함을 어찌 용서할 수 있겠는가? 부인이 그토록 감명받았던 극도의 조신함은 도대체 어디로 간 것인가?

그가 자신이 불행하다고 믿고 있을 때는 조신했다. 클레브 공작부인은 생각을 이어나갔다. 그런데 행복하다고 생각하자, 그 행복이 확실하지 않은데도 그의 신중함은 끝나버렸다. 확인하지도 않고 자신이 사랑받고 있다고 상상해버렸다. 자신이 할 수 있는 말은 모두 했다. 나는 내가 사랑하는 사람이 그라고 그에게 고백하지 않았다. 그런데 그는 그럴 거라고 짐작했고, 그 짐작을 드러냈다. 그는 확신이 들었어도 똑같은 방식으로 드러냈을 것이다. 영광스러운 일을 숨길 수 있는 남자가 있다고 믿은 내가 잘못이다. 그가 다른 남자들과는 다를 줄 알았는데. 나는 나와는 거리가 멀다고 생각했던 여느 여자들처럼 되어버렸다. 행복하게 해줘야 하는 남편의 애정과 신뢰를 잃었다. 이제 곧 미친 여자, 혹은 격렬한 사랑에 눈이 먼 여자로 세상 사람들 눈에 비칠 것이다. 내가 그 사랑을 느낀 사람도 그걸 알아버릴 테고. 그런 불행을 피하려고 내 모든 평온과 인생을 걸었건만.

이런 비참한 생각들을 계속하니 눈물이 마구 쏟아졌다. 하지만 그 어떤 고통으로 가슴이 무너져내려도 느무르 공이 그녀의 기대를 저버리지만 않았다면 그 고통들을 견뎌낼 힘이 있었을지도 몰랐다.

느무르 공도 더 이상 침착할 수 없었다. 샤르트르 대공에게 그 이야기를 해버린 자신의 경솔함과 그 경솔함으로 인해 생긴 끔찍한 일들을 생각하니 죽을 것처럼 괴로웠다. 클레브 공작부인과 같은 공간에 있자니 비통하고 곤혹스럽고 불안하고 괴로웠다. 그녀의 연모와 관련한 그 고백 사건에 대해 이런저런 말들을 지껄인 자신이 한심스러웠다. 사랑에 취해서 했던 말이었지만, 다시 생각해보면 참으로 조잡하고 무례했다. 그도 그럴 것이, 그녀가 자기를 사랑하고 자기에게 뜨거운 마음을 품고 있다는 걸 모르지 않음을 겨우 그런 식으로 그녀에게 알린 게 아닌가. 그가 이제 바랄 수 있는 것은 그녀와의 진솔한 대화뿐이었다. 하지만 정작 자신은 그 순간을 갈망하기보다는 두려워하고 있었다.

그녀에게 뭐라고 말할 것인가? 느무르 공은 소리를 질렀다. 내가 이미 다 보여줬는데 또 보여줘야 하나? 그녀가 날 사랑한다는 사실을 내가 알고 있지만, 정작 나는 그녀에게 감히 사랑한다는 말조차 하지 못했음을 이야기해야 하나? 그냥 내 사랑을 솔직하게 다 말할까? 사랑을 이루고 싶은 간절한 소망 탓에 그렇게 무모한 남자가 되어버렸다고? 그녀를 만날 수나 있을까? 나를 보면 불편해할 텐데? 도대체 어떻게 해명하지? 변명할 거리가 없다. 그녀에게 날 보일 수조차 없다. 하지만 그녀가 날 보지 않는 것도 싫다. 내 실수로 그녀가 나를 피할 최상의 이유를 그녀에게 제공한 셈이 되었다. 그녀가 그토록 찾던, 아마도 하릴없이 찾던 그 최상의 이유를. 내 경솔함으로 인해 세상에서 가장 사랑스럽고 가장 존경스러운 여인의 사랑을 받을 수 있는 행복과 영광을 잃었다. 내가 그 행복을 잃었다 해도 그녀가 고통스러워하지 않는다면, 죽을 만큼 고통스러워하지 않는다면 위안이 되련만. 지금 이 순간은 내가 받은 상처보다 내가 그녀에게 준 상처가 더 아프다.

느무르 공은 계속 같은 생각에 빠져 마음 아파하고 번민했다. 그래도 클레브 공작부인에게 말하고 싶은 마음은 여전했다. 그는 방법을 구했다. 편지를 써볼까 했지만 자신이 저지른 실수를 생각해도 그렇고 그녀의 성격을 생각해도 그렇고, 상심과 침묵으로 그녀에 대한 깊은 존경심을 보이고, 그녀 앞에 감히 나타나지도 못하는 모습을 보여, 그녀가 시간을 가지고 그에게 다시 관심을 가질 때까지 기다려보는 편이 제일 나을 것 같았다. 그러면 다시 자기를 좋아해줄 수도 있을 것 같았다. 하여 그는 자기가 한 이야기를 발설한 샤르트르 대공을 비난하지 않기로 마음먹었다. 비난해봐야 대공의 의심만 커질 터였다.

이튿날은 공주의 약혼식이 있고 그다음 날 결혼식이 이어져 궁궐 사람들이 모두 바빴기에 클레브 공작부인과 느무르 공은 그들의 슬픔과 혼란스러움을 다행히 감출 수 있었다. 왕세자비는 느무르 공과 나눴던 대화를 지나가는 말로라도 다시 꺼내지 않았고, 클레브 공작도 지난 일들에 대해 다시는 말하지 않았기에, 부인이 우려하던 난처한 상황은 없었다.

약혼식은 루브르 궁에서 거행되었다. 연회와 무도회가 끝난 뒤, 왕실 가족은 관례대로 모두 주교관에 가서 묵었다. 알바 공작은 그날 아침만큼은 간소한 평상복과는 다른, 한 번도 입어본 적 없는 붉은색과 노란색과 검은색이 섞인 황금빛 비단에 온갖 보석을 박은 대례복을 입고, 머리에는 왕관을 썼다. 오랑주 공작도 화려한 예복을 입고 그와 옷을 맞춰 입은 신하들, 에스파냐 사절들을 대동하고는 알바 공작이 머무는 빌르루아 관저로 가서 공작을 모시고 나와, 네 명씩 줄을 맞춰 주교관까지 왔다. 알바 공작이 주교관에 도착하자 순서에 따라 성당으로 향했다. 국왕은 왕관을 쓴 공주를 데리고 입장했고, 몽팡시에 양과 롱그빌 양이 공주의 드레스를 잡고 뒤를 이었다. 또 그 뒤를 왕비가 이었다. 하지만 왕관은 쓰지 않았다. 왕세자비와 국왕의 누이동생, 로렌 부인, 나바르 왕비가 그 뒤를 이었고, 몇몇 공작부인들이 그들의 드레스를 잡아주며 따랐다. 공작부인들 뒤에는 같은 색깔의 화려한 옷을 맞춰 입은 궁녀들이 따랐다. 옷 색깔만 봐도 누구를 모시는 궁녀인지 알 수 있었다. 성당 안에 마련된 자리에 그들이 앉자 결혼식이 시작되었다. 이어 식사를 위해 다시 주교관으로 향했고, 다섯시가 되자 다시 궁으로 출발했다. 궁에서는 축하연이 벌어졌고, 고등법원, 종심(終審) 재판소, 시청의 고관대작들이 그 자리에 초대되었다. 왕과 왕비, 왕자와 공주 들은 대연회장의 대리석 식탁에서 식사를 했고, 알바 공작은 에스파냐의 새 왕비가 된 엘리자베트 공주 옆에 앉았다. 대리석 식탁에서 한 단 낮은 곳, 왕의 오른쪽으로 이어지는 식탁에는 대사와 주교, 기사 들이 앉았고, 그 맞은편 식탁에는 고등법원 관료들이 앉았다.

오글오글한 금실로 짠 옷을 입은 기즈 공작은 이 연회의 대시종 자격으로 국왕을 수발했고, 콩데 공은 빵 관리장, 느무르 공은 술 시종관을 맡았다. 식탁을 물리자 무도회가 시작되었다. 중간에 발레 및 기이한 기계 장치가 동원된 막간극이 펼쳐졌고, 다시 무도회가 이어졌다. 국왕과 모든 궁정 신하들은 자정이 지나서야 루브르 궁으로 돌아왔다. 클레브 공작부인은 슬펐지만, 그 아름다운, 슬퍼하는 모습을 사람들의 눈에, 특히 느무르 공의 눈에 절대 드러내지 않았다. 그녀가 곤혹스러워한다 해도 무도회 내내 그녀에게 말을 걸 수 있는 여러 방법이 있었지만 느무르 공은 그러지 않았다. 그러나 그녀에게 다가가지 못하는 슬픔, 두려움 등을 그대로 드러냈고, 자기를 합리화하는 어떤 말도 하지 않음으로써 그녀에게 도리어 그가 정말 그렇게 잘못했나 하는 생각이 들게 만들었다. 변함없이 계속되는 그의 태도에 클레브 공작부인의 머릿속에는 계속 같은 생각이 맴돌았다.

드디어 시합 날이 되었다. 왕비와 왕세자비는 정해진 관람석에 착석했다. 네 명의 주전자가 같은 색 옷을 입은 시종들과 함께 경기장에 나타났다. 경기는 화려했다. 지금껏 프랑스에서 본 적이 없는 최대 규모였다.

국왕은 흰색과 검은색 외에 다른 색 옷을 입은 적이 없었다. 미망인인 발랑티누아 공작부인 때문에 항상 검은색 옷을 입을 수밖에 없었다. 페라라 공작과 그 수행단은 노란색과 붉은색 옷을 입었다. 기즈 공작은 선홍색과 흰색을 입고 출전했다. 그가 어떤 이유로 그 색들을 택했는지 처음에는 다들 몰랐으나, 한때, 아니, 지금도 그가 사랑하고 있는 아름다운 여인과 관련 있는 색임을 기억해냈다. 기즈 공작은 그 여인이 소녀일 때부터 사랑했으나 아직도 마음을 드러내지 못한 채 짝사랑만 하고 있었다. 느무르 공은 노란색과 검은색 옷을 입었다. 모두들 그 이유를 궁금해했지만 알 수가 없었다. 다만 클레브 공작부인만은 그 이유를 어렵지 않게 짐작할 수 있었다. 언젠가 그녀는 느무르 공한테 노란색을 좋아한다고 말한 적이 있었다. 한데 금발이라 좋아하는 노란색 드레스를 입을 수 없다며 금발 머리인 것이 못마땅하다고 했다. 느무르 공은 우연이 아니라 일부러 그 색을 택했다. 클레브 공작부인은 절대 노란색 옷을 입지 않으니 아무도 그게 부인과 관련된 색인지 모를 테니 말이다.

네 명의 주전자는 역시나 실력이 출중했다. 국왕은 말 타는 일이라면 왕국 최고의 실력자인지라 말할 것도 없었고, 나머지 셋 가운데 누가 더 뛰어난지는 가늠할 수 없었다. 느무르 공의 멋진 동작에 클레브 공작부인만큼 그에게 관심이 있는 사람이 아니라도 저절로 눈길이 갔다. 경기장 가장자리에 나타난 느무르 공을 보자 클레브 공작부인은 이상하게 흥분되었다. 느무르 공이 참여하는 모든 경기마다 특히 그가 흡족하게 경기를 마쳤을 때는 가슴이 터질 듯했지만 애써 그것을 감춰야 했다.

　대부분의 경기가 끝나고 사람들이 떠난 저녁 무렵, 국가의 큰 불행이 터졌다. 국왕은 마상 시합을 한 번 더 하고 싶다고 말했다. 국왕은 실력이 제법 되는 몽고메리 백작에게 결투를 제안하고는 앞서 경기장 안으로 들어섰다. 몽고메리 백작은 제발 결투를 면하게 해달라고 간청하며 궁리 끝에 이런저런 구실을 갖다댔으나 왕은 화를 내면서까지 반드시 해야 한다고 우겼다. 왕비가 국왕에게 그만하라고 했다. 이미 잘했으니 그 정도면 만족하지 않느냐며 자기 옆으로 오라고 권했다. 그러나 국왕은 뜻을 굽히지 않았다. 이번 경기의 승리는 왕비에게 바치겠다며 이미 경기장 안에 있었다. 왕비는 사부아 공작을 보내 어서 모시고 나오라고 했다. 그러나 헛수고였다. 국왕은 달렸다. 순간 창들이 부딪치며 부러졌다. 몽고메리 백작의 창 조각 하나가 국왕의 눈 속에 박혔다. 왕이 말에서 떨어지자 국왕의 마술(馬術) 시종관들과 몽모랑시 원수가 급히 달려갔다. 갑작스러운 사고에 다들 놀랐다. 하지만 왕은 전혀 놀라지 않았다. 별일 아니라면서 몽고메리 백작에게 사과했다. 기쁜 행사에서 이렇게 불길한 사건이 벌어졌으니 다들 얼마나 동요하고 충격에 휩싸였을지 짐작할 수 있었다. 사람들이 급히 왕을 침대에 눕혔고, 의사들이 당도하여 상처를 살폈다. 상태가 매우 심각했다. 순간 몽모랑시 원수는 전에 유명한 점성가가 국왕에게 해준 예언을 떠올렸다. 기이한 일대일 결투로 사망할 거라던. 결국 그 예언이 맞았구나 하는 생각이 들었다.*

---

* 이 무술 시합은 1559년 6월 30일에 있었고, 앙리 2세는 열하루 뒤에 사망했다.

그때 브뤼셀에 있던 에스파냐 왕은 이 사고 소식을 전해 듣고는 명의로 소문난 자신의 주치의를 급히 보내왔다. 그러나 그 명의도 왕에게 희망이 없다고 진단했다.

궁은 대립되는 이해관계로 팽팽히 나뉘어 있던 만큼 이 크나큰 사고가 벌어진 날 밤 결코 작지 않은 동요가 일었으나 적어도 겉으로는 전혀 드러나지 않았다. 왕의 건강이 유일한 근심거리인 듯 보였다. 왕비와 왕세자비, 왕자와 공주 들은 대기실을 떠나지 않았다.

클레브 공작부인은 당연히 가봐야 한다는 걸 알고 있었지만, 거기 가면 느무르 공을 보게 될 테고, 그 만남이 불러올 어색함을 남편에게 감출 수 없으리라는 걸, 그 어색함의 이유가 오로지 느무르 공이 거기 있어서라는 걸 남편의 눈앞에서 증명해 보이며 그렇게 모든 결심이 무너지리라는 걸 알았기에 아프다는 핑계를 대고 가지 않았다. 궁 사람들은 왕에게 일어난 사고로 정신이 없어서 그녀의 행동을 살핀다든가 그녀가 아프다는 말이 진짜인지 아닌지를 밝히는 일에는 별 관심이 없었다. 그녀의 남편만이 진실을 알고 있었다. 하지만 이제는 남편이 진실을 안다는 것이 그다지 신경 쓰이지 않았다. 클레브 공작부인은 궁 내부에서 일어나는 커다란 변화에는 관심을 돌린 채 자기 처소에 머물면서 오로지 생각에만 깊이 빠져 있었다. 다들 왕의 처소에 있었고, 클레브 공작은 몇 시간마다 들러 왕의 소식을 전해주었다. 클레브 공작은 평소와 똑같은 태도로 부인을 대했으나, 단둘이 있을 때는 다소 싸늘한 뭔가 어색한 점이 분명히 있었다. 공작은 둘 사이에 있던 일에 대해서는 다시 말하지 않았다. 공작부인 역시 아무 기운이 없었고, 그 대화를 다시 꺼내는 일은 생각할 수도 없었다.

느무르 공은 클레브 공작부인과 잠깐이라도 이야기를 나누고 싶어서 기다리고 기다렸지만 그녀를 볼 수조차 없어 슬프고 괴로웠다. 왕의 병세는 더욱 심각해졌고, 사고 후 이레째 되던 날 의사들은 모든 것을 포기했다. 왕은 죽음을 결연히 받아들였다. 그 불행한 사고로 시력을 잃고 한창 나이에 느닷없는 죽음을 맞게 된 것을 생각하면, 왕의 의연함은 정말 감탄할 만했다. 국왕은 온 백성의 존경을 받고, 열렬히 사랑했던 정부(情婦)의 사랑을 받았음에 만족하며 행복하게 죽음을 맞기로 했다. 죽기 전날 국왕은 예식은 치르지 못했지만 누이동생과 사부아 공작의 결혼을 선포했다. 발랑티누아 공작부인의 상태가 어떨지는 짐작이 가고도 남았다. 왕비는 발랑티누아 공작부인이 국왕을 보러 오는 걸 허락하지 않았고, 국왕의 국새와 그녀가 지닌 보석, 왕관 들을 가져오라고 신하를 보냈다. 그러자 발랑티누아 공작부인은 국왕이 운명하셨느냐고 물었다. 신하가 아직 아니라고 답하자 공작부인은 이렇게 말했다.

"그렇다면 내 주인은 아직 없다. 그 누구도 국왕께서 친히 내게 주신 것을 내놓으라고 명령할 수 없다."

국왕이 투르넬 성에서 운명하자 페라라 공작, 기즈 공작, 느무르 공이 이제는 대비가 되신 왕비와 새 국왕 부부를 루브르 궁에 모셨다.* 행차를 시작할 때, 대비는 몇 발 뒤로 물러나더니 며느리인 새 왕비에게 이제 선두에 설 사람은 내가 아니라며 자리를 내주었다. 하지만 이 겸양지덕의 말 속에는 왠지 호의보다는 독기가 서려 있었다.

---

* '대비가 되신 왕비'는 카트린 드 메디시스이고, '새 국왕 부부'는 프랑수아 2세와 그의 아내 메리 스튜어트다.

4부

로렌 추기경은 대비의 절대적 지배자가 되었다. 총애를 잃은 샤르트르 대공은 이제 대비의 머릿속에서 어떤 자리도 차지하지 못했다. 그러나 샤르트르 대공은 이런 지위 하락으로 인해 응당 느껴야 할 회한을 그리 뼈저리게 느끼지는 않았다. 마르티그 부인에 대한 사랑과 대비로부터의 해방감 때문이었다. 국왕이 위독하던 열흘 동안 로렌 추기경은 계획을 꾸밀 여력을 얻었고, 자신이 추진하는 일에 부합하는 결정을 내리도록 대비를 구워삶아두었다. 그리하여 왕이 승하하자 대비는 몽모랑시 원수에게 왕의 옥체가 있는 투르넬 성에 머물면서 장례와 관련된 의식들을 집행하게 했다. 이 임무로 그는 모든 정무에서 배제되었고 행동의 자유도 빼앗겼다. 곧 기즈 가문이 궁정을 장악하게 되리라고 내다본 원수는 반대 세력을 키우기 위해 나바르 왕에게 서한을 보내 급히 파리로 갈 것을 부탁했다. 군사 지휘권은 기즈 공작에게, 재정권은 로렌 추기경에게 넘어갔다. 발랑티누아 공작부인은 궁에서 쫓겨났다. 몽모랑시 원수의 공공연한 적인 투르농 추기경이 다시 왔고, 발랑티누아 공작부인의 공공연한 적인 올리비에 재상도 다시 왔다. 궁의 면면이 완전히 바뀌었다. 기즈 공작은 적통 왕자들과 같은 서열에 올라 장례식에서 왕의 옷을 들기까지 했다. 이처럼 기즈 일파가 권력을 장악한 까닭은 대비에게 절대적 영향력을 발휘하고 있는 로렌 추기경 때문이기도 했지만, 대비의 또 다른 계산 때문이기도 했다. 대비는 기즈 형제가 자기 뜻을 거스른다면 그들을 떨쳐내면 되지만, 적통 왕자들의 지지를 받는 몽모랑시 원수는 그리할 수 없다고 판단했다.

몽모랑시 원수는 투르농 성에서 장례 의식을 모두 마친 뒤 루브르로 왔으나, 새 국왕은 그를 차갑게 대했다. 원수는 국왕과 개별 면담을 하고 싶었으나, 국왕은 기즈 형제를 불러 그들이 보는 앞에서 원수에게 이제 그만 쉬는 것이 좋겠다고 말했다. 재정권과 군사 지휘권이 이양되었으니 원수의 조언이 필요하면 따로 부르겠다고 했다. 이어서 카트린 대비를 보러 갔으나 대비는 국왕보다 더 매몰찼다. 심지어 전에 그가 이제는 고인이 된 선왕께 왕자들이 왕을 조금도 닮지 않았다고 말한 일에 대해서 내놓고 비난까지 했다. 나바르 왕이 왔으나 그역시 더 나은 대접을 받지는 못했다. 형보다 참을성이 없는 콩데 공은 노골적으로 불평을 했다. 하지만 소용없었다. 그는 화평 조약의 비준 서명을 위해 플랑드르에 가야 한다는 명목하에 궁에서 밀려났다. 나바르 왕에게는 에스파냐 왕이 보낸 것처럼 꾸민 가짜 편지를 들이밀었는데, 편지에는 나바르 왕이 자신의 자리를 탐하며 음모를 꾸미고 있다고 비난하는 내용이 담겨 있었다. 편지를 본 나바르 왕은 자신의 영토가 걱정되어 결국 베아른으로 떠나기로 했다. 대비는 엘리자베트 공주를 에스파냐로 안내하는 일을 그에게 맡겨 프랑스를 떠날 수단을 마련해주는 듯 꾸몄고, 공주보다 먼저 떠나라고 했다. 이리하여 궁에는 기즈 가문의 권세를 뒤흔들 수 있는 사람은 하나도 남지 않게 되었다.

클레브 공작은 엘리자베트 공주를 안내하지 못하게 되자 다소 불쾌했으나, 자기 대신 선택된 나바르 왕의 지위와 위세를 생각하면 불평할 수도 없는 노릇이었다. 사실 클레브 공작이 그 역할을 맡지 못해 서운했던 것은 자신이 얻을 명예 때문이라기보다는 의도를 드러내지 않고도 아내를 궁에서 멀리 떨어지게 할 수 있는 기회를 잃어서였다.

왕이 승하하신 지 얼마 되지도 않았는데, 새 왕의 대관식을 위해 랭스행이 결정되었다. 이 여행 이야기가 나오자 줄곧 자기 처소에만 머물고 있던 클레브 공작부인은 아픈 척을 하며 남편에게 동행하지 못해도 이해해달라고, 자신은 쿨로미에로 가서 좋은 공기를 쐬며 건강을 돌보겠다고 했다. 클레브 공작은 아내에게 그곳에 가지 않겠다는 이유가 정말 건강 때문인지 되묻고 싶지 않아서 뜻이 정 그렇다면 그러라고 했다. 클레브 공도 이미 그렇게 결심한 일이라 굳이 동의하고 말고 할 필요가 없었다. 부인의 덕을 여전히 높이 평가하기 때문이기도 했지만, 그녀가 사랑하는 남자의 시야에 그녀를 더 이상 노출시키면 안 되겠다는 조바심도 있었다.

느무르 공은 클레브 공작부인이 랭스에 가지 않는다는 사실을 알게 되었다. 그녀를 보지 않고는 떠날 수 없었기에, 출발 전날 예의에 크게 어긋나지는 않으면서도 그녀 혼자 있을 법한 느지막한 시각에 그녀의 집으로 갔다. 행운이 그를 도왔다. 그녀의 집 안뜰에 들어서자 마침 느베르 부인과 마르티그 부인이 나오는 중이었고, 그들은 클레브 공작부인이 안에 혼자 있다고 말해주었다. 느무르 공은 가슴이 뛰고 흥분되었다. 느무르 공이 찾아왔다는 말을 시종에게 전해 들은 클레브 공작부인의 기분도 그와 같았다. 그가 사랑을 고백하지는 않을까 하는 두려움, 자기도 그렇다고 말해버리면 어쩌나 하는 걱정, 그의 방문이 남편에게 드리울 불안, 남편에게 이 사실을 알려야 하나 아니면 감춰야 하나 하는 고민 등 온갖 생각들이 한꺼번에 그녀의 머릿속을 맴돌았다. 이 모든 것이 너무도 벅차 그녀는 사실은 자신이 세상에서 가장 원하는 일일지도 모르는 그 순간을 피하기로 마음먹었다. 대기실에 있는 느무르 공에게 시녀를 보내, 공께서 뵙기를 청하시지만 몸이 좋지 않아 청을 받아들일 수 없게 된 점을 무척이나 송구하게 생각한다는 말을 전하게 했다. 클레브 공작부인을 보지 못하다니, 이 무슨 고통인가! 부인이 그가 자신을 보는 걸 원치 않아 만날 수 없다니 이 무슨 고통인가! 느무르 공은 이튿날 떠나야 했다. 이젠 아무것도 바랄 수 없었다. 왕세자비 처소에서 있었던 그 대화 이후 그녀에게 아무 말도 하지 못했다. 샤르트르 대공에게 그들의 이야기를 말해버린 잘못으로 모든 희망이 무너진 것이다. 결국 느무르 공은 쓰라린 아픔 속에 비참함과 절망을 모두 안고 랭스로 출발해야 했다.

한편 클레브 공작부인은 느무르 공이 자신을 찾아온 일을 생각한 탓에 생긴 마음의 동요가 가라앉자, 이제는 그를 거절한 이유가 의아

해졌다. 심지어 자신이 잘못했다는 생각마저 들었다. 그녀가 용기를
냈다면, 혹은 느무르 공에게 좀 더 시간이 있었다면, 그를 다시 불렀
을지도 몰랐다.

느베르 부인과 마르티그 부인은 클레브 공작부인 집에서 나와 왕비
처소로 갔다. 그곳에 클레브 공작이 있었다. 왕비는 부인들에게 어디
서 오는 길이냐고 물었고, 그들은 클레브 공작부인 집에서 여러 사람
들과 오후 시간을 함께 보내고 오는 길이라고, 지금은 느무르 공만 거
기 혼자 남아 있다고 말했다. 부인들은 무심결에 한 말이지만, 클레브
공작은 이 말에 결코 무심할 수 없었다. 느무르 공이 부인과 이야기할
기회가 제법 있을 거라고 상상하긴 했지만, 지금 그가 그녀 처소에 있
다고 생각하자, 그것도 단둘이 있어서 그가 사랑을 고백하고 있을지
도 모른다고 생각하자, 너무도 새롭고 너무도 참기 힘든 감정이 몰려
왔다. 여태껏 이토록 격렬한 질투는 느껴본 적이 없었다. 가슴에서 불
길이 활활 타올랐다. 왕비 처소에 더는 있을 수가 없었다. 일단 집으
로 향했지만 그 이유도, 가서 느무르 공을 어떻게 해야 할지도 몰랐
다. 집 가까이에 다다르자 일단 느무르 공이 아직 거기에 있다고 판단
할 만한 근거가 있는지 살폈다. 지금은 그가 없다는 걸 확인하자 안도
감이 들었다. 또 그가 여기에 오래 머물 수 없었을 거라는 생각이 들
자 마음이 한결 놓이는 것도 같았다. 자신이 질투를 느껴야 하는 상대
가 느무르 공이 아닐 수도 있다는 생각도 했다. 전혀 의심하지 않아도
되는데, 괜한 의심을 하는 건 아닌가 싶었다. 그러나 하도 많은 생각
들이 한꺼번에 떠올랐고 한편으로는 자신이 원했던 불확실 상태가 더
는 싫기도 했다. 그래서 우선 부인의 방으로 갔다. 얼마간 부인에게

이런저런 것들을 공연히 물어본 후, 오늘은 무엇을 했는지, 누구를 만났는지 등을 물었다. 그녀는 그대로 보고했다. 하지만 느무르 공을 언급조차 하지 않자, 클레브 공작은 그의 이름을 댈 기회를 주기 위해, 또 부인이 자기를 속이는 괴로움을 떨쳐내기 위해, 오늘 만난 사람이 그게 전부냐고 떨리는 목소리로 물었다. 느무르 공을 만나지 않은 이상, 클레브 공작부인은 그의 이름을 대지 않았다. 그러자 클레브 공작은 원망이 가득 서린 투로 말했다.

"느무르 공, 느무르 공은 만나지 않았소? 아니면 만났는데 벌써 잊은 거요?"

"만나지 않았어요." 클레브 공작부인이 놀라서 대답했다. "몸이 좋지 않아 시녀를 보내 양해를 구하고 돌려보냈어요."

"그러니까 그 사람 때문에 몸이 안 좋았던 게로군." 클레브 공작이 말했다. "다른 사람은 다 만나줬는데, 왜 느무르 공만 차별했소? 왜 그는 당신에게 다른 사람들과 다르오? 왜 당신은 그의 시선을 두려워하오? 결국 당신도 그를 사랑한다는 걸 그에게 알리려고 일부러 그러는 것 아니오? 당신의 무례함과 엄격함을 그가 어떻게 받아들일지 너무나 잘 알기 때문에 그를 만나는 일을 감히 거절할 수 있었던 것 아니오? 도대체 왜 그한테만 그토록 엄격하냔 말이오? 부인, 당신에게는 모든 것이 호의 아니면 무관심 아니었소?"

그러자 클레브 공작부인이 입을 열었다. "당신이 느무르 공에 대해 어떤 의심을 하고 있는지 모르지만, 제가 그를 만나지 않은 것을 가지고 당신이 저를 비난할 줄은 몰랐어요."

"그럴 만하니까 그러는 것 아니오." 클레브 공작이 말했다. "그가

178

당신에게 아무 말도 안 했다면 왜 그를 보지 않는 거요? 부인, 그는 당신에게 무슨 말을 했소. 그가 침묵만으로 자신의 사랑을 증명했다면, 당신에게 깊은 인상을 남기지 않았을 거요. 당신은 내게 진실을 다 말할 수 없었던 거지. 가장 중요한 부분은 내게 감추었소. 당신, 고백한 것을 조금은 후회하지 않소? 고백했으니 더 계속할 수도 없고 말이오. 나는 내가 생각했던 것보다 더 불행한 사람이고, 세상 모든 남자 중에서 가장 불행한 남자요. 당신은 내 아내이고, 나는 당신을 애인처럼 사랑하는데, 정작 다른 남자를 사랑하는 당신을 보고 있어야 하오. 그 남자는 궁에서 가장 사랑스러운 남자이고, 당신을 매일같이 보고, 당신이 자기를 사랑한다는 것도 알고 있고. 아아!" 클레브 공작은 참다못해 소리를 질렀다. "당신이 그 사랑을 극복할 수 있을 거라고 믿은 내가 잘못이오. 내가 이성적인 판단을 못 한 거지."

"당신이 제 고백을 호의적으로 본 게 잘못이었는지는 잘 모르겠어요." 클레브 공작부인이 말했다. "저는 당신이 저를 옳게 본다고 믿었는데, 제가 잘못 생각한 건 아닌지 모르겠군요."

"모르겠긴." 클레브 공작이 말했다. "잘못 생각한 것 맞소. 당신은 내가 당신에게 바라는 것만큼이나 불가능한 것을 내게 바라고 있소. 내가 어떻게 이성을 유지하겠소? 내가 당신을 미치도록 사랑한다는 걸, 내가 당신의 남편이라는 걸 잊은 거요? 둘 중 하나만으로도 극단으로 치달을 수 있소. 하물며 내 경우엔 둘 다요. 그러니 도대체 내가 어떻게겠소?" 클레브 공작은 계속했다. "도대체 알 수 없는 격한 감정들뿐이오. 나를 제어할 수가 없소. 난 더 이상 좋은 남편이 아니오. 당신도 더 이상 내게 좋은 사람 같지 않소. 당신이 너무 좋았다가, 너무 증오스러웠다가, 당신에게 고통을 주고 싶다가, 용서하고 싶다가, 당신을 존경했다가, 당신을 존경한 내가 수치스럽다가. 아, 계속 이러니 내게는 이제 침착도 이성도 없소. 당신이 쿨로미에에서 그 고백을 한 이후, 그 고백 이야기가 사람들에게 알려졌다는 걸 당신이 왕세자비로부터 듣고 온 날부터 내가 어떻게 살아왔는지 모르겠소. 그 이야기가 어떻게 알려졌는지 난 정말 알 수가 없고, 그 일을 둘러싸고 당신과 느무르 공 사이에 어떤 일이 있었는지도 알 수 없을 거요. 당신은 절대 내게 설명하지 않을 테고, 나 역시 당신에게 설명을 요구하지 않을 테니 말이오. 당신이 나를 세상에서 가장 불행한 사나이로 만들었다는 것만 기억하시오."

클레브 공작은 이 말을 마치고 방에서 나가, 이튿날 그녀를 보지도 않고 떠나버렸다. 하지만 곧 비참함과 솔직함과 따뜻함이 가득한 편지를 그녀에게 보내왔다. 그녀도 자신의 지난 행실에 대한 확인과 앞으로도 변함없으리라는 다짐을 너무도 감동적인 편지로 써 그에게 보냈다. 그녀의 다짐은 진실했고, 실제로 그녀의 감정도 진실했기에 클레브 공작은 깊은 감동을 받았고, 얼마간은 차분하게 지냈다. 게다가 느무르 공도 국왕을 보좌하느라 클레브 공작부인과 만날 수 없다는 사실을 아는 이상 마음도 편했다. 클레브 공작부인의 이야기에 클레브 공작은 여전한 애정을 보여주었고, 그녀는 또 행동의 솔직함과 그녀가 그에게 갖고 있던, 그리고 응당 가져야만 하는 친애를 보여주었기에 마음에 어떤 깊은 인상들이 남아 클레브 공작은 느무르 공을 덜 생각하게 되었다. 그러나 그것도 잠시였다. 그 생각은 전보다 더 생생하게, 더 뚜렷하게 다시 떠올랐다.

느무르 공이 떠난 후 처음 며칠 동안 클레브 공작부인은 그의 부재를 거의 느끼지 못했다. 그러나 얼마 지나지 않아 그의 부재는 그녀에게 잔인한 모습으로 나타났다. 그녀가 그를 사랑하게 된 후 그를 만나는 것을 두려워하거나 바라는 일 없이 지나간 날은 단 하루도 없었다. 그런데 이제는 우연히라도 그를 만날 수 없다고 생각하니 몹시 힘들었다.

그녀는 쿨로미에로 갔다. 화폭이 큰 그림 한 점도 잊지 않고 챙겼다. 그 그림은 클레브 공작이 주문하여 제작한 것으로, 발랑티누아 공작부인이 자신의 아름다운 아네 대저택에 두려고 그린 그림의 모사화였다. 그 그림에는 선왕의 통치 때 쌓은 대표적 업적들이 재현되어 있었다. 그 가운데에는 메스 공략 장면도 있었는데, 그때 혁혁한 공을 세운 인물들이 실물처럼 그려져 있었다. 느무르 공도 있었다. 클레브 공작부인이 그 그림을 가져간 것은 아마 그 때문이었을 것이다.

사정상 궁 사람들과 함께 랭스로 떠날 수 없었던 마르티그 부인은 나중에 쿨로미에에 들르겠다고 클레브 공작부인에게 약속했다. 두 사람은 왕비의 총애를 나눠 갖고 있었지만 서로 시기를 느끼거나 멀리하는 사이는 아니었다. 친구처럼 지내기는 했으나 그렇다고 감정을 다 털어놓는 사이도 아니었다. 클레브 공작부인은 마르티그 부인이 샤르트르 대공을 사랑하는 걸 알고 있었다. 하지만 마르티그 부인은 클레브 공작부인이 느무르 공을 사랑하고, 또 느무르 공의 사랑을 받고 있다는 걸 알지 못했다. 클레브 공작부인이 샤르트르 대공의 조카인 만큼 마르티그 부인한테는 그녀가 각별했다. 그리고 클레브 공작부인은 마르티그 부인을 자기와 같은 사랑을 하고 있는 사람이라서,

자기가 좋아하는 사람이 마음을 터놓고 지내는 친구를 사랑하는 사람이라서 좋아했다.

마르티그 부인은 약속한 대로 쿨로미에에 왔다. 마르티그 부인은 클레브 공작부인이 몹시 고독한 생활을 하고 있는 걸 보았다. 심지어 더 완전한 고독 속에 있을 방법을 찾아 저녁이면 하인들의 수행 없이 혼자 정원을 거닐곤 하는 모습을 보았다. 클레브 공작부인은 느무르 공이 그녀의 고백을 엿들었던, 별채에 있는 정원 쪽 내실에 머물렀다. 궁중 시녀와 하녀들은 다른 내실이나 별채 거실에 있었고, 그녀가 부르기 전에는 그녀가 있는 곳에 절대 오지 않았다. 마르티그 부인은 쿨로미에에 처음 와본 터라 그곳의 아름다움에 놀랐고, 특히 정자처럼 생긴 별채에 매료되었다. 클레브 공작부인과 마르티그 부인은 그곳에서 매일 저녁 시간을 보냈다. 그 아름다운 곳에서, 그토록 자유롭고도 고즈넉하게 저녁 시간을 보내다보니, 뜨거운 사랑을 하고 있는 두 사람의 대화는 끝이 날 줄 몰랐다. 비록 마음속의 깊은 비밀까지 나누지는 않았지만, 함께 대화하는 시간이 너무 좋았다. 그런데 마르티그 부인에게 샤르트르 대공이 있는 곳에 가야 할 일이 생겼다. 그 일만 아니었다면 정말 쿨로미에를 떠나고 싶지 않았을 것이다. 마르티그 부인은 쿨로미에를 떠나 당시 궁이 있던 샹보르로 향했다.

대관식은 로렌 추기경의 집전으로 랭스에서 거행되었다. 궁정 사람들은 남은 여름을 새로 지은 샹보르 성에서 보내게 되었다. 마르티그 부인을 다시 보자 왕비는 크게 기뻐했다. 왕비는 마르티그 부인과 반갑게 한참 인사를 나눈 뒤, 클레브 공작부인이 어떻게 지내는지, 그 시골에서 무엇을 하는지 등을 물었다. 마침 그 자리에 느무르 공과 클레브 공작이 있었다. 쿨로미에에 깊은 인상을 받은 마르티그 부인은 그곳이 얼마나 아름다운지 이야기했다. 숲속에 있는 별장에 대해 한참을 설명했고, 클레브 공작부인이 저녁마다 그곳을 혼자 산책하며 만끽하는 즐거움에 대해서도 길게 늘어놓았다. 느무르 공은 마르티그 부인의 이야기를 하나도 놓치지 않고 들었고, 그렇게 듣다보니 그곳의 그림이 충분히 그려졌다. 그러자 눈에 띄지 않고 클레브 공작부인을 몰래 보는 일도 불가능하지 않을 것 같다는 생각이 들었다. 그는 좀 더 자세히 알아볼 요량으로 마르티그 부인에게 몇 가지를 질문했다. 마르티그 부인이 대답하는 동안 줄곧 느무르 공을 지켜본 클레브 공작은 느무르 공이 무슨 생각을 하는지 알 수 있었다. 느무르 공의 질문은 그의 추측을 보다 분명하게 해주었다. 느무르 공은 클레브 공작부인을 보러 갈 계획인 것이 분명했다. 그 의심은 틀리지 않았다. 느무르 공의 머릿속은 그 계획으로 가득했고, 그는 밤새 계획을 실행할 방법을 궁리했다. 이튿날 아침 날이 밝자마자 그는 왕에게 몇 가지 핑계를 댄 뒤 파리에 가야 하니 휴가를 달라고 청했다.

클레브 공작은 그 여행이 자기 아내를 만나러 가는 여행임을 믿어 의심치 않았다. 이번 기회에 아내의 행실을 뚜렷이 밝혀내고, 자신을 괴롭히는 잔인한 불확실성을 끝내기로 마음먹었다. 느무르 공과 동시에 출발해 거의 비슷한 시각에 당도한 뒤 몰래 숨어서 그의 여행이 성공을 거두는지 어쩌는지 보고 싶은 마음이 간절했지만, 자기까지 휴가를 청하면 이상하게 보일 것이고, 느무르 공이 눈치를 채고 다른 방법을 택할 수도 있었다. 그래서 두뇌가 비상하고 충성심이 뛰어난 심복 하나를 시켜 느무르 공의 뒤를 밟게 했다. 그는 우선 자신의 불행한 처지를 심복에게 자세히 설명했다. 클레브 공작부인이 지금까지 얼마나 정숙했는지도 말해주었다. 그러고는 느무르 공을 미행하면서 정확히 관찰하라고 지시했다. 혹시 그가 쿨로미에에 가는 것은 아닌지, 밤에 몰래 정원에 들어가지는 않는지를 살피라고 했다.

이런 일이라면 일가견이 있는 심복은 그 임무를 철두철미하게 수행했다. 그는 느무르 공을 뒤쫓아 쿨로미에에서 반 리외* 떨어진 어느 마을까지 왔다. 느무르 공이 그 마을에서 여정을 멈춘 까닭을 쉽게 짐작할 수 있었다. 그는 여기서 밤이 되기를 기다릴 것이다. 그러니 거기서 함께 기다릴 필요는 없었다. 심복은 그 마을을 가로질러 숲으로 들어가 느무르 공이 지나갈 거라고 예상되는 지점에 매복했다. 그의 예측은 들어맞았다. 어둠이 내리자 누군가 오는 소리가 들렸고, 사방이 어두웠지만 그 사람이 느무르 공임을 바로 알아볼 수 있었다. 이어서 정원을 한 바퀴 도는 느무르 공의 모습이 보였다. 사람들 소리가 어디서 들리는지, 어디로 들어가야 가장 쉽게 안으로 잠입할 수 있는지를 살피는 듯했다. 정원의 울타리가 꽤 높았다. 뒤쪽까지 울타리가 이어져 진입하기가 쉽지 않았지만 느무르 공은 애를 써서 들어갔다. 일단 정원 안에 들어서자, 클레브 공작부인이 어디에 있는지는 바로 알 수 있었다. 내실의 불이 환히 켜져 있었다. 창문이 모두 열려 있었고, 느무르 공은 손에 잡힐 듯한 흥분과 감동을 느끼며 울타리를 따라 이동해 그녀 쪽으로 다가갔다. 그녀가 무엇을 하고 있는지 보려고 문으로도 쓰이는 창문 뒤에 바짝 붙어 섰다. 그녀는 혼자 있었다. 아름

---

* 옛 거리 단위로 1리외는 약 4킬로미터.

다운 그녀의 모습에 숨이 막힐 듯했다. 날씨가 더웠고, 그녀는 살짝 헝클어진 머리를 어깨에 늘어뜨린 채 목과 가슴골이 드러난 얇은 옷을 입고 있었다. 침대 겸용 소파에 앉아 뭔가를 하고 있었다. 앞에는 탁자가 있었고, 탁자 위에는 리본들이 가득 담긴 바구니가 몇 개 있었다. 그녀는 리본을 몇 개 골랐다. 느무르 공은 그 리본들이 마상 시합 당시 자신이 착용했던 것과 같은 색임을 알아보았다. 그녀는 리본으로 아주 튼튼하게 생긴 인도산 지팡이 하나를 돌돌 말았다. 사실 그 인도산 지팡이는 느무르 공이 얼마간 갖고 다니다가 누이동생에게 준 것으로, 클레브 공작부인이 느무르 공의 것임을 알면서도 모르는 척하며 그의 누이동생에게서 얻은 것이었다. 그녀는 가슴속 깊은 곳의 감정을 고스란히 얼굴에 드러낸 채 우아하고 부드러운 손길로 정성스럽게 작품을 완성하더니 촛대를 들고 일어나 그 대형 그림 앞으로 가까이 다가가서는 메스 공략 장면 쪽 느무르 공의 얼굴 앞에 멈춰 섰다. 그리고 그 앞에 앉더니, 격정적인 사랑의 감정에서나 가능한 뚫어질 듯한 시선으로, 몽환적인 시선으로 느무르 공의 얼굴을 바라보았다.

그 순간 느무르 공이 느낀 감정은 말로 표현할 수가 없었다. 그는 한밤중에, 세상에서 가장 아름다운 곳에서, 자신이 숭배해 마지않는 사람을 보고 있었다. 그녀는 자기가 그녀를 보는 줄 모르나, 자기는 그런 그녀를 보고 있다. 그와 연관 있는 것들에 몰두한, 그에게 숨겨온 열정에 몰두한 그녀를 말이다. 아, 이는 그 어떤 애인도 상상해보지 못한, 맛보지 못한 순간이었다.

느무르 공은 꼼짝도 않고 클레브 공작부인을 바라보며 이 순간이 그에게 얼마나 소중한지를 미처 헤아릴 수도 없을 만큼 황홀경에 빠졌다. 정신이 돌아왔을 때, 그는 그녀가 정원으로 나오면 반드시 말을 걸어야겠다고 생각했다. 시녀들이 멀찍이 떨어져 있는 정원이 보다 안전할 것 같았다. 하지만 계속 내실에만 있는 그녀를 보니 참을 수가 없었다. 들어가보려 했지만, 막상 시도하려고 하니 가슴이 너무나 두근거렸다. 그녀가 싫어하면 어쩌나, 그 부드럽고 온화하던 얼굴이 경직되고 화난 얼굴이 되면 어쩌나!

정말 미친 짓은 여기까지 와서 클레브 공작부인을 몰래 보는 게 아니라, 불쑥 그녀 앞에 나서는 거라는 생각이 들었다. 그가 아직 한 번도 예상해보지 못한 장면이 눈에 그려졌다. 단 한 번도 정식으로 사랑 고백을 한 적 없는 사람이 그것도 한밤중에 몰래 와서 그녀를 놀라게 하다니 대담함이 지나쳐 보였다. 그녀가 자기 고백을 듣길 원한다고 주장할 수도 없었다. 그녀는 무슨 일이 벌어질지도 모르는 위험에 자기를 노출시켰다고 도리어 화를 낼 수도 있었다. 그러자 모든 용기가 사라졌다. 그녀를 보지 말고 그냥 돌아가야 한다고 몇 번이나 다짐했다. 그래도 그녀와 이야기하고 싶은 욕망을 못 이겨, 그가 본 모든 것을 그녀에게 말하고 싶은 열망을 못 이겨, 다시 몇 발짝 앞으로 나아갔다. 그러다가 어딘가에 목도리가 걸렸는지 창가에서 이러지도 저러지도 못하게 되는 바람에 얼떨결에 소리를 냈다. 그 소리에 클레브 공작부인이 고개를 돌렸다. 그러더니 얼른 일어나 시녀들이 있는 방으로 들어가버렸다. 그녀는 온통 느무르 공 생각에 빠져 있어서 착각한 것인지, 아니면 창 뒤가 충분히 밝아서 정말로 그를 본 것인지 확실히 알 수는 없었지만, 그를 본 것 같았다. 가슴이 두방망이질을 해 정신이 없어서 그것을 감추기 위해 몸이 안 좋다고 말할 수밖에 없었다.

안에서 시녀들이 자기를 돌봐주는 틈을 타 느무르 공이 제발 빠져나가길 바라는 심정이었다. 그런데 좀 더 생각해보니 잘못 본 것도 같았다. 느무르 공 생각을 너무 많이 한 나머지 상상 속에서 그를 본 것은 아닐까. 그는 지금 상보르 성에 있을 텐데, 이렇게 무모한 일을 벌였을 리 없다. 다시 내실로 가서 정원에 누가 있는지 보고 싶은 마음이 여러 번 들었다. 느무르 공이 거기 있었으면 하는 마음이 있지 않았으면 하는 마음만큼이나 간절했다. 하지만 결국 이성과 신중함이 그녀의 모든 감정을 눌렀고, 이런 불확실한 상태로 있는 편이, 우연히 밝혀지기를 기다리는 편이 낫겠다는 생각이 들었다. 그래도 그가 아직 가까이 있을지도 모르는 그곳으로 바로 나가고 싶지는 않아 한참을 더 있다가 나왔다. 별채를 떠나 별장 본관으로 왔을 때는 동쪽 하늘이 거의 밝아 있었다.

느무르 공도 날이 밝을 때까지 정원에 있었다. 그녀가 그를 알아본 것이 확실하고, 그를 피하기 위해 내실을 떠난 이상, 그녀를 다시 보고 싶은 희망을 저버릴 수 없었다. 하지만 문들이 다 닫히는 걸 보면서 그의 희망도 닫혔다. 그는 말을 몰아 클레브 공작의 심복이 숨어 있는 곳 아주 가까이까지 왔다. 그 심복은 느무르 공이 전날 저녁 머물던 마을까지 그를 뒤쫓아왔다. 느무르 공은 낮 동안 그 마을에 머물 생각이었다. 밤에 다시 쿨로미에로 가서 부인이 이번에도 잔인하게 자신을 피할지, 자신에게 보이지 않으려고 모습조차 드러내지 않을지 알아보고 싶었다. 자기 생각에 가득 차 있는 부인을 보고 강렬한 희열을 느꼈지만, 자기를 피하는, 너무도 반사적인 그녀의 행동을 보니 비참하기도 했다.

느무르 공의 열정이 이처럼 부드럽고 이처럼 격렬한 적은 없었다. 느무르 공은 버드나무 길을 걸었다. 그가 머물고 있는 작은 집 뒤로 흐르는 실개울을 따라 하염없이 걸었다. 아무에게도 보이지 않고 아무에게도 들리지 않도록 가능한 한 멀리 갔다. 그리고 사랑의 격정에 자신을 내맡겼다. 가슴이 빠개질 듯 아프고 눈물이 났다. 그러나 그 눈물은 고통 때문만은 아니었다. 오직 사랑에서만 찾을 수 있는 따스함과 황홀함이 뒤섞인 눈물이기도 했다.

느무르 공은 자신이 그녀를 사랑하게 된 후부터 그녀의 행동이 어떠했는지 모두 되짚어보기 시작했다. 그녀는 그를 사랑하면서도 얼마나 정숙하고 조신하고 엄격했던가. 그러니까, 그게 다 나를 사랑해서였어! 느무르 공은 속으로 외쳤다. 그녀는 나를 사랑해. 틀림없어. 이렇게 확실한 표시가 어디 있겠어. 이처럼 대단한 언약이, 이처럼 대단한 호의가 어디 있느냔 말이야. 내가 이렇게 확신하는데, 그녀는 마치 나를 미워하는 듯 늘 나를 엄격하게 대하지. 그러니 나는 아무것도 기대해서는 안 돼. 나를, 또 자신을, 늘 방어해야 하는 그녀를 봐야 해. 만일 내가 사랑을 못 받는다면 그녀 마음에 들려고 애를 쓰겠지. 하지만 그녀가 나를 좋아하고, 나도 그녀를 좋아하는데, 아니, 우리가 서로 좋아하는데 그 마음을 감춰야만 해. 그러니 내가 무엇을 바랄 수 있겠어? 내 운명에 무슨 변화가 일어나길 기대하겠어? 도대체 이게 뭐냔 말이다! 사랑의 과잉? 그렇다. 내가 세상에서 가장 사랑스러운 여인의 사랑을 받는데, 사랑받고 있다는 그 첫 확신이 고문당하는 고통을 더 잘 느끼기 위함이었다니. 그게 바로 내가 누릴 사랑의 과잉이라는 것이다. 아, 제발 나를 사랑하는 당신의 모습을 그대로 보여줘요. 당신의 감정을 있는 그대로 보여달란 말이오! 그는 속으로 더 크게 소리 질렀다. 내 인생에 단 한 번만이라도 그대에게 직접 그대의 마음을 듣고 싶소. 당신은 영원히 내게 엄격하게 굴 테고, 그게 날 짓누를 테니. 그래요, 그런 건 다 아오. 하지만 제발, 나를 볼 때만이라도 어젯밤 내 초상화를 바라보던 그 눈빛으로 봐줘요. 그렇게 잔인하게 나를 피하지만 말고, 그 부드러운 눈길로 나를 바라봐줄 순 없겠소? 왜 당신은 내 사랑을 그렇게 두려워하는 거요? 당신도 날 좋아하는데, 공연히 그걸 숨기고 있소. 하지만 당신은 당신도 모르게 내게 그걸 드러내고 말았소. 나도 내 행복을 아오. 그걸 그냥 누리게 해줘요. 나를 불행하게 만들지 말고. 아, 그런 게 가능할까? 느무르 공은 또 생각했다. 내가 클레브 공작부인의 사랑을 받으면서도 불행하다니, 이게 말이 되는가! 아, 얼마나 아름다운 밤이었던가! 나는 그녀 품에 뛰어들고 싶었는데 어떻게 참을 수 있었지? 만일 내가 그렇게 했다면, 그녀는 내게서 도망치지 못했을 것 아닌가? 내 행동으로 그녀를 안심시킬 수 있었을 텐데. 아니야. 그녀가 날 알아보지 못했을 수도 있어. 내가 괜히 비참해하는지도 몰라. 그 기이한 시각에 다른 남자가 자기를 보는 줄 알고 깜짝 놀랐는지도 몰라.

같은 생각이 종일 느무르 공의 머릿속을 짓눌렀다. 그는 밤이 되기를 초조하게 기다렸다. 밤이 되자 다시 쿨로미에로 갔다. 클레브 공작의 심복은 눈에 띄지 않게 변장을 하고 전날 저녁 그를 따라갔던 그곳까지 또 뒤따라와서는 그가 다시 정원에 들어가는 모습을 목격했다. 느무르 공은 클레브 공작부인이 그의 눈에 띄지 않으려 한다는 걸 이내 깨닫게 되었다. 문들이 모두 닫혀 있었다. 혹시 조금이라도 불빛이 보일까봐 주변을 다 둘러보았지만 소용없었다.

클레브 공작부인은 느무르 공이 다시 올 것 같아 내실에 계속 틀어박혀 있었다. 그에게서 도망칠 자신이 없었다. 혹시라도 그에게 지금껏 자신이 취해온 태도와는 너무 다른 말을 하게 될까봐 두려웠다.

느무르 공은 그녀를 다시 볼 희망은 없지만 그녀가 머무는 공간에서 바로 떠나고 싶지는 않았다. 그는 정원에서 밤을 지새웠다. 그리고 그녀가 매일같이 보아왔을 풍경을 자기도 똑같이 바라보는 것으로 겨우 자신을 위로했다. 이제 가봐야지 하는 생각이 들 무렵에는 벌써 해가 뜨고 있었다. 그는 발각될지 모른다는 두려움에 얼른 그곳을 빠져나왔다.

하지만 클레브 공작부인을 보지 못하고 돌아갈 수는 없었다. 그래서 쿨로미에에서 가까운 곳에 살고 있는 누이동생 메르쾨르 부인을 찾아갔다. 메르쾨르 부인은 오라버니의 방문에 깜짝 놀랐다. 느무르 공은 여행 온 이유를 적당히 둘러댔다. 그리고 재치를 발휘해 동생이 먼저 그에게 클레브 공작부인 집에 가보자고 제안하게 해 자신의 계획을 밀어붙였다. 그날 당장 이 제안을 실행하기로 했다. 그리고 자신은 왕을 보러 급히 돌아가야 하니 쿨로미에에서 헤어지자고 했다. 그렇게 말해 동생을 먼저 보낼 심산이었다. 그러고 나면 클레브 공작부인과 이야기를 나눌 확실한 기회를 만들 수 있을 것 같았다.

그들이 도착했을 때, 클레브 공작부인은 정원의 화단 근처를 산책하고 있었다. 느무르 공을 보자 그녀는 적잖이 놀랐고, 전날 저녁 자신이 본 사람이 바로 그였다는 사실을 더는 의심하지 않았다. 그가 기도한 일의 대담성과 무례함을 생각하니 화가 났다. 부인의 얼굴이 다시 싸늘하게 변하는 것을 본 느무르 공은 다시 심한 고통을 느꼈다. 계속 겉도는 대화들이 오갔다. 하지만 그는 특유의 재치와 친절과 찬사가 깃든 능란한 화술로 그녀의 마음을 녹였고, 그녀가 처음에 보였던 냉담함은 점차 누그러졌다.

처음의 두려움이 사라지자 느무르 공은 숲의 별채에 한번 가보고 싶다며 강한 호기심을 드러냈다. 그가 세상에서 가장 아름다운 곳이라고 찬사를 하며 너무나 특별하게 묘사하자, 메르쾨르 부인은 그곳의 아름다움을 잘 아는 걸 보니 그가 그곳에 이미 여러 번 가본 것 같다고 말했다.

"그럴 리가요." 클레브 공작부인은 메르쾨르 부인의 말을 막았다. "느무르 공께서 그곳에 가보셨을 리가 없어요. 최근에야 완성된 걸요."

그러자 느무르 공은 클레브 공작부인을 똑바로 보며 말했다. "아니요, 바로 얼마 전에 갔었습니다. 그곳에서 저를 본 일을 잊으셨다면 제 마음이 편해야 하는 건지 그렇지 않아야 하는 건지 잘 모르겠습니다."

메르쾨르 부인은 정원 이곳저곳을 정신없이 구경하느라 다행히 느무르 공의 말은 듣지 못했다. 클레브 공작부인은 느무르 공을 똑바로 보지 못하고 눈을 내리깐 채 얼굴을 붉히며 말했다.

"제가 당신을 보다니요. 그런 기억 없어요. 만약 당신이 거기 있었다면 제가 모르게 있으셨겠지요."

"맞아요." 느무르 공이 말했다. "저는 당신의 허락 없이 거기 있었습니다. 제 인생에서 가장 달콤하고 가장 잔인한 순간을 보냈지요."

클레브 공작부인은 지금 느무르 공이 무슨 말을 하는지 너무나 잘 알았지만 아무런 대답도 하지 않았다. 그때 불현듯 메르쾨르 부인이 내실에 들어가는 건 막아야 한다는 생각이 스쳤다. 느무르 공이 그려진 그림이 거기에 있어 메르쾨르 부인이 보아서는 안 되었다. 어찌어찌 시간이 흘렀고, 메르쾨르 부인은 이제 그만 돌아가야겠다고 말했다. 하지만 느무르 공이 누이동생과 함께 가지 않으리라는 걸 눈치챈 클레브 공작부인은 자기가 어떤 상황에 처하게 될지 단번에 간파했다. 파리에서 겪은 것과 똑같은 곤혹스러운 상황에 처하게 될 터였다. 그래서 그때와 똑같은 태도를 취하기로 했다. 이 방문으로 인해 여전히 미심쩍어하는 남편의 의심이 그야말로 확실해질 수도 있었다. 느무르 공과 단둘이 남는 일은 피해야 했다. 클레브 공작부인은 숲 출구까지 배웅하겠다며 메르쾨르 부인에게 자기 마차를 따라오라고 했다. 느무르 공은 여전히 냉담한 클레브 공작부인의 태도에 비참해져 순간 얼굴이 창백했다. 메르쾨르 부인은 어디 몸이 안 좋은 거냐고 걱정했고, 느무르 공은 동생이 눈치채지 못하게 클레브 공작부인을 그윽한 눈길로 바라보며 몸이 아픈 게 아니라 그녀 때문에 마음이 아프다는 걸 드러냈다. 두 사람을 따라가기도 뭐해서 느무르 공은 그냥 혼자 남았다. 이미 한 말도 있어서 누이동생 집으로 다시 돌아갈 수도 없었다. 결국 파리로 돌아갔다가 이튿날 샹보르로 떠났다.

클레브 공작의 심복은 느무르 공을 계속 감시했다. 그 역시 파리로 돌아왔고, 느무르 공이 샹보르로 출발하는 걸 보고는 그보다 먼저 도착해 보고하기 위해 급히 역마차를 달렸다. 클레브 공작은 심복의 귀환을 오매불망 기다리고 있었다. 그의 인생을 최대의 불행으로 몰아

넣을 결정적인 소식을.

클레브 공작은 심복을 보자마자 그 표정과 침묵을 통해 안 좋은 소식임을 대번에 직감했다. 그는 감정이 복받쳐서 잠시 아무 말도 하지 않고 머리를 숙인 채 가만히 있었다. 그는 손을 움직여 그만 물러가도 좋다는 신호를 보내며 말했다.

"가보게나. 자네가 할 말이 있다는 건 알지만, 들을 기운이 없네."

"그래도 확신하실 만한 결정적인 증거는 없습니다." 심복이 말했다. "느무르 공이 이틀 밤 내내 별장 정원에 들어간 것은 사실입니다. 그다음 날 메르쾨르 부인과 함께 쿨로미에서 한나절을 보내기도 했고요."

"그걸로 됐네." 클레브 공작이 말했다. 그리고 다시 물러가라고 손짓했다. "그걸로 됐어. 더 알아볼 필요도 없어."

심복은 주인을 절망 속에 내버려둘 수밖에 없었다. 클레브 공작처럼 대단한 용기를 가진 사람이, 뜨거운 가슴을 가진 사람이, 웬만해서는 갖기 힘든 인내를 가진 사람이 사랑하는 사람의 부정으로 인한 고통과 여자한테 속은 수치심을 동시에 느꼈으니 격해지지 않을 수 없었다.

클레브 공작은 여태껏 억눌러온 고통을 더는 참을 수 없었다. 모든 감정이 합병증처럼 쌓여 그날 저녁부터 고열이 나기 시작했고, 상태가 몹시 위독해졌다. 클레브 공작부인은 급전을 받고 한걸음에 달려왔다. 그녀가 당도했을 때 그의 상태는 훨씬 나빠져 있었고, 너무나 차갑고 싸늘한 남편의 눈빛에 그녀는 무척 놀랐고 무서웠다. 심지어 그는 아내의 간호도 내켜하지 않는 기색이었다. 하지만 클레브 공작부인은 그가 너무 아파서 그러는 거라고 애써 마음을 달랬다.

이즈음 궁정은 블루아 성으로 옮겨왔고, 클레브 공작부인도 거기서 지내고 있었다. 느무르 공은 그녀와 같은 공간에 있다는 사실만으로도 기뻤다. 그는 그녀를 보려고 클레브 공작의 병세를 묻는다는 핑계로 매일같이 찾아갔다. 하지만 소용없었다. 부인은 남편의 방에서 한 발짝도 나오지 않은 채 위독한 남편을 보며 매일같이 괴로워하고 있었다. 느무르 공은 부인이 그토록 힘들어하는 모습에 절망했다. 클레브 공작과의 부부애가 다시 이어질 것이고, 그러면 그녀의 마음속에 있는 자기에 대한 애정은 그만큼 희미해질 수밖에 없다는 생각이 들었다. 그런 기분 때문에 얼마간은 죽고 싶을 만큼 괴로웠다. 하지만 다시 생각해보니 클레브 공작의 생명이 위독하다는 소식은 그에게 새로운 희망일 수 있었다. 클레브 공작이 세상을 떠나면 클레브 공작부인에게 자유가 생기므로 아마 그녀는 걷잡을 수 없는 자기 마음을 계속 따라갈 것이고, 그렇게 되면 자신도 미래에 어떤 행복을, 지속적인 기쁨을 찾을 수 있을 것 같았다. 그 생각을 하자 너무 흥분되고 떨려 더는 그 생각을 하지 말아야 할 지경이 되었다. 그런 희망을 잃지만 않는다면 자신을 너무 불행하게 여길 필요는 없었다.

한편 의사들은 클레브 공작을 거의 포기했다. 병세가 악화되던 어느 날, 클레브 공작은 매우 힘겨운 밤을 보내고 다음 날 아침이 되자 혼자 조용히 쉬고 싶으니 모두들 물러가달라고 말했다. 클레브 공작부인만 남았다. 클레브 공작은 조용히 쉬는 것이 아니라 큰 불안에 떨고 있는 것처럼 보였다. 부인이 그에게 다가갔다. 그의 침대 앞에 가서 무릎을 꿇고 앉았다. 클레브 공작부인의 얼굴이 이내 눈물로 뒤덮였다. 클레브 공작은 아내에 대한 원망과 상심을 절대 드러내지 않으리라 마음먹었다. 그는 부인이 지극정성으로 자기를 간호하고 상심하는 모습이 진심인 듯 보여 감동했다가, 다시 기만과 속임수가 아닐까 의심했다. 너무나 대립되고 모순적인 감정들로 혼란스러워 더는 조용히 참고 있을 수가 없었다.

"당신은 눈물을 많이도 흘리는군." 그가 말했다. "당신으로 인한 죽음 때문에, 당신을 괴롭히는 죽음 때문에 말이오. 당신은 그 괴로움을 드러내야만 하는 거고. 내가 당신을 탓하고 말고 할 것도 없지만." 그는 병과 번민으로 인해 기운이 하나도 없었지만 계속해서 말했다. "하지만 나는 당신이 내게 안겨준 지독한 고통 때문에 이렇게 죽어가는 거요. 쿨로미에에서 그렇게 솔직히 고백하는 대담한 행동을 한 후 당신의 다음 행동이 어땠소? 왜 느무르 공을 사랑한다고 밝히지 않았소? 당신의 도덕 관념이 아무리 컸어도 그를 향한 마음을 참을 수 있을 만큼은 아니었던가보오. 나는 당신에게 쉽게 속을 만큼 당신을 사랑했소. 지금에 와서 하는 말이지만 다 부끄럽소. 당신이 부탁해서 내가 그러라고 했지만, 그 위장 휴식을 준 일도 후회하오. 내가 눈먼 봉사처럼 속아 넘어가는 남편이길 바랐소? 아, 가만히 있었다면 나는 평생 몰랐겠지. 당신이 느무르 공을 사랑하는 걸. 나는 지금 죽어가지만." 클레브 공작이 덧붙였다. "하지만 죽는 게 더 낫지. 다 당신 덕이오. 당신에 대한 내 애정과 존경을 당신이 앗아가고 나서는 사는 게 끔찍했으니까." 그는 또 말했다. "내가 그토록 사랑했지만 그토록 잔인하게 나를 속인 사람과 함께 사는 것이 무슨 의미가 있겠소? 아니, 사랑하는 사람과 헤어져 사는 것도 못 할 일이오. 당신에 대한 내 사

랑과도, 내 성격과도 맞지 않게 큰 소리와 폭력으로 당신을 대하는 것
도 못 할 일이오. 당신에 대한 내 사랑은 당신이 본 것 이상이었소. 당
신을 귀찮게 할까봐 그저 숨겨왔소. 보통 남편들과는 달리 너무 지나
치다고 당신이 무안을 줄까봐 내 사랑을 다 보여주지 못했단 말이오.
난 당신의 마음을 얻을 자격이 있었소. 다시 한번 말하지만 나는 후회
없이 죽겠소. 어차피 당신의 마음을 가질 수 없으니까. 그걸 원할 수
도 없으니까. 잘 있어요, 부인. 언젠가는 진정하고도 합법적인 열정으
로 당신을 사랑했던 한 남자가 아쉬울 거요. 합리적인 사람이 이런 사
랑 문제로 어떤 슬픔을 겪었는지 알게 될 거요. 그런 사람한테 사랑받
는 것과 당신에게 사랑을 증명하기 위해 당신을 유혹하는 것밖에 모
르는 사람한테 사랑받는 것이 어떻게 다른지 알게 될 거요. 하지만 내
가 죽으면 당신은 자유의 몸이 되겠지." 그리고 덧붙였다. "느무르 공
을 행복하게 해줄 수도 있겠지. 그렇게 해도 죄가 아니니." 그러더니
또 이렇게 말했다. "하지만 나와 무슨 상관이겠소. 그 일이 일어날 즈
음에 나는 없을 텐데."

　남편이 자신을 의심한다는 생각은 꿈에도 못 했던 클레브 공작부인
은 남편이 하는 말을 이해할 수 없으면서도 끝까지 들었다. 남편이 다
른 생각이 있어서가 아니라 느무르 공에 대한 자신의 연정을 책망하
느라 그런다고 생각했다. 그러다 문득 그게 아니라는 생각이 들었다.

　"죄요? 제가요?" 그녀가 소리치듯 말했다. "말도 안 돼요. 저의 행
실 말고 그 어떤 것을 세상에서 가장 근엄한 정숙이라고 할 수 있겠어
요? 저는 아무런 행동도 하지 않았어요. 그리고 오로지 당신이 그 증
인이길 원했는데."

"증인이라." 클레브 공작이 말했다. "느무르 공과 함께 보낸 밤에도 내가 증인이길 원했소? 내가 지금 이야기하고 있는 여자, 한 남자와 며칠 밤을 보낸 그 여자가 지금 내 앞에 있는 당신 아니오?"

"무슨 말을 하는 거예요? 그렇지 않아요." 클레브 공작부인이 반박했다. "당신이 말하는 그 사람은 제가 아니에요. 저는 느무르 공과 함께 밤을 보낸 적도, 아니, 잠깐 함께 시간을 보낸 적도 없어요. 그는 저를 따로 만나지 않았다고요. 제가 그렇게 하도록 놔두지 않았어요. 그 사람의 말을 듣지도 않았다고요. 맹세하라면 하겠어요."

"더 말하지 마시오." 클레브 공작이 그녀의 말을 잘랐다. "거짓 맹세든 자백이든 날 괴롭게 하기는 마찬가지니까."

클레브 공작부인은 아무 대답도 할 수 없었다. 눈물과 고통이 말을 앗아갔다. 그래도 애를 써서 말했다.

"제발 저를 좀 봐요. 제 말을 들어줘요. 이게 제 문제이기만 하다면 그 비난을 감수하겠어요. 하지만 이건 당신의 인생이 걸린 문제이기도 해요. 당신 자신을 소중히 여겨서라도 제발 제 말을 들어줘요. 진실을 다해 말씀드리면 제 결백을 믿지 않을 수 없을 거예요."

"당신의 결백을 내가 믿게 되면 신께서 좋아하시겠지." 클레브 공작이 소리 질렀다. "한데 어떻게 그런 말을 내게 할 수 있소? 느무르 공이 자기 누이와 함께 쿨로미에에 오지 않았소? 그 전 이틀 밤은 정원에서 당신과 함께 있었고."

"아, 그거였어요? 제 죄라는 게?" 부인이 말했다. "그렇다면 무죄를 증명하는 일이 아주 쉽겠군요. 저를 믿어달라고 하지는 않겠어요. 하지만 당신의 하녀들은 믿으세요. 그들에게 물어보세요. 느무르 공이 쿨로미에에 왔던 날 밤 제가 정원에 나갔는지. 그다음 날 밤엔 평소보다 두 시간 일찍 안으로 들어와 다시는 나가지 않은 것도."

이어서 그녀는 정원에서 누군가를 본 것 같았다는 이야기를 했다. 그리고 그 사람이 느무르 공이라고 생각했다는 것도 고백했다. 그녀의 말에는 굳은 확고함이 서려 있어서 설령 아니라 해도 그 말을 믿을 수밖에 없었고, 클레브 공작은 결국 그녀의 결백을 거의 믿게 되었다.

"당신을 믿어야겠지." 클레브 공작이 말했다. "죽음이 가까워진 마당에 인생을 후회할 일을 만들고 싶진 않소. 당신은 너무 늦게 해명을 했어요. 그래도 당신이 늘 존중할 만한 사람이었다는 생각을 갖고 가게 되어 다행이오. 당신에게도 나에 대한 기억이 소중하다고 믿고 떠날 수 있다면 내게는 더 큰 위로가 될 듯하오. 그렇게 말해주겠소? 당신이 다른 사람에게 느꼈던 감정을 내게도 느꼈다고 말이오."

그는 더 말하고 싶었지만 기운이 없어서 그럴 수 없었다. 클레브 공작부인은 의사들을 불렀다. 의사들은 이제 임종할 때가 되었다고 했다. 그래도 클레브 공작은 며칠을 더 시름시름 앓다가 놀라운 의연함으로 죽음을 맞았다.

클레브 공작부인은 혼이 빠져나간 사람 같았다. 왕비가 부인을 찾아와 위로했고, 수도원에 가서 요양하는 것이 좋겠다고 했다. 클레브 공작부인은 어디로 가는지도 모르고 이끄는 대로 따라갔다. 시누이들이 그녀를 다시 파리로 데려왔지만, 그녀는 여전히 망연자실한 상태였다. 정신이 좀 들기 시작하고서야 자기가 어떤 남편을 잃었는지 알 수 있었다. 자신이 그 죽음의 원인이라는 것이, 자신이 다른 사람을 사랑해서 그렇게 되었다는 것이 확실히 보였다. 그런 자신이, 그리고 느무르 공이 이루 말할 수 없이 무섭고 끔찍했다.

느무르 공은 처음 얼마간은 예의를 갖추는 정도로만 그녀를 대할 뿐 별달리 신경을 써주지 못했다. 클레브 공작부인의 성격을 충분히 아는지라, 마음처럼 잘해주었다가는 괜히 그녀의 심기를 불편하게 할 것 같았다. 하지만 어떤 이야기를 듣고는 앞으로도 계속 그럴 수밖에 없다는 걸 알게 되었다.

그의 시종이 해준 이야기였다. 그는 클레브 공작의 시종 하나와 친구 사이인데, 그 시종이 주인을 잃은 슬픔을 토로하면서 자기 주인이 죽은 것은 느무르 공이 쿨로미에를 방문했기 때문이라고 말했다는 것이다. 느무르 공은 그 말에 몹시 놀랐다. 하지만 곰곰이 생각해보니 사태의 정도가 짐작되었다. 우선 클레브 공작부인의 기분이 어떨지를 살폈다. 남편의 병이 질투에서 비롯된 것이라고 믿고 있다면, 그녀는 얼마나 그를 멀리할 것인가. 당장은 그녀가 자기 이름을 떠올리게 해서는 안 된다는 생각이 들었다. 느무르 공에게는 힘든 일이지만 계속 그래야만 했다.

하지만 파리에 가자, 그래서는 안 되는 걸 알면서도 도저히 참을 수가 없어서 안부라도 묻기 위해 그녀의 집 앞까지 갔다. 시종들은 부인이 아무도 만나려 하지 않는다고 전했다. 찾아온 사람의 이름조차 보고하지 말라고 명했다고 했다. 그렇게까지 분부한 까닭은 그를 염두에 둔 행동, 즉 그에 대한 어떤 말도 듣지 않으려는 행동 같았다. 그러나 사랑에 깊이 빠진 느무르 공은 그런 식으로 그녀를 계속 만나지 못하고는 도무지 살 수가 없었다. 어떤 수를 써서라도 그녀를 만날 방법을 찾아야 한다고 생각했다.

클레브 공작부인의 고통은 이성의 한계를 넘었다. 죽어가던 남편, 자기 때문에 죽은 남편, 자신에게 그토록 다정했던 남편 생각이 그녀의 머릿속을 떠나지 않았다. 그에게 해야만 했던 일들도 계속 떠올랐다. 그를 뜨겁게 사랑하지 않았다는 게 죄를 지은 것 같았다. 그나마 위로가 되는 것은 사랑받을 자격이 충분한 그를 사랑하지 않았다는 걸 후회하고 있다는 점이었다. 남은 인생을 그가 살아 있다면 기뻐할 일들을 하면서 살아가야겠다는 다짐뿐이었다.

클레브 공작부인은 느무르 공이 쿨로미에에 왔었다는 걸 남편이 어떻게 알았는지 궁금했다. 설마 느무르 공이 직접 이야기했을 리는 없었다. 아니, 그가 이야기를 했든 안 했든 무슨 상관이랴 싶었다. 느무르 공에 대한 격정이 좀 식은 듯도, 열병이 나은 듯도 싶었다. 그래도 느무르 공이 남편의 죽음의 원인인 것을 생각하면 고통은 생생하게 되살아났다. 그녀는 클레브 공작이 죽어가면서 자기가 느무르 공과 결혼하게 될 거라고 말하면서 두려워하던 모습을 가슴 아프게 떠올렸다. 하지만 이런 모든 괴로움이 남편을 잃은 고통과 뒤섞여 다른 생각은 할 수도 없었다.

몇 달이 지난 뒤에야 클레브 공작부인은 격한 슬픔에서, 슬픔과 우수의 늪에서 빠져나왔다. 마르티그 부인이 파리를 방문했고, 파리에 머무는 동안 그녀를 걱정하며 자주 그녀를 보러 왔다. 마르티그 부인은 궁정 소식과 궁에서 일어난 일들을 이야기해주었다. 클레브 공작부인은 별 관심을 보이지 않았지만, 마르티그 부인은 그녀의 기분을 바꿔주기 위해 계속 이야기를 했다.

샤르트르 대공과 기즈 공작, 또 인격으로나 자질로나 궁을 대표하는 몇몇 사람들의 소식을 모두 들려주었다.

"느무르 공은요." 마르티그 부인이 말했다. "공무 탓인지 요즘 연애는 통 안 하는 것 같아요. 별로 쾌활하지도 않고, 여자들한테 전혀 관심이 없어 보여요. 파리에 자주 오는 것 같던데, 아마 지금도 파리에 와 있을 걸요?"

느무르 공의 이름을 듣자 클레브 공작부인은 놀라 얼굴이 달아올랐고 화제를 바꾸었다. 마르티그 부인은 그녀의 동요를 전혀 눈치채지 못했다.

이튿날, 클레브 공작부인은 기분을 달랠 겸 소일거리를 찾아 집에서 가까운 곳에 있는, 독특한 방식으로 비단 제품을 만드는 직물 가게를 찾아갔다. 거기서 적당한 옷을 한 벌 맞춰 입을 생각이었다. 주인이 몇 가지를 보여주던 중에 옆문 하나가 클레브 공작부인의 눈에 들어왔다. 거기에 또 다른 물건들이 진열되어 있는지 궁금해 들어가서 봐도 되냐고 물었다. 주인은 지금은 열쇠가 없다고 했다. 실은 어떤 남자가 그 방을 쓰고 있는데, 창밖으로 보이는 아름다운 저택과 정원을 그리기 위해 낮에 가끔 온다고 했다.

"지체가 높으신 분 같았습니다." 주인이 덧붙였다. "수입을 위해 그런 일을 하는 것 같지는 않았습니다. 여기 올 때마다 저택과 정원을 마냥 쳐다만 볼 뿐 작업하시는 모습은 한 번도 못 봤습니다."

클레브 공작부인은 이 말을 예사롭지 않게 들었다. 느무르 공이 파리에 자주 온다는 마르티그 부인의 말이 그녀의 머릿속에서 직물 가게 주인의 이야기와 겹치면서, 그 남자가 느무르 공일지 모른다는 생각이 들었다. 그런 생각이 들자 정확한 이유는 모르겠지만 가슴이 떨리고 정신이 혼미했다. 창문 밖 풍경을 확인하려고 창가로 갔다. 아니나 다를까, 그녀의 집 정원과 건물 벽면이 보였다. 집으로 돌아와 확인해보니 그 남자가 와서 시간을 보낸다는 그 방의 창문이 바로 눈앞에 마주 보였다. 느무르 공이 확실하다는 생각에 마음이 더없이 심란해졌다. 이제 겨우 맛보기 시작한 슬픈 휴식과도 같은 기분을 더는 누릴 수 없었다. 떨리고 불안했다. 그 기분으로는 도저히 집에 있을 수가 없어서 밖으로 나갔다. 그리고 성문 밖 작은 공원으로 바람을 쐬러 갔다. 왠지 그곳에 가면 혼자 있을 수 있을 것 같았다. 그녀의 생각은 틀리지 않았다. 사람이 없었다. 그녀는 한참을 홀로 거닐었다.

작은 숲 하나를 지나자 길 끝으로 공원의 가장 후미진 곳에 사방이 트인 정자가 보였다. 그녀는 그리로 걸음을 옮겼다. 그런데 좀 더 다가가자 긴 나무의자에 어떤 남자가 누워 있는 게 보였다. 남자는 깊은 몽상에 잠긴 듯했다. 순간 클레브 공작부인은 얼어붙었다. 느무르 공이었다. 바로 그때, 부인을 뒤따라오는 시종들의 인기척을 느꼈는지 느무르 공이 움찔했다. 이어 느무르 공은 소리가 어디서 나는지는 보려고도 하지 않고 다가오는 사람들과 행여 동석이라도 하게 될까봐 얼른 자리에서 일어나더니, 사람들이 인사도 건넬 수 없게 고개를 푹 숙이고는 다른 큰길로 급히 돌아 나갔다.

자신이 피한 사람이 누구인지 알았다면 그렇게 바삐 발길을 돌렸을 리 없다. 그는 큰길을 따라 계속 걸어갔고, 마차가 기다리는 후문 쪽으로 성급히 빠져나갔다. 그의 뒷모습을 망연자실 바라보던 클레브 공작부인은 가슴이 터질 듯했다. 마음속에 잠들어 있던 불길이 다시 거세게 일어났다. 그녀는 하릴없이 느무르 공이 방금 누워 있다가 떠난 자리에 가서 앉았다. 무엇인가에 압도당한 채 그곳에서 한참을 가만히 있었다. 아, 이 남자는 얼마나 사랑스러운가! 그 순간 그녀의 마음속에서 느무르 공은 세상 그 무엇보다 사랑스러웠다. 존중하는 마음으로 오래전부터 그녀만을 성실히 사랑해온 남자, 그녀를 위해 모든 것을 포기하고, 그녀의 고통마저 존중하여 그녀의 눈에 띄지 않게 몰래 그녀를 보러 오는 남자, 재미를 누리던 궁을 떠나 그녀를 가두고 있는 벽들을 바라보러 오는 남자, 그녀를 만나지도 못할 곳에 와서 홀로 몽상에 젖는 남자. 이런 애정만으로도 그는 사랑받을 자격이 있지 않은가. 설령 그가 그녀를 사랑하지 않아도 이젠 그녀가 그를 사랑하겠다고 할 만큼. 아니, 그녀는 이미 그녀의 신분에도 어울리는, 아니, 이젠 더 높은 격을 갖춘 남자를 뜨겁게 사랑하고 있었다. 감정을 억눌러야만 했던 아내로서의 의무도, 정절도 이제는 필요 없었다. 둘 사이를 가로막던 장애물이 다 걷혔다. 이제 남은 것은 그녀를 사랑하는 그의 마음과 그를 사랑하는 그녀의 마음뿐이었다.

이 모든 생각이 클레브 공작부인에게는 새로웠다. 클레브 공작이 죽은 후 상심한 탓에 한동안 그런 생각은 해보지도 않았다. 느무르 공의 모습은 그녀를 다시 혼란 속으로 몰고 갔다. 하지만 그에 대해 골똘히 생각하다보니, 결혼할 수도 있는 남자로서 바라보는 그가 남편이 살아 있을 때 자기가 사랑했던 바로 그 남자이며, 남편이 죽은 원인이기도 한 바로 그 남자라는 생각이 다시 떠올랐다. 더욱이 남편은 죽어가면서 그녀가 느무르 공과 결혼하지 않을까 하는 두려움을 드러내지 않았던가. 이런 생각만 해도 그녀의 준엄한 도덕성은 몹시 상처를 받았다. 느무르 공과 결혼하는 것은 남편이 살아 있는 동안 그를 사랑했던 것보다 더 죄스러운 일로 여겨졌다. 그녀는 행복과는 상반되는 이런 번민에 빠져들었다. 그리고 그 번민에 갖가지 이유를 끌어다 대면서 조용히 사는 게 더 낫다는 생각을 했다. 느무르 공과 결혼해 일어날 문제를 생각하면 고민은 더욱 깊어졌다. 그녀는 앉아 있던 자리에 두 시간이나 머문 후, 결국 그를 보는 것은 자신의 의무와 전적으로 상반되는 일이니 하지 않기로 결심하고 집으로 돌아갔다.

그러나 이런 자기 설득은 그녀의 이성과 양심의 결론일 뿐, 그녀의 마음은 달랐다. 마음은 더 격렬하게 느무르 공에게 매달렸다. 이제 그녀에게 마음의 평화란 없었고, 그런 그녀를 보고 있으면 연민이 일 정도였다. 그녀는 그날 생애 최고로 잔인한 밤을 보냈다. 다음 날 아침 그녀가 처음으로 한 일은 맞은편 창가에 누가 있는지 보는 것이었다. 그녀는 창가로 갔다. 그리고 느무르 공을 보았다. 정말 그가 보이자 놀란 마음에 얼른 뒤로 물러났다. 그 인기척에 느무르 공은 드디어 그녀가 자기를 보았음을 직감했다. 그녀에 대한 미칠 것 같은 사랑에 이런 방법까지 찾아낸 후, 그는 너무나 자주 그녀를 갈망했다. 그 기쁨을 바랄 수조차 없을 때면 그 공원, 그녀가 그를 보았던 바로 그 자리에 가서 그녀를 꿈꿨다.

그는 너무나 불행하고 너무나 불확실한 상태에 질려 이제는 자기 운명을 밝혀줄 어떤 길을 떠나보기로 했다. 내가 무엇을 더 기다리지? 그는 속으로 말했다. 그녀가 나를 사랑한다는 것을 안 지도 오래되었다. 그리고 지금 그녀는 자유롭다. 나를 피해야 할 의무도 없다. 그런데 왜 내가 그녀를 몰래 엿보고 그녀에게 말도 못 건넬 만큼 작고 초라해졌나? 사랑이 내게서 이성과 용기를 앗아간다는 게 말이 되나?

왜 이 사랑은 나를 다른 연애를 할 때의 나와는 전혀 다른 모습으로 만드나? 나는 그녀의 고통을 존중해야 했다. 그러나 너무 오래 기다렸다. 이렇게 시간이 흘러가다가는 그녀의 연정이 꺼져버릴지도 모른다.

이런 생각이 들자 그녀를 볼 수 있는 수단을 궁리해야 했다. 이제는 샤르트르 대공에게 자기 마음을 숨길 이유가 없었다. 샤르트르 대공에게 다 털어놓고, 대공의 조카인 그녀에 대한 자신의 계획까지 말하기로 결심했다.

대공은 그때 파리에 있었다. 에스파냐 왕비를 안내하는 국왕을 수행하기 위해 국왕의 여행 장비며 의상 등 여행에 필요한 것들을 준비하느라 궁정 신하들이 모두 와 있었다. 느무르 공은 대공을 찾아갔고, 지금까지 그에게 숨겨왔던 모든 것을 진지하고 솔직하게 고백했다. 다만 클레브 공작부인의 감정만은 직접적으로 말하지 않았다.

대공은 그의 고백을 매우 기쁘게 들었고, 그를 안심시켰다. 조카의 마음은 잘 몰랐지만, 대공은 클레브 공작부인이 미망인이 된 후 느무르 공에게 가장 적합한 상대는 오로지 자기 조카라고 생각하고 있었다. 느무르 공은 그녀에게 말을 할 방법이 있는지 알려달라고 했고, 그가 해줄 수 있는 게 있다면 그게 무엇인지 알고 싶다고 했다.

대공은 그를 그녀의 집으로 데려가겠다고 했다. 그러나 느무르 공생각에 그렇게 하면 그녀가 너무 놀랄 것 같았다. 그녀는 아직까지 아무도 만나지 않고 있었다. 대신 다른 구실로 그녀를 대공의 집으로 오게 하는 게 좋겠다고 두 사람은 생각했다. 느무르 공은 아무도 모르게 비밀 계단을 통해 대공의 집 안으로 들어오기로 했다. 계획대로 일이 진행되었다. 클레브 공작부인이 왔고, 대공은 그녀를 저택 안 제일 안쪽의 큰 방으로 데려갔다. 얼마 후, 마치 우연히 온 것처럼 느무르 공이 그 방으로 들어왔다. 클레브 공작부인은 깜짝 놀랐다. 붉어진 얼굴을 감추려고 애썼다. 대공은 이런저런 이야기를 하더니, 잠깐 밖에 지시할 것이 있다며 나가봐야 한다고 했다. 그는 클레브 공작부인에게 자기 대신 손님 접대를 좀 해달라며 일을 보고 바로 돌아오겠다고 했다.

처음으로 단둘이 있게 되었고, 단둘이 이야기할 수 있게 되었으니 느무르 공과 클레브 공작부인의 기분이 어땠을까. 두 사람은 잠시 아무 말 없이 있었다. 이윽고 느무르 공이 침묵을 깼다.

"샤르트르 대공께 부인을 보게 해달라고, 만나게 해달라고 청한 점 죄송합니다. 부인께서 너무나 잔인하게 제게 단 한 번도 기회를 주지 않아 그랬습니다."

클레브 공작부인이 말했다. "대공을 용서하지 않겠어요. 대공께서는 제가 지금 어떤 상황인지 잊으셨나봐요. 제 평판이 어떻게 되든 상관없으신 건지."

그녀는 이 말을 하면서 방에서 나가려고 했지만, 느무르 공이 그녀를 붙잡았다.

"걱정 마십시오. 제가 여기 있는 건 아무도 모릅니다. 그러니 두려워할 것 없어요. 부인, 제 말을 좀 들어주십시오, 제발. 자비로 안 되면, 적어도 당신 자신에 대한 사랑으로. 당신의 그 괴상한 생각들로부터 벗어나기 위해서라도. 저는 더 이상 참을 수가 없습니다. 제 열정을 더는 주체할 수가 없어요."

클레브 공작부인은 마지막 양보인 양 느무르 공을 그윽한 눈길로 바라보고는 말했다.

"제 마음을 드리면 그다음엔 무엇을 기대하실 건가요? 그걸 얻고 나면 후회하실 거예요. 그것에 동의한 저 역시도 분명 후회할 거고요. 당신은 지금까지 살아온 것보다 더 행복하게 살아야 할 분이에요. 다른 분을 만나면 더 밝은 미래가 있으실 텐데 공연히 다른 데서 행복을 찾지 마세요."

"제가, 제가 다른 데서 행복을 찾아요?" 느무르 공이 반문했다. "당신한테 사랑받는 행복 말고 다른 행복이 있어요? 제가 당신한테 한 번도 말하지 않았다고 해서 당신이 제 마음을 모른다고는 생각하지 않습니다. 당신에 대한 제 사랑이 정말 진실하고 뜨겁다는 것을 당신이 모른다고는 생각 안 해요. 제 사랑이 어떤 시련을 겪었는지 알아요? 당신의 그 엄격함 때문에?"

"제가 말하기를 원하시니까 말씀드릴게요." 클레브 공작부인이 자리에 앉으며 말했다. "저와 같은 여성들에게서는 찾아보기 힘든 솔직함으로 말씀드릴게요. 저에 대한 당신의 마음을 제가 보지 못했다고는 말하지 않겠어요. 제가 이런 말씀을 드리면 당신은 믿지 않으실지도 모르지만, 저는 그것을 보기만 한 것이 아니라, 당신이 제게 보이고 싶어 한 방식 그대로 보고 알았어요."

"알면서도 전혀 흔들리지 않았단 말입니까?" 느무르 공이 물었다. "그게 당신 마음에 아무런 인상도 주지 않았냐고 감히 물어도 되겠습니까?"

"그건 제 행동을 통해 판단하셨을 거예요." 클레브 공작부인이 말했다. "하지만 저는 오히려 당신의 생각을 알고 싶군요."

"감히 당신에게 말씀드리려면 제가 좀 더 행복한 상태에 있었어야지요." 느무르 공이 대답했다. "제 운명은 제가 당신에게 말씀드릴 수 있는 것과는 아무런 상관이 없었으니까요. 제가 부인에게 말씀드릴 수 있는 건 부인이 제게 숨겨온 그것을 클레브 공작에게 고백하지 않기를, 그리고 부인이 제게 보여주신 것을 클레브 공작에게는 숨기기를 제가 얼마나 간절히 원했는가입니다."

"어떻게 아셨어요? 제가 클레브 공작에게 고백했다는 걸?" 그녀가 얼굴을 붉히며 물었다.

"바로 당신을 통해 알게 되었지요." 느무르 공이 대답했다. "당신의 고백을 엿들은 제 무모함을 용서하시기 바랍니다. 기억하십니까? 제게 희망이 생기고, 그래서 당신에게 말해버리고 싶은 대담함이 생기고, 그래서 제가 들은 이야기를 생각 없이 다른 사람에게 말해버린 것 말입니다."

느무르 공은 그녀가 클레브 공작과의 대화를 엿듣게 된 사정을 이야기하기 시작했다. 하지만 이야기를 다 끝내기도 전에 그녀가 그의 말을 잘랐다.

"그만하세요. 당신이 어떻게 그렇게 잘 알게 되었는지 이제 다 알았으니까요. 그때 당신은 왕세자비 처소에서도 그걸 너무 티 내셨어요. 그러니까 왕세자비께서도 당신이 그 이야기를 해준 사람을 통해 들으셨던 거군요."

느무르 공은 왜 그런 일이 생겼는지 해명하려고 했다.

"설명할 필요 없어요." 그녀가 말했다. "당신이 그 이유를 제게 설명하지 않아도 이미 오래전에 당신을 용서했으니까요. 하지만 제가 평생 동안 당신에게 감추고 싶었던 것을 당신이 저를 통해 알게 되셨으니 말씀드릴게요. 당신은 당신을 보기 전에는 제가 알지 못했던 감정을 제게 불러일으켰어요. 저는 처음에는 놀랍고 그 후에는 동요와 흥분을 일으키는 그런 감정이 도대체 무엇인지조차 알지 못했어요. 하지만 이제는 덜 부끄러운 마음으로 그걸 고백할 수 있어요. 제가 그렇게 해도 죄가 되지 않을 테니까요. 제 엄한 행동이 제 감정과는 상관없음을 당신은 아셨지요?"

"아!" 느무르 공은 그녀의 무릎에 몸을 던지며 말했다. "제가 기쁨과 흥분 때문에 당신 발밑에 쓰러져 죽진 않겠지요?"

"당신이 이미 잘 아시는 걸 말씀드린 것뿐이에요." 클레브 공작부인은 웃으며 대답했다.

"아, 부인." 느무르 공이 말했다. "우연히 알게 된 것과 당신을 통해 아는 것이 이렇게 다르다니요. 그리고 제가 그것을 알기를 당신이 원했다니!"

"맞아요. 당신이 알기를 원했어요. 당신에게 말하고 나니 마음이 한결 편해졌어요. 당신의 사랑을 위해서도, 제 사랑을 위해서도 이제 이 이야기는 더 이상 하면 안 될 것 같지만요. 왜냐하면, 그러니까, 이 고백 다음에 다른 일은 전혀 없을 테니까요. 저는 제게 부여된 의무대로 그 엄격한 규칙을 계속 지켜나갈 거예요."

"예? 그런 생각은 하지도 마세요!" 느무르 공이 소리 질렀다. "이제 당신을 묶는 의무 따위는 없어요. 당신은 자유라고요! 감히 말씀드리면, 이제 당신 하기에 달렸어요. 이제 저에 대한 감정을 계속 유지하는 게 당신 의무예요."

"제 의무요?" 그녀가 대꾸했다. "제 의무는 아무도 생각하지 말라고 제게 말하고 있어요. 세상 그 누구보다 당신은 더더욱 생각하지 말라고요. 당신은 모르시는 이유들 때문에."

"그 이유를 제가 모르진 않을 겁니다." 그가 말했다. "하지만 그건 진짜 이유가 못 됩니다. 사실 저는 그렇지도 않은데 클레브 공작은 저를 더 행복한 사람으로 본 것 같습니다. 당신이 고백하지도 않았는데, 열정 때문에 제가 저지른 그 기괴한 일을 당신이 받아들였다고 혼자 상상한 거죠."

"그 일에 대해서는 한 마디도 하지 마세요." 그녀가 말했다. "그 생각만 하면 힘들고 수치스러워요. 그 일로 인해 일어난 일을 생각하면 너무나 고통스러워요. 당신이 클레브 공작을 죽게 만들었다는 걸 인정할 수밖에 없어요. 당신의 그 사려 없는 행동이 그를 의심하게 만들었고 목숨까지 앗아갔어요. 당신 손으로 직접 그를 죽인 거나 마찬가지라고요. 이제 제가 어떻게 해야 하는지 아시겠어요? 만일 당신과 그가 극단까지 치달았다고 해봐요. 똑같이 불행한 일이 일어났을 거예요. 그 두 가지가 같지 않다는 것은 잘 알아요. 하지만 제게는 아무런 차이가 없어요. 그가 죽은 게 당신 때문이고 저 때문이라는 걸 제가 알고 있는 한."

"아, 부인!" 느무르 공은 절규하듯 외쳤다. "도대체 당신은 무슨 의무 귀신에 씌어 저의 행복을 막는 겁니까? 뭐예요! 공연한 생각, 근거도 없는 생각 때문에 당신이 미워하지도 않는 남자를 행복하게 만들어주지 못한다고요? 뭡니까? 나는 당신과 함께 인생을 보내겠다는 희망을 품었는데! 세상에서 가장 칭송받는 사람을 사랑하는 일이 내 운명인 줄 알았는데! 사랑스러운 애인의 모든 것을 당신에게서 보았는데! 당신은 날 미워하지 않고, 당신의 행동에서 내가 본 것은 한 여자에게서 바랄 수 있는 모든 것이었는데! 왜냐하면 당신은 그 두 가지가 함께 있는 유일한 사람이니까요. 사랑하는 애인과 결혼하는 남자들은 결혼을 하면서도 불안해합니다. 자기 아내가 다른 남자들에게 어떻게 행동하는지를 늘 두려운 눈으로 쳐다보죠. 하지만 부인, 부인에게는 그런 두려움을 가지지 않아도 되잖아요. 그저 감탄만 하면 되잖아요. 제가 너무나 큰 행복을 바라서 당신 스스로 그런 장애물을 갖다놓는 겁니까? 부인이 저를 다른 남자들과 다르게, 특별하게 생각한 걸 잊었어요? 전혀 그런 적이 없습니까? 그렇다면 당신은 당신 자신을 속인 거고, 나는 혼자 기대를 한 거군요."

"당신 혼자 기대를 한 게 아니에요." 그녀가 말했다. "당신을 특별하게 생각하지 않았냐고 물으셨지만, 그러지 않았다면 제가 그렇게 엄격했을 리 없지요. 당신이 제게 너무 특별하니까, 당신에게 집착하면 생길 불행이 그려져 그러는 거예요."

"아, 모르겠습니다." 느무르 공이 다시 말했다. "당신이 두려워하는 불행이 무엇인지 저는 정말 모르겠습니다. 당신이 제게 하고 싶었던 말들에 이어 이런 잔인한 이유까지 듣게 될 줄은 정말 몰랐습니다."

"이 정도로도 당신이 힘들어하시니 더 드릴 말씀이 있지만 차마 하지 못하겠네요." 클레브 공작부인이 말했다.

"예? 방금 하신 말도 부족해 다른 말을 더 하겠다는 거예요?" 느무르 공이 대꾸했다.

"더 하고 싶은 말이 있어요. 처음 시작했을 때와 똑같은 솔직함으로요. 하지만 처음에 드린 말씀보다 더 조심스럽고 미묘한 것이니 제 말을 자르지 말고 끝까지 들어주세요.

저는 제 감정을 조금도 감추지 않고 있는 그대로 당신에게 보여주는 것은 당신의 애정에 대한 너무 약한 보상이라고 생각해요. 제 감정을 자유롭게 다 드러내는 것은 제 인생에서 단 한 번뿐일 거예요. 당신의 사랑을 더는 받지 못하는 일은 제게도 참 끔찍한 불행이라고 저는 당당하게 말씀드릴 수 있어요. 저는 그 힘든 의무를 지켜야 할 이유가 없는데도 이런 불행에 저를 내맡기기로 결정했지만, 잘해낼 수 있을지 모르겠어요. 당신은 자유롭고 저 역시 자유로우니 우리가 함께해도 사람들은 당신을 비난할 수 없겠지요. 하지만 남자들이 영원한 약속 안에서 그 열정을 계속 간직할 수 있을까요? 그런 기적이 제게 일어날까요? 제 모든 행복이 될 그 열정이 결국에는 사그라지는 걸 분명 지켜봐야 할 거예요. 아마 클레브 공작만이 결혼해도 사랑을 지켜나갈 수 있는 유일한 사람일 거예요. 제 운명은 얄궂게도 제게 그런 행복을 주지 않았지만요. 하지만 그의 열정이 지속될 수밖에 없었던 단 하나의 이유가 있다면, 제가 그를 사랑하지 않는다는 걸 그가 알아서였을 거예요. 당신이라고 해서 다르지 않아요. 제게는 당신의 열정을 지속시킬 어떤 수단도 없을 거고요. 저는 우리 사이의 장애물이 당신을 그렇게까지 집요하게 만들었다고 생각하는 걸요. 그 장애물이 당신으로 하여금 승리의 의지를 불태우게 했고, 의도적이지 않았던 제 행동으로 혹은 우연으로 당신이 알게 된 것들 때문에 물러서지 않을 희망이 생긴 거지요."

"아, 부인." 느무르 공이 끼어들었다. "당신이 요구한 침묵을 지킬 수가 없군요. 부인의 말씀은 부당합니다. 지금 당신이 제 애정에 대해 미리 짐작하면서 얼마나 멀리 가고 있는지 아십니까?"

"아니요, 그렇지 않아요." 클레브 공작부인이 말했다. "사랑이 저를 인도할 수는 있어도 제 눈을 멀게 하지는 않아요. 당신은 연애를 위한 모든 재능을 타고나신 분이고, 그런 재능으로 행복한 성공을 거둘 분이라는 걸 제가 어찌 모르겠어요. 당신에게는 이미 여러 사랑이 있었고, 앞으로 그렇겠죠. 우리가 이루어지고 나면 저는 더 이상 당신 행복의 이유가 되지 않을 거예요. 저는 제게 그랬듯 다른 여자를 대하는 당신 모습을 보게 되겠지요. 저는 그런 당신을 죽어도 볼 수 없을 거예요. 죽고 싶은 고통에 시달릴 테고, 질투라는 불행한 병을 갖게 되겠죠. 왕세자비께서 테민 부인의 편지를 제게 주셨던 그날 저녁, 당신에게 온 편지인 줄 알고 제가 얼마나 괴로워했는지 아세요? 그 고통이 모든 고통 중에서 가장 큰 고통이라고 생각할 정도였어요.

허영이건 취향이건 여자들은 모두 당신과 사귀고 싶어 해요. 당신을 마음에 들어하지 않을 여자는 별로 없어요. 저는 제 경험 때문에라도 이렇게 생각할 수밖에 없을 거예요. 당신이 늘 사랑에 빠져 있거나 누가 당신을 좋아한다고 믿게 되겠죠. 그리고 제 생각이 그리 자주 틀리지는 않을 거예요. 그럴 때 제게는 오직 고통뿐일 거예요. 제가 감히 불평이나 할 수 있을까요. 그런 불평은 애인한테나 하는 거지 부부 사이에 애정이 없다고 해서 남편한테 불평할 수 있나요? 설령 제가 그런 불행에 익숙해진다 해도, 클레브 공작의 환영이 자꾸 나타나 자기 죽음이 당신 때문이라고 비난할 테고, 당신을 사랑한 저를, 당신과 결혼한 저를 비난할 테고, 당신의 애정과 그의 애정의 차이를 느끼게 할 텐데, 그런 불행에도 제가 익숙해질 수 있을까요? 너무나 강력한 이런 이유들을 저는 무시할 수 없어요." 그녀는 말을 이었다. "그러니 지금 이 상태로 지내야만 해요. 제 결심에서 절대 물러서지 않을 거예요."

"하! 당신이 그럴 수 있을 것 같아요?" 느무르 공이 소리를 질렀다. "당신의 그 결심이 당신이 좋아하는 남자한테도, 당신이 좋아해줘서 충분히 행복한 남자한테도 해당될 것 같아요? 사랑에 저항하기란 당신 생각보다 훨씬 어려워요. 당신은 유사한 전례가 없는 준엄한 도덕성으로 억지를 부리고 있는 거예요. 당신 감정과 반대되는 그 도덕성은 오래 못 갈 겁니다. 당신 생각이 아무리 그래도 당신의 감정에 따르기를 바랍니다."

"제가 결심한 것보다 더 어려운 일이 없다는 걸 저도 잘 알아요." 클레브 공작부인이 말했다. "하지만 제 이성을 발휘해 힘을 내보는 거예요. 클레브 공작에 대한 기억 때문에 제가 해야만 한다고 믿고 있지만 만일 조용히 살고 싶다는 제 의지조차 없다면 무력해지겠지요. 조용히 살고 싶다는 바람도 제 결심의 이유예요. 하지만 제가 저 자신에게 도전해도, 결코 제 양심의 가책을 이겨내진 못할 거예요. 당신에 대한 걷잡을 수 없는 마음도 억누를 수 없을 테고요. 이 모든 것이 저를 불행하게 만들겠지요. 그러나 아무리 힘들어도 당신을 보지 않을 거예요. 그러니 제발 부탁하는데, 저를 보려고 어떤 기회도 만들지 마세요. 예전에는 허용될 것 같았던 일들도 지금은 다 죄처럼 여겨질 뿐이에요. 모든 관계를 금하는 것, 그것만이 우리가 해야 할 바른 행동이에요."

느무르 공은 그녀의 발밑에 몸을 던졌다. 그리고 격하게 동요하며 몸부림쳤다. 애원으로, 눈물로, 한 번도 감동한 적 없는 사람마저 감동할 만큼 지극히 간절하고도 부드러운 사랑을 그녀에게 보였다. 클레브 공작부인도 마음이 흔들리지 않을 수 없었다. 그녀는 눈물이 가득 고인 눈으로 그에게 울부짖었다.

"왜 저는 클레브 공작의 죽음 때문에 당신을 비난해야 할까요? 제가 혼자가 된 다음에 당신을 알게 되었으면 어땠을까요? 아니면 제가 약혼하기 전에 당신을 만났으면요. 왜 운명은 우리 사이에 이렇게 험난한 장애물을 가져다 놓았을까요?"

"우리 사이에는 아무런 장애물도 없어요." 느무르 공이 말했다. "오로지 당신이 우리의 행복을 방해하고 있는 겁니다. 도덕과 이성이 부여하지도 않은 규칙을 당신이 스스로에게 부여하는 거라고요."

"그럴지도 모르죠." 클레브 공작부인이 말했다. "제 상상 속에만 존재할 뿐인 의무에 제가 너무 많은 것을 희생하는지도 모르지요. 하지만 시간이 흐르길 기다려야 해요. 클레브 공작이 죽은 지도 얼마 되지 않았고요. 그 끔찍한 얼굴이 지금도 선연해서 분명하고 명쾌한 생각을 할 수가 없어요. 당신은 당신을 만나지 않았다면 사랑이라는 것을 전혀 해보지 못했을 제게 사랑을 깨우쳐줬어요. 그러니 당신에 대한 제 감정은 영원할 것이고, 제가 무엇을 해도 지속될 거예요. 그럼, 안녕히. 부끄럽지만 이게 제가 하려고 했던 두번째 이야기예요. 대공께는 저 먼저 갔다고 전해주세요."

이 말을 하고 그녀는 방에서 나갔다. 느무르 공은 그녀를 붙잡을 수 없었다. 그녀는 대공이 바로 옆방에 있는 것을 보았다. 그녀가 너무 동요되어 있어서 대공은 말조차 붙이지 못하고 아무 말 없이 그녀를 마차에 태워 보냈다. 그리고 들어와서 느무르 공을 보니 느무르 공 또한 기쁨과 슬픔, 놀라움, 흥분, 즉 희망과 두려움으로 가득 찬 사랑이 줄 수 있는 모든 감정에 휩싸여 넋이 나가 있었다. 샤르트르 대공은 두 사람이 무슨 대화를 나누었는지 당장 알고 싶었지만, 느무르 공이 정신을 차릴 때까지 기다려야 했다. 그리고 마침내 물었다. 샤르트르 대공 또한 느무르 공이 탄복해 마지않은 클레브 공작부인의 덕과 지혜와 용기에 탄복하지 않을 수 없었다. 그래도 두 사람은 느무르 공이 자신의 운명에 희망을 걸어야 한다고 보았다. 이 사랑에 두려움이 존재하긴 하지만, 클레브 공작부인이 그런 상태에 계속 머물러 있을 수는 없을 거라는 대공의 생각에 느무르 공도 동의했다. 그래도 우선은 그녀가 시키는 대로 하는 것이 좋겠다고 생각했다. 느무르 공이 그녀를 좋아한다는 소문이 궁궐 안팎에 퍼지면 남편이 살아 있을 때부터 그녀가 그를 좋아했다는 것이 알려질 테고, 그러면 그녀는 더욱 안으로 숨어 아무런 표현도, 아무런 행동도 하지 않을 거라고 그들은 판단했다.

느무르 공은 국왕을 수행하기로 결심했다. 그것은 피할 수 없는 여행이었고, 간혹 그녀를 보곤 했던 그곳에 가서 그녀를 한 번 더 보지 않고 그냥 떠나기로 마음먹었다. 대신 대공한테 그녀를 설득해달라고 부탁했다. 그 도덕적 거리낌을 떨쳐내도록 그녀를 설득하려면 그 이유야 무궁무진했다. 이제 그만 이야기하고 대공을 좀 쉬도록 놔줘야지 하고 느무르 공이 생각했을 때는 벌써 밤이 깊어 있었다.

쉬지 못하기는 클레브 공작부인도 마찬가지였다. 아까의 그녀는 그녀 자신도 몰라볼 만큼 자신을 억누르는 구속으로부터 벗어난, 완전히 새로운 그녀였다. 자신을 사랑하는 사람이 사랑을 고백하고, 자기도 그 사람에게 사랑을 고백하다니 난생처음 겪는 일이었다. 그런 자신에게 놀랐다. 후회가 되었다. 기쁨도 있었다. 그녀의 마음은 온통 흥분과 열정으로 가득 찼다. 자신의 행복과 대립되는 의무들 또한 여전히 생각났다. 그 이유들은 너무나 당연해서 고통스러웠고, 그것을 느무르 공에게 너무 강력하게 말한 것 같아 후회가 되기도 했다. 공원에서 그를 봤을 때는 그와 결혼하고 싶다는 생각을 했다. 그러나 그와 대화할 때는 그런 속내를 내비치지 않았다. 그와 결혼하면 불행해질 수도 있다고 생각하는 자신을 이해하기가 힘든 순간들이 있었다. 그럴 때마다 과거에 대한 지나친 집착, 미래에 대한 두려움 등 괜한 이유를 갖다 대는 거라고 자신에게 말하고 싶었다. 그러나 이성과 의무가 다시 고개를 들어 절대 재혼해서는 안 된다, 느무르 공을 다시 만나서는 안 된다고 결심하게 만들었다. 그것은 사랑에 젖은 가슴에, 사랑의 매력에 무너진 가슴에 새로 세워야 할 정말 가혹한 결의였다. 마음을 진정시키기 위해서라도, 지금 당장 급하게 결정 내릴 것은 없다고 생각했다. 충분한 시간을 갖고 결정하기로 했다. 하지만 느무르 공과는 어떤 관계도 없는 단호한 상태로 있기로 했다. 샤르트르 대공이 느무르 공을 돕기 위해 그녀를 만나러 와서는 모든 지혜와 열의를 다해 설득했다. 그러나 그녀의 행동도, 그녀가 느무르 공에게 요구한 행동도 바꿀 수는 없었다. 그녀는 자신의 계획은 앞으로도 지금처럼 지내는 거라고 대공에게 말했다. 실행하기 힘든 계획인 것은 알지만, 해낼 수 있기를 바란다고 했다. 그녀는 느무르 공으로 인해 남편이 죽었다는 생각 때문에 자신이 얼마나 괴로운지, 그런 느무르 공과의 결혼이 자신의 의무에 얼마나 이율배반적인지를 대공에게 말했고, 대공은 그녀의 머릿속에서 이런 생각을 없애는 일이 쉽지 않을 거라고 느꼈다. 대공은 이런 직감을 느무르 공에게 말하지 않고, 두 사람이 나눈 대화만 전달하면서 사랑받는 남자가 가질 수 있는 희망의 여지를 남겨두었다.

그들은 이튿날 출발해 왕과 합류했다. 대공은 느무르 공의 간절한 부탁을 받고 느무르 공의 소식을 전하기 위해 클레브 공작부인에게 편지를 썼다. 첫번째 편지에 바로 이어서 보낸 두번째 편지에는 느무르 공도 직접 몇 줄을 보냈다. 그러나 자신이 부여한 규칙에서 벗어나고 싶지 않고, 행여나 이런 편지로 인해 발생할 사고가 두려웠던 클레브 공작부인은 계속 느무르 공 이야기를 하면 다시는 대공의 편지를 받지 않겠다고 답장해왔다. 그녀의 태도가 하도 강경해 오히려 느무르 공이 대공에게 자기 이름은 언급하지 말라고 부탁할 정도였다.

궁정 일행은 에스파냐 왕비가 된 엘리자베트 공주를 푸아투까지 안내했다. 그가 떠난 사이 클레브 공작부인은 자기 안에만 머물렀다. 느무르 공과 그와 관련된 생각들이 점점 멀어지자 클레브 공작에 대한 기억이 떠올랐고, 그런 기억을 간직하고 있다는 게 그나마 명예롭게 생각되었다. 느무르 공과 절대 결혼하지 않기로 한 이유들은 의무로 볼 때는 매우 당연한 것이었지만, 마음의 평화로 볼 때는 매우 견디기 힘든 것이었다. 결혼을 하고 나면 반드시 질투라는 고통이 올 것이고 느무르 공의 사랑도 반드시 끝이 있을 거라고 생각하니 자신이 빠질 불행의 심연이 어떨지 눈에 보이는 듯했다. 또한 그녀는 자신이 사랑하고 자신을 사랑하는, 세상에서 가장 사랑스러운 남자의 존재를 거부하는 것이 도덕도 예의도 어쩌지 못하는 불가능한 시도라는 것도 잘 알았다. 그녀는 오로지 떨어져 있으면서 시간이 지나는 것만이 자신에게 힘을 줄 수 있다고 판단했다. 그것이 결혼하지 않겠다는 결심뿐만 아니라, 느무르 공을 보고 싶은 마음을 억누르기 위해서라도 꼭 필요하다고 보았다. 그래서 모든 것으로부터 멀리 떠나 철저히 은둔하며 살기 위해 아주 긴 여행을 떠나기로 결심했다. 피레네 지방이 가장 적합해 보였다. 그녀는 궁정 사람들이 파리로 돌아오기 전에 출발했다. 출발하면서 샤르트르 대공에게 편지를 썼다. 자기 소식을 들을 생각도 하지 말고 자기에게 편지 쓸 생각도 하지 말라고 간청했다.

느무르 공은 이 소식을 듣고 마치 애인의 죽음을 접한 사람처럼 비통해했다. 그동안 보지 못해서 너무 보고 싶은데, 한동안 또 클레브 공작부인을 볼 수 없다고 생각하니 가슴이 미어지는 듯했다. 하지만 가슴 아파하는 것 외에 그가 달리 할 수 있는 일은 없었다. 그의 상심은 깊어만 갔다. 클레브 공작부인 역시 여행에서 아무런 도움도 받지 못하고 심한 정신적 고통을 겪었으므로, 집에 돌아오자마자 병이 나 몸져누웠다. 이 소식이 궁에 전해졌고, 느무르 공은 위로할 길 없는 비탄에 빠졌다. 비탄은 절망과 망연자실로 이어졌다. 대공은 느무르 공의 사랑이 사람들에게 알려지지 않게 하느라 무척이나 애를 먹었다. 그녀의 소식을 들으러 그녀에게 가겠다고 우겨대는 느무르 공을 만류하고 설득하느라 무척이나 애를 먹었다. 샤르트르 대공은 그녀의 친척이자 절친한 사이라는 구실로 클레브 공작부인 집에 여러 통의 편지를 보낼 수 있었고, 덕분에 그녀가 위험한 상황은 넘겼다는 소식을 들을 수 있었다. 하지만 쇠약증과 우울증을 심각하게 앓아 삶에 별 희망이 없다고 했다.

한동안 죽음을 멀지 않은 곳에서 느낀지라 클레브 공작부인은 건강했을 때와는 너무나 다른 눈으로 세상을 보게 되었다. 죽음의 필연을 너무 가까이에서 보니 모든 것을 초월하게 되었고, 병도 오래가니 습관이 되었다. 하지만 병은 다소 나아졌어도 느무르 공은 마음속에 여전히 남아 있었다. 그가 떠오를 때마다 그와 영원히 결혼하지 않기 위해 자신이 믿었던 모든 이유들에 도움을 청해 자기 자신과 싸웠다. 그녀 안에서 벌어진 매우 커다란 전쟁이었다. 결국 남은 열정의 불씨들은 앓는 동안 성숙해진 감정들로 모두 진화되었다. 죽음을 생각하면 클레브 공작 생각이 더 났다. 부덕(婦德)의 의무와 일치하는 그 추억은 그녀의 가슴에 강하게 새겨졌다. 세상을 달관한 사람처럼 그녀에게는 이 세상에 대한 열정도, 관심도 모두 무의미했다. 상당히 쇠약해진 건강 상태가 오히려 그런 초연한 감정을 유지하는 데 도움을 주었다. 그러나 가장 현명한 이 결심도 어떤 상황에 처하면 무너질 수 있다는 걸 잘 알고 있는 만큼 자신이 사랑했던 이가 있는 곳에는 돌아가지 않을 생각이었다. 하여 그녀는 궁정 생활을 그만두겠다는 계획을 굳이 드러내지 않은 채 좋은 공기를 쐬러 간다는 구실을 대고 어느 수도원으로 들어갔다.

이 소식을 접한 느무르 공은 그 은둔의 무게가 실로 심각함을 절감했다. 자신에게 아무런 희망이 없음을 직감했다. 희망을 상실했지만 그는 클레브 공작부인을 돌아오게 하기 위해 그가 할 수 있는 모든 일을 했다. 왕비와 대공에게 편지를 쓰게 했다. 대공을 그곳에 보냈다.
하지만 소용없었다. 대공이 그녀를 만났지만 그녀는 아무 말도 하지
않았다. 대공은 그녀가 다시는 돌아오지 않으리라는 걸 알았다. 결국
느무르 공은 참지 못하고 온천에 간다는 핑계를 대고 그녀를 직접 찾
아갔다. 그녀는 그가 왔다는 소식을 듣고는 몹시 놀라고 당황했다. 그
녀는 그곳에서 가까이 지내던, 그녀가 좋아하는 인품이 뛰어난 어느
부인에게 자기 대신 그를 만나달라고 부탁했고, 그 부인은 느무르 공
에게 그를 보면 지켜야 할 감정들이 무너지게 되므로 만나지 않으려
는 것이니 너무 이상하게 생각하지는 말아달라는 클레브 공작부인의
뜻을 전했다. 또 클레브 공작부인은 자신의 의무와 평안이 그의 사람
이 되고 싶어 하는 자신의 욕심과 모순된다는 걸 깨달은 뒤로 자신은
영원히 절연할 수 있을 만큼 세상 모든 일에 무관심해졌음을 알아주
기 바란다고 했다. 이제는 다른 생의 일들만 생각할 뿐이라고. 다른
생에서도 지금과 똑같은 기분으로 그를 보고 싶은 바람 외에 지금은
아무런 감정도 남아 있지 않다고.

　느무르 공은 그 말을 전하는 부인 앞에서 거의 실신할 뻔했다. 그는
그 부인에게 클레브 공작부인에게 다시 가서 제발 자기를 만나달라고
부탁해줄 것을 스무 번도 넘게 간청했다. 하지만 그 부인은 클레브 공
작부인이 공에 대한 어떤 말도 전하지 말라고 했을 뿐만 아니라, 그들
이 나눈 대화 자체를 아예 전하지 말라고 했다고 말했다. 결국 느무르
공은 그의 인생에서 가장 뜨겁게, 운명처럼, 숙명처럼 사랑했던 한 여
자를 다시는 볼 수 없다는 절망감을 안고 돌아가야 했다. 그렇지만 완
전히 물러서지는 않았다. 그는 그녀의 마음을 돌리기 위해 상상할 수

있는 모든 일을 다 했다. 그렇게 몇 년이 흘렀다. 시간이 가니, 그녀를 보지 않으니, 서서히 고통도 누그러들었고 정열도 꺼져갔다. 클레브 공작부인은 다시는 속세로 돌아오지 않을 사람처럼 살았다. 한 해의 반은 수도하는 암자에서, 반은 자택에서 보냈다. 그러나 가장 엄격한 수도원 생활보다 더 경건한 은자의 삶을 살았다. 그녀의 삶은 비록 짧았지만, 그 누구도 흉내 낼 수 없는 덕의 사례로 남았다.

사랑하나 사랑에 눈멀지 않다

"나는 『클레브 공작부인』을 읽는다"

2006년 2월 프랑스 리옹. 당시 대권 후보였던 니콜라 사르코지 내무부 장관은 어느 공무원 모임에서 "공무원 행정직 시험에 『클레브 공작부인』 같은 쓸데없는 것이 있다"고 비판했다. 그러자 극우파는 '국가적 문화유산을 조롱하는' 무례한 발언이라고 비판했고, 좌파는 '문학을 폄하하는 저급한 실용주의'라고 비난했다. 대통령이 되고 2008년 7월, 그는 엘리제 궁에서 열린 어느 모임에서 다시 『클레브 공작부인』을 언급한다. 사르코지의 발언은 2009년 2월 신자유주의 교육 개혁 정책 반대시위장에서 다시 환기되었고, 『클레브 공작부인』은 난데없이 안티 사르코지의 아이콘이 되었다. 교사들은 『클레브 공작부인』 수십 권을 엘리제 궁에 발송하고, 거리에서 『클레브 공작부인』 읽기 릴레이 시위를 벌였다. 그해 파리 도서박람회에서는 "나는 『클레브 공작부인』을 읽는다Je lis *La Princesse de Clèves*"라고 새겨진 기념 배지가 책과 함께 불티나게 팔려나갔다. 출간된 지 삼백여 년 만에 다시 베스트셀러에 진입하는 기현상도 벌어졌다.

앙드레 지드는 '더 바랄 게 없는 완벽한 예술의 극치'라 감탄하며 무인도에 가져갈 책으로 뽑고, 알베르 카뮈는 '스타일이 무엇인지를 보여주는 빼어난 작품'이라 칭찬해 마지 않은 이 작품을, 더욱이 최근 주간지 『텔레라마』가 100명의 프랑스 작가들을 대상으로 가장 좋아하는 작품을 조사한 결과, 마르셀 프루스트의 『잃어버린 시간을 찾아서』, 제임스 조이스의 『율리시스』에 이어 3위를 차지한 이 '대단한' 작품을 사르코지는 왜 공격한 것일까? 사르코지는 『클레브 공작부인』에서 도대체 무엇을 읽은 것일까?

『클레브 공작부인』은 단순한 연애소설이 아니다. 음모와 꼼수를 고발하는 정치소설이며, 전술과 전략의 전쟁소설이다. 또한 인물 열전을 방불케 하는 역사소설이며, 인간의 내면 심리를 정교하게 풀어놓은 분석소설이다. 『클레브 공작부인』은 반어적이며 역설적이다. 사랑을 말하면서 반(反)사랑을 말하고, 로망(소설)이면서 안티로망(반소설)을 표방하고, 가슴 뛰는 동요를 갈망하면서 조용한 휴식을 애원한다. 피로 얼룩진 사회관계, 서로의 이익을 탐하는 이기적이고 속물적인 사랑, 모순투성이인 나약한 인간 본성. 이 정신적, 심리적 파편들은 흡사 정치적일 만큼 냉정하다. 그러나 이 복잡하고 정교한 내부의 파편들을 싸고 있는 외형은 한눈에도 알 수 있는 단순미를 갖고 있다. 일관성이 있고, 쾌적하며, 자연스럽다. 이것이 카뮈가 라파예트 부인에게서 본 이른바 '스타일'이다.

파리 사교계에서 가장 글 잘 쓰는 여인

라파예트 부인은 맑고 단아한 용모를 지녔으며, 심중을 알 수 없는 신비로운 여인이었다고 한다. 친구들은 그녀를 '안개'라고 불렀으며, 당대 문인인 세비녜 부인은 "라파예트 부인은 항상 이성적이었다. 자신의 주요한 자질인 '신적(神的)인 이성'을 한 번도 잃은 적이 없다"고 말했다. 쉽사리 속내를 드러내지 않는 그녀의 진지한 태도는 17세기 파리 사교계 생활에 적합했다. 사실 출신 배경으로만 보면 라파예트 부인이 파리 사교계를 구성한 최초의 여성들 중 하나였다는 사실이 잘 이해되지 않는다.

라파예트 부인의 처녀 시절 이름은 마리 마들렌 피오슈였다. 그녀의 아버지는 성과 요새를 건축하는 공병 장교였으며, 어머니는 에귀용 공작부인의 시녀였다. 대단한 귀족 가문은 아니지만 학식과 교양이 있는 집안이라 마리는 궁정 인사들보다는 수학자, 학자, 법률가들과 주로 교류하며 성장했다. 대모였던 에귀용 공작부인의 도움으로 1650년 열여섯 살에 안 도트리슈 왕비의 시녀가 되면서 이후 그녀의 정신세계에 깊은 영향을 미친 질 메나주라는 스승을 만난다. 이후 특별한 연애사 없이 스물한 살에 십팔 세 연상의 라파예트 백작과 결혼해 에스피나스 성에 거주하게 된다. 이듬해인 1656년부터는 당시 파리에서 가장 유명한 살롱 가운데 하나였던 느베르 저택에 드나든다. 느베르 저택은 예수회가 지배하던 당시 종교계와 루이 14세의 절대왕정에 반감을 품은 얀센주의자들의 집회지였고, 그녀는 이곳에서 얀센주의자인 아르노와 라로슈푸코 등을 만난다.

얀센주의자들은 당시 지나치게 속물화된 프랑스 기독교에 맞서 초기 기독교 교회의 엄격성으로 돌아갈 것을 부르짖었다. 인간 본성에 대한 이들의 깊은 통찰은 인간의 자유의지를 부정하는 비관주의로 오해되었고, 자기 존재에 대한 불안의식은 인간을 지나치게 냉소적으로, 절망적으로 만든다는 비판을 받았다. 당시 거의 무신론에 가까웠던 얀센주의는 인간의 자유의지도, 이성도, 사랑도 믿지 않았다. 라파예트 부인은 사상적 동지들과 함께 국가의 현안 및 정치, 라신과 라퐁텐, 파스칼 등의 작품을 적극적으로 논했다. 당대 문학평론가인 부알로는 "파리 사교계에서 가장 총명한 여성, 가장 글 잘 쓰는 여성"이라고 라파예트 부인을 칭찬했다. 라파예트 부인은 차가운 머리로 인간사와 정사(政事)의 계책과 논리를 꿰뚫어 보았고, 정념에 사로잡힌 뜨거운 인간들의 비애와 고통을 때로는 냉소적으로, 때로는 초연하게 바라보았다.

　라파예트 부인은 『클레브 공작부인』보다 앞선 작품인 『몽팡시에 공작부인』에서도 사랑을 믿지 못하는 관점을 보인다. 1653년 메나주에게 보낸 편지에 '선생님께서 감정에 휩싸인 사람이 아니어서 정말 기쁩니다. 저는 사랑이란 불편한 것이라고 생각합니다. 저도, 제 친구들도 그런 사랑을 하지 않는 것이 무척 기쁩니다'라고 썼다. 당대 사람들은 라파예트 부인과 그녀의 남편 라파예트 백작의 관계가 클레브 공작부인과 클레브 공작의 관계와 비슷할 거라고 보았다. 1661년 말 부인은 에스피나스 성에 거주하는 남편을 떠나 혼자 파리에 정착한다. 이 별거의 명확한 이유는 밝혀지지 않았다. 라브뤼예르는 이 이상한 부부관계에 대해 "우리는 남편을 자신의 그림자로 완전히 가린 한 여성을 알게 되었다. 우리는 그의 남편이 살았는지 죽었는지조차 모른다"고 쓴 적이 있다. 하지만 라로슈푸코와의 사랑 또한 모호하기는 마찬가지이다. 1664년 라로슈푸코는 『잠언집』을 발표하는데, 이해를 전후로 두 사람은 더욱 친밀한 관계로 발전한다. 『클레브 공작부인』을 집필하는 동안 두 사람은 무척 가까웠다. 두 사람은 사랑을 나누는 사이는 아니었지만 사랑하는 사이였을 거라고 호사가들은 말한다.

사랑에 반하고 사랑에 반(反)하다

『클레브 공작부인』*이 사랑을 말하면서 동시에 반(反)사랑을 말하는 것은 라파예트 부인의 염세주의 탓일까? 부인은 사랑이라는 감정을 통해 인간의 본성을 성찰했다. 사랑이야말로 인간의 강함과 약함을 동시에 보여주며 인간의 본성을 밝혀주기 때문이다. 『클레브 공작부인』은 클레브 공작부인과 느무르 공의 사랑 이야기지만, 작가는 이 개별적인 사랑보다 사랑이라는 일반 주제에 더 관심이 있다. 작품에 등장하는 다른 인물들, 일화로 삽입된 숱한 연애사들은 아직 사랑을 잘 모르는 클레브 공작부인은 물론 독자에게 사랑을 가르쳐준다. 그들은 하나같이 실패하는 사랑을 한다. 라파예트 부인은 온갖 색조와 명암을 가진 연애사들의 고발을 즐기는 듯하다. 막장극처럼 얽히고설킨 연애사들은 불협화음을 가진 다성적(多聲的) 하모니를 이룬다. 발

---

* 이 책의 번역 판본은 Bernard Pingaud의 주석과 해설이 실린, *La Princesse de Clèves*, Gallimard, 2000이다.

랑티누아 부인의 예, 투르농 부인의 예, 앤 불린의 예 등 이른바 사랑의 '나쁜 예'들은 클레브 공작부인에게는 일종의 사랑의 참고서다. 실패하는 데에도 다양한 유형이 있다. 클레브 공작은 클레브 공작부인의 마음을 얻지 못하고, 기즈 기사는 희망 없는 사랑을 하며, 느무르 공과 클레브 공작부인은 가슴으로는 완벽한 사랑을 하나 몸은 한 치도 다가서지 못한다.

앙리 2세와 발랑티누아 부인의 사랑이 이십 년이 넘도록 계속될 수도 있었던 까닭은 사랑해서가 아니라 필요해서였다. 공주들은 장기판의 말처럼 화평 협상 때마다 이리저리 옮겨진다. 일국의 군주가 아니면 결혼하지 않는 공주, 젊은 왕자와 결혼할 뻔하다가 그의 아버지인 늙은 왕과 결혼하는 공주, 신랑 없이 대리인에 의해 치러지는 결혼식. 모두 사랑 없는 결혼이다. 라파예트 부인은 이런 추악한 결혼의 치부를 헨리 8세의 말로를 통해 풍자한다. "그런데 무슨 이유인지 헨리 8세는 그 후로 계속 살이 찌더니 결국 그 때문에 사망"했다. 클레브 공작이 클레브 공작부인을 처음 만난 곳은 세계의 온갖 물품을 거래하는 보석상이다. 결혼은 거래이며, 샤르트르 부인의 동분서주는 마치 사업가의 그것처럼 묘사된다. 클레브 공작은 자기에게 마음이 없는 아내에게 마음을 달라고 매일같이 하소연한다. 남편이 요구한 감정을 남편이 아닌 느무르 공에게 느끼고 나서야 비로소 어린 클레브 공작부인은 사랑이 무엇인지 안다. 사랑은 동요, 흥분, 설렘, 불안, 제어되지 않고 거역할 수 없는 감정이다.

사랑은 몸과 마음을 모두 욕망하나 클레브 공작과 느무르 공은 둘 중 하나만을 가졌다. 그렇다고 라파예트 부인이 플라토닉 러브를 옹

호하는 것은 아니다. 그녀는 몇 가지 모티프와 이미지를 통해 사랑의 관능성을 재현한다. 느무르 공은 원래 클레브 공작 것이었던 클레브 공작부인의 초상화를 훔치며, 클레브 공작부인은 느무르 공 여동생의 집에서 원래 느무르 공의 것이었던 인도산 지팡이를 얻는다. 쿨로미에의 별채, 어두운 밤, 숨이 막힐 듯 더운 날씨, 헝클어진 머리, 목과 가슴골이 드러난 얇은 옷, 침대 겸용 소파, 탁자 위의 리본, 아주 튼튼하게 생긴(남성의 성기를 연상시키는) 인도산 지팡이, 부드럽고 우아한 손길로 그 지팡이를 리본으로 돌돌 마는 클레브 공작부인의 몽상에 젖은 얼굴. 이는 흡사 신혼의 밤을, 첫날밤의 사랑을 연상시킨다.

『클레브 공작부인』의 주인공들은 사랑의 병 혹은 질투의 병을 앓는다. 질투란 사랑으로 인한 사고가 아니라, 사랑에 앞서 오는 조짐이다. 클레브 공작 부부 사이에 "질투가 차지한 부분은 없었다. 그만큼 질투와 거리가 먼 남편은 없었고, 그녀만큼 질투의 원인을 제공하지 않는 아내도 없었다." 질투란 사랑에 빠졌다는 증거이다. 사랑이 발열성의 병이라면, 질투는 이 발열의 촉진제이며, 사람의 마음을 좀먹는 병이다. 클레브 부인은 편지 사건 이후 질투라는 새로운 감정을 발견한다. 클레브 공작은 자기 아닌 다른 사람을 사랑한다는 부인의 고백을 들은 후, 질투라는 병에 걸려 죽는다. 느무르 공은 무도회에 가는 애인을 보는 남자의 불편한 심리를 말하며 질투의 속성을 정리한다. 질투란 상대를 온전히 소유하고 싶은 욕망이 충족되지 못할 때 나타나는 불안감이다. 질투가 사랑의 앞면이든 뒷면이든, 질투는 사랑이 결코 완전하고 이상적이고 순수한 것이 아님을 폭로한다.

『클레브 공작부인』의 주인공들은 모두 혼외의 사랑을 한다. 결혼과 사랑은 무관하다. 사랑은 현재에서나 충만한 발열성 에너지로, 그 기운은 변한다. 클레브 공작부인이 느무르 공을 거부한 것은 이런 사랑의 속성을 간파했기 때문이다. 클레브 부인은 느무르 공과 결혼할 수 없는 것이 아니라, 결혼하고 싶지 않은 것이다. 사랑하면 고통받게 마련이며, 연인들을 떼어놓는 실질적 장애물은 외부의 환경에 있는 것이 아니라 그들의 내부에, 사랑 자체에 있다. 한 존재가 다른 존재를 완전히 소유할 수는 없기 때문이다. 사랑은 교합이다. 사랑하는 두 사람은 사지를 최대한 밀착시켜 하나가 되려 하나, 그것은 따로 존재하는 파편을 끼워 맞추는 행위일 뿐이다. 우리는 사람을 사랑하는 것이 아니라 사랑을 사랑한다. 라파예트 부인은 하나인 척 결합되어 있지만 실은 완벽하게 결합되어 있지 못한 사랑의 틈새를, 그 어긋남을 보여주며 사랑 그 자체에 문제를 제기한다.

『클레브 공작부인』의 장르와 형식 문제

걸작들은 장르의 틀을 뛰어넘는다. 줄거리와 주제만으로 명성을 얻은 걸작은 없으며, 형식과 스타일에서 놀라운 면모를 보여준다. 『클레브 공작부인』은 기존의 영웅 소설(roman héroïque), 영웅 서사시(épopée), 누벨(nouvelle), 회고록(mémoire) 등의 모든 장르적 특성을 지녀 그중 어느 하나로 규정할 수 없다. 우선 로망(근대적 의미의 소설이 아니라 로망이 처음 탄생한 12~13세기 이후부터 17세기까지의 형식), 즉 영웅 소설은 일종의 산문 형태의 서사시로 전사적

(戰士的) 가치를 강조하는 데 비해, 영웅 서사시는 사랑이라는 풍경에서 그 주제를 찾는다. 둘 다 먼 역사에서 따온 저명한 인물, 모범이 될 만한 가치를 지닌 인물을 주인공으로 삼는다. 『클레브 공작부인』 역시 역사적 인물을 주인공으로 삼지만, 모범적인 사례로 다루지 않고 교묘한 반어법을 통해 그 반대의 사례로 다룬다.

누벨은 로망보다 짧은 중단편으로, 이야기가 훨씬 간단하고 직선적인 전개를 보인다. 과거로 거슬러 올라가는 것을 배제하고, 앞으로 나아가는 방식만으로 사건을 기술하며, 중간에 대화나 담론을 집어넣어 서술과 분석을 함께한다. 사건을 실제로 있음직하게 묘사하며, 지나치게 완벽하고 기적적인 모험담은 배제한다. 로망이 이상적인 세계를 창조하는 시(詩)의 세계와 닮았다면, 누벨은 있을 법한 일상적 이미지들을 재현한다는 점에서 역사물과 닮았다. 당시 누벨이 안티로망으로 대두하면서 각광받게 된 것은 시대적 취향이 변해서이다. 좀 더 현실과 밀착된 인간세계를 묘사하는 일이 절실해진 것이다.

라파예트 부인은 기존의 누벨처럼 이런저런 대화와 담론들을 모아놓는 방식도, 로망의 상상적 가치들을 잃는 방식도 원하지 않았다. 그러나 로망과 누벨이라는 두 장르의 결합이 매번 순조롭지는 못했다. 그나마 찾아낸 해결책을 『클레브 공작부인』에서 실험하는데, 바로 누벨을 기반으로 시작하되, 로망에서 빌려온 기술적 요소들로 풍부함을 더하는 방식이었다. 『클레브 공작부인』은 중심 주제에 완전히 집중하는 식으로 누벨에 충실한 모습을 보여준다. 주요 인물 3~4인에 집중하고, 사건은 시간 순서에 따른다. 인물이나 사건보다 더 큰 관심사는 인물들의 감정과 심리가 그럴 법해야 한다는 것이었다. 이른바 그럴

듯한 이야기가 아니라, 그럴듯한 심리를 통해 소설적 진실성을 보여 줘야 했다. 이를 위해 '의지'를 부각하기보다 '정열'을 부각했다. 강인한 의지가 가진 질서 있는 힘보다는 정념과 정욕의 파괴적인 힘을 재현하는 법을 고민했다.

한편 『클레브 공작부인』이 로망이 되기 위해서는 누벨의 형태마저 다소 변형하지 않을 수 없었다. 중심 인물과 중심 에피소드는 최대한 단순화하되, 주변 인물과 상황을 더욱 복잡하게 배치해 사회와 정치를 묘사해야 했다. 그 효과를 위해 네 편의 역사적 일화가 삽입되었다. 첫째 일화는 샤르트르 부인이 샤르트르 양에게 전하는 발랑티누아 부인과 프랑수아 1세, 앙리 2세의 관계에 대한 궁정 비화 및 프랑수아 1세의 젊은 정부였던 피슬뢰 양, 에탕프 부인과의 일화. 둘째 일화는 클레브 공작이 전하는 상세르 백작과 에스투트빌 공 사이에서 투르농 부인이 벌이는 양다리 연애. 셋째 일화는 왕세자비 메리 스튜어트가 전하는 헨리 8세와 앤 불린의 일화. 넷째 일화는 샤르트르 대공이 전하는 카트린 드 메디시스와의 일화이다. 본문의 맥을 벗어났다는 인상을 줄 수도 있는 이 여담 혹은 부속 일화는 라파예트 부인이 1640~1660년대 한창 유행했던 역사물의 영향을 벗어날 수 없었다는 증거이다. 그러나 이 부속 일화들은 인물의 갈등 및 사건의 흐름과 보조를 맞추고 조응하면서 소설적 입체감을 형성하는 데 효과적으로 활용되었다. 이 일화를 읽는 사람은 물론 독자이지만, 대화 속의 청자는 클레브 공작부인으로, 이야기를 듣는 그녀의 반응으로 독자는 주인공인 클레브 공작부인의 내면을 엿본다. 이 부속 일화들이 흥미로운 점은, 소설의 이야기와 일화의 내용이 서로 연결되고, 연루되고, 반립(伴

효)하면서 더욱 다층적이고 다중적인 플롯을 만들어내기 때문이다. 역사적 일화들이 내포하는 진실이 클레브 공작과 느무르 공, 클레브 공작부인 등 주요 인물의 심리와 행동에 곧바로 영향을 줌으로써 소설적 두께와 무게가 만들어진다.

라파예트 부인은 또한 인물들의 대화와 행동과 상황 및 그에 대한 해석을 분리하여 배치하는 대신 한 번에 통째로 짠다. 서술과 대화가 서로를 끊임없이 보완하고 조응한다. 이로써 이른바 '내적 이야기'가 탄생되었다. 작가가 서술하는 것이 곧 주인공의 머리와 마음 속에서 일어나는 일로, 주인공의 의식 심층부까지 파고들거나 다른 인물의 시선 아래에 인물을 놓아 그 인물의 무의식을 드러내기도 한다. 가령 클레브 공작부인의 속마음은 그녀의 태도와 행동에서 드러나기보다 왕세자비가 무심결에 하는 말에서 더 자주 드러난다. 왕세자비와의 대화 대부분을 클레브 공작부인의 마음을 비추는 거울로 쓴다. 그래서 대화는 늘 긴장을 유발하며, 이어질 행동과 사건을 전조한다. 이런 관점에서 보면 사건은 감정과 생각의 결과물에 불과하다. 보통은 사건이 먼저 일어나고, 그 사건에 대한 반응으로 감정이 일어나는데, 이 작품은 오히려 그 반대이다. 불확실한 반의식 상태로 독백이 진행된다 해도 클레브 공작부인의 번민이 독자에게는 충분히 이성적으로 전달된다. 부덕을 위해 사랑을 거부하는 듯한 그녀의 결정이 유치하지 않고 지적이라고 느껴지는 것은 작품 내 계속된 그녀의 자기 분석 덕분이다. 불안에 찬 자기 분석은 작품의 마지막 장까지 계속된다. 그녀가 바란 휴식은 느무르 공과의 사랑의 휴식이 아니라, 자기 분석의 휴식일지 모른다. 이제 그만 생각하고 싶다는. 그녀의 자기 분석이 끝날 무렵, 이 작품도 끝이 난다. 마르셀 프루스트가 250년 뒤에나 『잃어버린 시간을 찾아서』에서 마침내 해낸, 오로지 글이 태어나는 고유의 시간만이 있을 뿐이다.

꼬리를 무는 분석들, 계속되는 자기 질의는 인간의 이성을 믿지 못하는 얀센주의를 대변한다. 또한 궁정으로 대표되는 사회생활은 스스로를 보호하기 위한 언어적 위장술을 요구한다. 이 작품 속 인물들은 직언(直言) 아닌 우언(寓言)을 택한다. 라파예트 부인의 언어는 이중적이며 중의적이다. 우회하고, 암시하고, 비틀고, 투사하고 굴절시킨다. 첫 문장부터 이 작품의 주요 톤을 결정지을 수사법을 개시한다. "성대함과 정중함이 앙리 2세 치하 말년만큼 프랑스에 눈부시게 나타난 적이 없었다. (…) 공작부인을 향한 왕의 열정은 이십 년 전에 시작되었지만, 그때보다 덜 열렬하지도 덜 눈부시지도 않았다." 부정문 속에서 더욱 효과적으로 활용되는 과장법과 곡언법은 이 작품의 주조를 이루는 수사법이다. 궁정풍의 과장된 화술은 정중한 고상미를 띠면서도 냉소적인 풍자미를 발한다. 현란한 외양 이면에 숨은 텅 빈 허무는 그렇게 해서 암암리에 드러난다. 자유의지론의 예수회파와 대립한 얀센주의자들은 대화법에서도 강한 의지를 피력하는 긍정문 대신 '덜 열렬하지도 덜 눈부시지도 않았다' 식의 이중 부정문을 선호했다. 부정문 속의 곡언법은 이도 저도 아닌 모호함을 낳고, 비실체적인 분위기를 자아낸다. 정확히 잡히지 않게 소극적으로 표현하면서도 더 강한 잔상을 남긴다. 즉 '매우 좋다'고 확실하게 말하는 대신 '나쁘지 않다'고 말하고, '그녀가 나를 사랑한다' 대신 '그녀가 나를 싫어하지 않는다'고 말하며, '안다' 대신 '모르지 않는다'고 말한다. 클레브 공작부인은 쿨로미에에서 남편에게 "저는 말하면 안 된다고 믿는 것은 절대 말하지 않을 힘이" 있다고 말한다. 말하지 않으나 말하기 위해서는 완서(緩徐)하고, 곡언(曲言)해야만 했다. 17세기 파리 사교계에서는 감정을 직접적으로 말하지 않아야 했다. 오히려 불확실한 상태에서 초롱불로 어두운 곳을 밝히듯 사물을, 사람을, 서서히 그리고 찬찬히 훑어야 했다.

은폐와 폭로의 아이러니

『클레브 공작부인』에 나오는 '편지'는 드러내면서도 드러내지 않고, 드러내지 않으면서도 드러내는 표리의 모순을 또 다른 차원으로 암시하고 비유한다는 점에서 대단히 흥미롭다. 먼저 편지의 내용 자체가 있는 본래 모습과 꾸민 모습 사이에서 생기는 모순과 혼란을 말한다. 편지의 발신자는 수신자에게 '드러내면서도 감추어야 했고', '감추면서 드러내야 했던' 속사정을 계속 하소연한다. 이것은 사랑의 속성이자 정치의 속성이다. 이 편지는 메시지의 내용이 개별적이고 상당히 비밀스러우면서도 누구에게나 적용되는 일반적인 내용이라는 점에서 기묘하다. 그러므로 이 메시지를 읽는 자는 이에 자신의 상황을 대입하게 된다. 독자는 클레브 공작부인과 마찬가지로 편지의 수신자를 느무르 공으로 가정하고 읽는다. 느무르 공에 대한 공작부인의 불신과 의혹을 생각하면 충분히 그럴 법하다. 이어 편지의 실제 수신자가 샤르트르 대공임이 밝혀지면서, 독자는 그 편지를 대공과 왕비의 관점으로 다시 읽게 된다. 더욱이 이어지는 이 두 사람의 일화는 '비밀'과 '고백'의 문제를, 즉 '은폐'해야 하는 메시지와 '폭로'해야 하는 메시지의 이중 모순을 드러내며 또 하나의 감출 수 없는 진실을 드러낸다. 왕비는 대공에게 자신의 비밀은 지켜주고 대공의 비밀은 공개할 것을 요구한다. 이것은 양수겸장(兩手兼將), 즉 공격이면서 방어이다. 은폐와 폭로는 양면이면서 한 면이다. "읽으면서도 지금 읽고 있는 내용이 무엇인지 알 수가 없었지만 읽고 또 읽"는 클레브 공작부인처럼, 우리도 '텍스트'를 그렇게 읽는다.

문학 역시 은폐와 폭로, 계시의 속성을 띤다. 픽션이란 실재가 아니면서 실재를 드러내는 기묘한 장치이다. 이 같은 원리로 여기서 편지는 픽션이라는 가공적 환각을 은연중 깨닫게 만드는 역할까지 하고 있다. 독자는 클레브 공작부인의 감정에 완전히 이입되어 클레브 공작부인과 같은 흥분과 동요 속에서 편지를 읽다가 그 편지가 느무르 공의 것이 아님이 밝혀지면서 현실 속에 내동댕이쳐진 인상을 받게 된다. 즉 소설적 환각에서 깨어나는 것이다. 이렇듯 소설가는 소설이라는 가공의 세계 속으로 우리를 끌어들이는 동시에 현실 속으로 데려다 놓기도 한다.

작품 속 두 연인의 만남은 몇 번 일어나지 않는다. 그러다가 샤르트르 대공의 편지 사건을 해결한다는 구실로 처음으로 한방에 단둘이 있게 된다. 장 콕토가 시나리오를 쓴 영화 〈클레브 공작부인〉(1961)은 이 장면을 통해 짧고도 강렬한 사랑의 순간을 섬세하게 묘사했다. 두 사람은 시간적으로나 공간적으로나 늘 어긋난다. 한 사람이 한 발 먼저 오거나 한 발 늦게 온다. 직접적인 대면은 회피되거나 거부된다.

싫어해서가 아니라 너무 좋아해서이다. 욕망의 실현이 지연될수록 쾌락은 배가된다. 느무르 공은 "우연히 알게 된 것과 당신을 통해 아는 것이 이렇게 다르다니요!"라고 말하며 그녀의 마음을 직접적으로 알게 된 기쁨을 외친다. 두 연인의 접촉은 일종의 '원격 접촉'이다. 서로 '닿을 수 없는' 존재인 것이다. 느무르 공은 금발이라 좋아하는 노란색 드레스를 입을 수 없다고 속상해하는 클레브 공작부인의 말을 의식해, 마상 시합에 노란색 옷을 입고 출전한다. 이는 두 사람은 알고 다른 사람은 모르는 신호(sign)로 곧 감춤으로써 드러내기이다. 사랑은 두 사람만의 은밀한 공모이며 제3자가 끼어들 자리가 없다.

오는 '중'에 느껴지는 쾌락

『클레브 공작부인』에서는 천에 싸여 나는 소리처럼 둔중하고도 먹먹한, 기이한 소리가 난다. 심중의 말 한마디 하지 못한, 발설되지 않은 사랑의 선언 말이다. 진정한 사랑은 숨어든다. 사랑은 언어를 거부하고 빛을 거부한다. 음울하고 어둡지만 그 안에서 묘한 빛과 생기를 발한다. 이 작품이 지닌 음울하고 어슴푸레한 미광은 17세기 프랑스 사회를 닮았다. 루이 14세의 절대 왕정은 베르사유 궁에서 매일같이 화려한 축제와 오락, 사냥, 스포츠와 무도회를 베풀며 귀족들의 불만을 잠재웠고, 귀족들은 이를 즐기는 사이 게을러지고, 나태해지고, 이기적이고 속물적인 존재가 되고, 냉소적이고 냉혹해졌다.

인간은 불행해지지 않고자 몰두할 일을 찾는다. 죽음 앞에 선 인간이라는 그 비극적 조건을 바라보면 도저히 위로가 되지 않을 만큼 비참하기 때문이다. 그러나 궁극적으로 인간의 행복은 동요가 아니라 휴식에 있다. 그런데 휴식을 원한다고는 하나, 휴식은 죽음에 가까운 것이므로, 격심한 동요를 거친 후 그다음에 찾아오는 휴식을 원한다. 클레브 부인 역시 종국에는 '휴식'을 원한다. 시간이 지나면 동요도 가라앉고, 동요가 가라앉고 나면 다시 동요할 기력이 생긴다. 사랑은 본질적인 불확실함과 허약함 때문에 만족될 수 없지만, 그렇다고 사랑의 충동을 무작정 억제하고 살 수도 없다. 유일한 해결책은 비유적인 죽음, 의지적인 죽음, 즉 물러남, 무심함, 초월함이다. 즉 사랑을 하지 않는 것이 아니라, 사랑을 하고, 사랑의 고통을 견뎌내고, 그 고통에 익숙해지면서 초월하는 것이다.

클레브 공작부인은 "죽음을 멀지 않은 곳에서 느낀지라" "건강했을 때와는 너무나 다른 눈으로 세상을 보게" 된다. 그녀가 원한 휴식은 세계 바깥에서, 시간 바깥에서 사는 것이 아니라, 그 일시적이고 덧없는 세계와 시간 속에서 적절한 거리를 두고 사는 것이다. 살되 살지 않는 것, 한복판에 있으면서 가장자리에 머무는 것, 허무한 공허 속을 헤매면서도 자기 안에서 강렬하게 사는 것. 휴식은 곧 탐색이며, 탐색은 찾고 나서 얻는 것이 아니라, 찾으면서 얻는 것이다. 모든 쾌락은 오는 '중'에 느껴지며, 오고 나서는 느껴지지 않는다.

류재화

1634년	공병 장교이자 왕실 시종인 마르크 피오슈와 왕실 의사의 딸 이자벨 페나 사이에서 마리 마들렌 피오슈 드 라 베르뉴 (라파예트 부인의 본명) 태어남.
1643년	루이 13세 사망. 당시 여섯 살이던 루이 14세 즉위, 모후인 안 도트리슈 왕비가 섭정.
1649년	아버지 마르크 피오슈가 가슴에 총상을 입고 사망.
1650년	어머니 이자벨 페나가 세비녜 후작부인의 삼촌 르노 드 세비녜와 재혼함. 이자벨 페나와 세비녜 후작부인 사이의 우정은 '세기의 우정'으로 유명했음.
	마리 마들렌은 대모 에귀용 공작부인의 도움으로 안 도트리슈 왕비의 시녀가 되고, 문법학자이자 역사가인 질 메나주를 만나 라틴어와 이탈리아어 등 문학 수업을 받음. 이후 질 메나주는 그녀를 카트린 드 랑부이예 부인, 스퀴데리 부인 등의 살롱에 소개함.
1652년	프롱드의 난에 가담했던 르노 드 세비녜가 앙주로 유배되어 가족들과 함께 앙주로 이주함.
1654년	파리를 오가며 샤요 수도원에서 젊은 공주들, 앙리에트 당글르테르와 잔 바티스트 드 사부아 느무르와 교류함.
1655년	십팔 세 연상의 홀아비 프랑수아 드 라파예트 백작과 결혼해 부르보네 영지의 에스피나스 성에 정착함.
	질 메나주가 보내준 스퀴데리 부인의 『클렐리 *Clélie*』를 읽음.
1656년	어머니 이자벨 세비녜 부인 사망.
	파리 얀센주의자들의 집회지인 느베르 저택에 드나듦. 거

기서 아르노 형제와 라로슈푸코 공작을 만남. 블레즈 파스칼이 예수회 신학을 비판하려 가명으로 발표한 책 『시골 친구에게 보내는 편지 *Les Provinciales*』를 읽음.

1658년   장남 루이 출생(장성하여 사제가 됨).

1659년   차남 아르망 출생(장성하여 군인이 됨).
질 메나주가 문학 친구 장 르노 드 스그레와 피에르 다니엘 위에를 소개해줌. 이들 두 사람은 라파예트 부인에게 글을 써볼 것을 권유함. 몽팡시에 양의 『다양한 인물묘사 *Divers Portraits*』를 위해 세비녜 부인에 대한 인물묘사를 씀. 이 글에 '무명의 라파예트 백작부인'이라 서명함.

1661년   파리로 이주함. 남편 라파예트 백작은 부르보네 영지에 계속 머묾. 과묵한 인물이었던 라파예트 백작은 성에서 칩거 생활을 했으므로 그의 행적에 관한 기록이 거의 남아 있지 않음.
섭정을 지배한 재상 마자랭이 사망하자 루이 14세가 집권함. 앙리에트 당글르테르 공주가 루이 14세의 동생 필리프 오를레앙 공과 결혼함. 라파예트 부인은 앙리에트 당글르테르 공주를 가까이에서 모시게 됨.

1662년   질 메나주의 조언으로 『몽팡시에 공작부인 *La Princesse de Montpensier*』을 작가의 서명 없이 발표하여 좋은 평가를 받음.

1664년   라로슈푸코가 『잠언집 *Maximes*』을 발표함. 라파예트 부인은 그의 비관적 냉소주의에 놀라지만 몇 년 후 두 사람은 내밀한 친구이자 문학적 동지가 됨. 라파예트 부인은 "라로슈푸코는 나에게 정신을 주었고, 나는 그의 심장을 만져주었다"고 말한 바 있음. 라로슈푸코가 당대 최고의 지성인 라신, 부알로 등을 라파예트 부인에게 소개함.

1665년	앙리에트 당글르테르의 청으로『앙리에트 당글르테르의 역사*Histoire d'Henriette d'Angleterre*』를 쓰기 시작함.
1669년	라로슈푸코와 스그레의 도움을 받아 스페인에 관한 두 권짜리 역사소설『자이드*Zaïde*』를 씀. 피에르 다니엘 위에의『소설의 기원에 관한 소론*Traité de l'origine des romans*』서문과 함께 발표됨.
1670년	앙리에트 당글르테르 사망. 파스칼의『팡세*Pensées*』가 발표됨. 이 책을 읽고 크게 각성한 라파예트 부인은 "이것은 신랄한 전조이다. 이 책을 못 즐길 자들이 있을 것"이라고 말함.
1672년	스그레와 라로슈푸코의 도움을 받아『클레브 공작부인*La Princesse de Clèves*』의 집필을 시작함.
1675년	파리에서 사부아 공작부인의 외교 대사가 됨.
1678년	3월 8일『클레브 공작부인』이 파리 바르뱅 출판사에서 네 권으로 출간됨. 당시 궁정 사교계의 귀부인이라는 위상 때문에 정식 작가로 작품을 발표할 수 없어 익명으로 발표함. 작품이 발표되자마자 살롱과 문학계에 회자되며 큰 성공을 거둠.
1680년	라로슈푸코 사망.
1683년	19세기에 와서야 라파예트 백작이 1683년 6월에 사망했다는 기록이 발견됨.
1689년	『1688년과 1689년 프랑스 궁정 회고록*Mémoires de la cour de France pour les années 1688 et 1689*』을 집필함. 『클레브 공작부인』개정판이 출간됨.
1693년	라파예트 부인 사망. 이후『탕드 백작부인*La Comtesse de Tende*』(1718),『앙리에트 당글르테르의 역사』(1720),『1688년과 1689년 프랑스 궁정 회고록』(1828)이 출간.

문학동네 세계문학전집 발간에 부쳐

세계문학은 국민문학 혹은 지역문학을 떠나 존재하는 문학이 아니지만 그것들의 총합도 아니다. 세계문학이라는 용어에는 그 나름의 언어와 전통을 갖고 있는 국민문학이나 지역문학의 존재를 인정하면서 그것을 넘어서는 문학의 보편적 질서에 대한 관념이 새겨져 있다. 그 용어를 처음 고안한 19세기 유럽인들은 유럽문학을 중심으로 그 질서를 구축했지만 풍부한 국민문학의 전통을 가지고 있는 현대의 문학 강국들은 나름의 방식으로 세계문학을 이해하면서 정전(正典)의 목록을 작성하고 또 수정한다.

한국에서도 세계문학 관념은 우리 사회와 문화의 변화 속에서 거듭 수정돼왔다. 어느 시기에는 제국 일본의 교양주의를 반영한 세계문학 관념이, 어느 시기에는 제3세계 민족주의에 동조한 세계문학 관념이 출현했고, 그러한 관념을 실천한 전집물이 출판됐다. 21세기 한국에 새로운 세계문학전집이 필요하다는 것은 명백하다. 우리의 지성과 감성의 기준에 부합하는 세계문학을 다시 구상할 때가 되었다.

문학동네 세계문학전집은 범세계적으로 통용되는 고전에 대한 상식을 존중하면서도 지난 반세기 동안 해외 주요 언어권에서 창작과 연구의 진전에 따라 일어난 정전의 변동을 고려하여 편성되었다. 그래서 불멸의 명작은 물론 동시대 세계의 중요한 정치·문화적 실천에 영감을 준 새로운 작품들을 두루 포함시켰다.

창립 이후 지금까지 한국문학 및 번역문학 출판에서 가장 전문적이고 생산적인 그룹을 대표해온 문학동네가 그간 축적한 문학 출판 경험을 바탕으로 새로운 세계문학전집을 펴낸다. 인류가 무지와 몽매의 어둠 속을 방황하면서도 끝내 길을 잃지 않은 것은 세계문학사의 하늘에 떠 있는 빛나는 별들이 길잡이가 되어주었기 때문이다. 우리가 자부심과 사명감 속에서 그리게 될 이 새로운 별자리가 독자들의 관심과 애정에 힘입어 우리 모두의 뿌듯한 자산이 되기를 소망한다.

문학동네 세계문학전집 편집위원
민은경, 박유하, 변현태, 송병선, 이재룡, 홍길표, 남진우, 황종연

지은이 **라파예트 부인**

1634년 공병 장교의 딸로 태어나 열여섯 살에 안 도트리슈 왕비의 시녀가 되었고, 질 메나주를 만나 문학 수업을 받았다. 1655년 라파예트 백작과 결혼했다. 얀센주의자들과 교류하며 작품 활동을 시작해 1662년 『몽팡시에 공작부인』을 발표했고, 이후 라로슈푸코와 친교를 맺으며 『자이드』를 썼다. 1678년 17세기 프랑스 문학을 대표하는 작품인 『클레브 공작부인』을 발표해 살롱과 문학계에 회자되며 큰 성공을 거두었다. 1693년 사망했다.

옮긴이 **류재화**

1970년 전주에서 태어났다. 고려대학교 불문학과를 졸업한 후 출판사에서 일했다. 현재 파리 누벨소르본대학 문학부에서 박사 과정 중이다. 어린이 교양서를 비롯해 다양한 작품을 번역했다. 주요 번역서로 『심연들』 『신화와 예술』 『보다 듣다 읽다─레비스트로스 미학 강의』 『그날들』 등이 있다.

세계문학전집 089
클레브 공작부인

양장본 초판 인쇄 2011년 12월 13일
양장본 초판 발행 2011년 12월 23일

지은이 라파예트 부인 | 옮긴이 류재화 | 펴낸이 강병선
책임편집 김경은 | 편집 최정수 오동규 | 독자모니터 용경식
디자인 윤종윤 최미영 이주영 | 저작권 김미정 한문숙 박혜연
마케팅 정민호 김도윤 박보람 정진아 | 온라인 마케팅 이상혁 한민아 장선아
제작 안정숙 서동관 김애진 | 제작처 (주)상지사P&B

펴낸곳 (주)문학동네
출판등록 1993년 10월 22일 제406-2003-000045호
주소 413-756 경기도 파주시 문발동 파주출판도시 513-8
전자우편 editor@munhak.com | 대표전화 031) 955-8888 | 팩스 031) 955-8855
문의전화 031) 955-3576(마케팅), 031) 955-2653(편집)
문학동네카페 http://cafe.naver.com/mhdn
문학동네트위터 http://twitter.com/munhakdongne

ISBN 978-89-546-1699-7 04860
ISBN 978-89-546-1020-9 (세트)

www.munhak.com

● 문학동네 세계문학전집은 계속 출간됩니다